L'ÉTRANGÈRE

CLAUDIA DURASTANTI

L'ÉTRANGÈRE

Traduit de l'italien
par Lise Chapuis

BUCHET • CHASTEL

Lise Chapuis tient à remercier sa collègue et amie Maria Baiocchi pour l'aide précieuse qu'elle lui a apportée au cours de la traduction de ce roman.

Titre original : *La straniera*

Couverture originale :
Editora Todavia, São Paulo, Brésil

Et pour la traduction française :

Cette édition a été publiée en accord avec La nave di Teseo en collaboration avec Books And More #BAM, Paris, France.

ISBN : 978-2-283-03372-2

SOMMAIRE

Famille

À une grande douleur, succède un calme solennel.

Emily Dickinson

Mythologie

Ma mère et mon père se sont connus le jour où il a tenté de se jeter du haut du Ponte Sisto au Trastevere. C'était l'endroit idéal pour tomber : même s'il était bon nageur, le choc contre l'eau l'aurait paralysé, et le Tibre, à ce moment-là, était déjà toxique et vert.

Ma mère marchait toujours la tête rentrée dans les épaules, comme pour se protéger de la pluie, surtout quand elle était seule, mais ce jour-là elle s'était arrêtée en passant sur le pont et avait vu un grand gars à califourchon sur le parapet. Elle s'était approchée pour le prendre par l'épaule et le tirer en arrière, peut-être qu'il y avait eu un bref corps à corps. Elle l'avait aidé à se calmer, respirer lentement, ensuite ils s'étaient promenés à travers la ville, s'étaient saoulés, et avaient fini dans un hôtel où les draps étaient raides et puaient l'ammoniaque. Au petit matin, ma mère s'était rhabillée et était partie. Il fallait qu'elle rentre dans son internat et mon père lui avait paru trop agité ; elle n'avait même pas essayé de lui secouer l'épaule pour le prévenir.

Le lendemain, quand elle avait franchi le portail de son école avec ses camarades, elle l'avait vu, bras croisés, appuyé à une voiture qui ne lui appartenait pas, et à cet instant-là elle avait compris qu'elle était fichue. J'ai toujours envié l'expression mystique et funeste qu'elle a en racontant cette histoire, toujours été jalouse de cette apocalypse.

Ce jour-là, devant l'école, mon père portait un jean étroit, une chemise bleue, manches retroussées, et il fumait une Marlboro rouge, il en fumait deux paquets par jour.

Il était venu la chercher devant un institut public sur la Via Nomentana, et c'est là que leur vie commune avait commencé.

« Comment a-t-il fait pour me retrouver ? » disait-elle. Quand j'étais petite et qu'elle me racontait cette histoire, elle faisait de mon père une sorte de sombre magicien qui pouvait nous intercepter n'importe où dans le temps et l'espace, alors je la serrais très fort sans répondre, et je me demandais ce que ça faisait d'être désirée comme ça par un homme.

Puis j'ai grandi et j'ai commencé à lui faire remarquer une chose évidente : « À Rome, il n'y avait qu'une seule école pour les filles comme toi, ce n'était pas si difficile que ça. » Elle hochait la tête d'abord pour acquiescer et ensuite pour dire que non, il l'avait trouvée parce qu'il devait la trouver, c'était écrit. Ils avaient beau avoir divorcé, elle ne s'était jamais repentie de l'avoir éloigné de ce pont : il était sourd, elle aussi, et leur relation avait quelque chose de plus intime et de plus profond que l'amour.

* * *

Mon père et ma mère se sont connus le jour où il a essayé de la sauver alors qu'elle se faisait agresser devant la gare du Trastevere.

Il s'était arrêté pour acheter des cigarettes et s'apprêtait à remonter dans sa voiture quand son attention avait été attirée par les gestes agités et brusques de quelques voyous qui donnaient des coups de pied à une fille pour lui arracher son sac. Après les avoir effrayés et mis en fuite, il avait porté secours à ma mère et l'avait persuadée de venir chez lui pour se rafraîchir. À cette époque-là, il vivait encore avec ses parents et ceux-ci, en voyant cette fille à peine plus qu'adolescente, avec sa peau brune et ses cheveux encore mouillés après la douche, l'avaient prise pour une orpheline.

À vingt ans, ma mère avait un grand sourire grossier, des dents de fumeuse, des cheveux bruns et raides, le genre de coupe mi-longue qui ne flatte jamais personne, et parfois elle mettait des barrettes en écaille. Elle vivait dans un internat, dormait souvent dans la rue, suivait les cours de manière épisodique et faisait des petits boulots pour arrondir la somme que ses parents lui envoyaient des États-Unis, mais elle n'arrivait pas à l'heure.

À partir de ce jour-là, ils avaient commencé à sortir ensemble : ils parlaient la même langue faite de râles et de mots prononcés trop fort, mais c'était leur comportement qui attirait les regards dans la rue. Ils bousculaient les passants sans se retourner ou s'excuser, ils dégageaient quelque chose de différent : il avait les cheveux châtain clair, une bouche pulpeuse, des traits élégants, elle lui arrivait à peine à l'épaule et avait l'air de sortir d'un repaire de guérilleros dans la jungle.

Il y a longtemps, mon père était capable de surgir du néant : souvent, quand elle partait rendre visite à sa famille aux États-Unis ou qu'elle disparaissait quelques jours, ou bien plus tard, alors qu'ils étaient déjà séparés, il faisait une apparition au terminal départs de l'aéroport juste au bon moment, ou alors il se montrait derrière une porte vitrée, sortait à l'improviste d'un ascenseur, claquait la portière de la voiture, l'obligeant par ce mouvement brusque à lever les yeux.

Elle le reconnaissait à sa posture dégingandée, aux cigarettes qui rougeoyaient ; il la trouvait comme un chasseur blessé à mort trouve les animaux quand tous ses sens lui font défaut : en se fiant à son instinct rageur. Mon père et ma mère ont divorcé en 1990. Ils se sont rarement vus depuis, mais chacun d'eux fait débuter leur histoire en disant qu'il a sauvé la vie à l'autre.

Enfance

Ma mère est née les derniers jours de 1956 dans une ferme sur les bords de l'Agri, un fleuve de la Basilicate. Mes grands-parents paternels avaient l'habitude de loger en ville l'hiver plutôt que dans cette construction à moitié en ruine, mais ils avaient été surpris par la neige et c'est comme ça que ma mère est née dans une étable entourée de chats et de bêtes maigres. Ses parents travaillaient dans les champs et elle passait la plupart de son temps avec ses grands-mères. L'une d'elles était une *accidental American* comme moi : elle était née dans l'Ohio, où son père était de passage – on ne sait rien de ce nomade ou soldat de fortune, si ce n'est qu'il est à l'origine d'une incroyable série de migrations inconsidérées –, après quoi elle était repartie en Basilicate avec sa mère, devenant ainsi une immigrée à l'envers qui quittait le futur pour se désintégrer dans le passé. (À six ans, j'allais finir de la même façon qu'elle, en passant de Brooklyn à un village de la Lucanie où il y avait plus de têtes de bétail que d'habitants.) Dans ce village, on la traitait comme une personne mystérieuse : même si elle ne parlait jamais anglais, elle avait toujours des produits de marques bizarres, des tissus de jean qui résistaient à l'usure et des bougies qui pouvaient brûler des heures sans fondre. Mon autre grand-mère était silencieuse et vulnérable, son monde était régi par des apparitions cendrées dans le ciel, des exorcismes réalisés en posant une cuillère en argent sur le front, elle suivait les processions pieds nus et était persuadée d'avoir un dialogue privilégié avec la Sainte Vierge.

Quand j'étais petite, ma mère m'emmenait me promener au bord du fleuve où elle était née, et j'avais de la peine à le faire coïncider avec les eaux mythiques et tumultueuses dans lesquelles elle avait été plongée à l'âge de quatre ans pour faire tomber la fièvre de sa méningite. Dès qu'ils s'étaient aperçus qu'elle avait une très forte fièvre, ses parents s'étaient empressés de la tremper dans l'eau mais selon les médecins et les voisins ce remède improvisé ne servirait à rien. L'infection pouvait la rendre aveugle, folle, sourde, ou la faire mourir, et toutes les femmes occupées à veiller sur son existence et à prier à côté du petit lit dans lequel elle était recroquevillée, éteinte, s'étaient prononcées pour la surdité. La vie allait être difficile pour elle, mais au moins elle verrait le monde, et elle trouverait un moyen de se faire comprendre.

Mon grand-père Vincenzo avait la peau mate, il était de petite taille, et coureur de jupons. Quand, avec ma grand-mère Maria, ils ont émigré aux États-Unis dans les années soixante, ce n'était pas à cause de la pauvreté – pauvres, ils l'étaient –, ou à la recherche d'un meilleur travail, mais parce qu'il était trop galant avec les femmes du village et que ma grand-mère en souffrait. Il jouait de l'accordéon dans les mariages et les fêtes, portait des pantalons foncés et des chemises aux manches retroussées jusqu'au coude, et dans ses cheveux lissés en arrière à la brillantine, il n'y en avait pas un seul de blanc. Leurs fiançailles avaient été arrangées : ils étaient cousins au premier degré et parfois, à entendre les bavardages et commérages des gens du pays, on aurait dit que si mes oncles étaient de petite taille, si ma mère était devenue sourde, c'était en raison de cette mauvaise recombinaison sanguine. Mes grands-parents avaient enfreint les lois de l'éloignement et avaient été punis pour cela, cependant ma mère a perdu l'ouïe à cause d'une maladie infectieuse et mes oncles étaient de petite taille comme beaucoup de garçons du Sud à l'époque. Les aristocrates et les vampires s'accouplaient entre eux pour préserver leur espèce ; par contre, à en croire les anthropologues superficiels, certaines tribus africaines le faisaient pour éviter les malédictions, alors qu'en fait il existait des codes bien précis pour empêcher une trop grande proximité familiale entre personnes qui s'aimaient ; parfois il était même impossible de se fiancer avec un jeune homme qui avait le même animal guide. Qui sait si dans ma famille les amours qui s'étaient mal terminées n'étaient pas justement dues à cela, à la rencontre de fantômes et de totems incompatibles.

Ma grand-mère a été une femme digne de la littérature campagnarde : paisible alors que son mari était pyrotechnique, pratique autant qu'il était superficiel. Elle avait la peau claire, une grande bouche fine. Adolescente, elle avait eu le béguin pour un autre garçon, timide comme elle, mais mon grand-père était celui que voulaient toutes les filles, alors elle n'avait pas le choix : renoncer à l'envie des autres, c'est le vrai tabou dans un petit village. Si quelqu'un disait une méchanceté, elle secouait la tête ou fermait la bouche du malheureux ; elle se mettait rarement en colère. Elle ne savait pas comment défendre sa fille quand les gens l'appelaient « la muette » ou lui disaient qu'elle était une pauvre petite malheureuse dont Dieu devait prendre particulièrement soin.

En réalité ma mère se défendait toute seule et n'éprouvait aucune indulgence à l'égard de ceux qui ne la comprenaient pas quand elle parlait : à l'âge de quatre ans, elle a renversé une marmite d'eau brûlante sur une voisine qui disait des méchancetés sur son compte, elle l'avait compris à voir ses gestes et ses regards pleins de commisération. Ensuite elle était restée à rire à la fenêtre, suscitant une secrète approbation dans sa famille.

Elle ne s'entendait bien qu'avec ses frères et ses grands-mères qui parlaient le dialecte les dents serrées ; elle ne pouvait pas lire les mots sur leurs lèvres, mais elles avaient l'instinct des gestes et elles la touchaient tout le temps, de la même façon que ma mère m'a toujours touchée. En fait ses frères ne croyaient pas qu'elle était sourde et, quand ils jouaient à cache-cache et comptaient à voix haute en la laissant toute seule dans les ruelles du village, ce n'était pas pour l'exclure mais parce qu'ils savaient bien qu'elle était capable de s'orienter. Pour eux, ma mère n'était pas une victime, et elle n'a jamais été à leurs yeux quelqu'un de spécial. Aujourd'hui encore, maintenant qu'ils ont mené des vies très différentes et que mes oncles ont presque désappris l'italien après soixante ans passés aux États-Unis, ils lui parlent comme si elle pouvait les entendre, et ils ont ces conversations comiques et décalées typiques des familles éclatées.

Enfant, ma mère était vive, hostile, et ses parents ont décidé, pour la discipliner, de l'envoyer en pension chez les religieuses, à Potenza. Les enseignantes la reconnaissaient à son sourire aveuglant ; quand elle n'avait pas l'uniforme, elle portait des tricots à rayures et se montrait rarement avec une poupée à la main.

Dans ce collège, c'est par la torture qu'elle a appris à s'exprimer. À la maison, nous n'avons jamais eu de grands couteaux de cuisine : ils lui rappelaient ses années d'école, quand les sœurs de l'ex-Institut des Filles de la Charité canossiennes lui posaient un couteau sur la langue et lui disaient de hurler pour lui apprendre à tirer des sons de ses cordes vocales, ou lui faisaient toucher des fils électriques en lui ordonnant de crier encore plus fort. C'est comme ça que ma mère a appris à reconnaître le son de sa voix.

Elle parvenait à parler mieux que les autres filles de l'Institut parce que, après la méningite, il lui était resté quelques résidus d'ouïe qui se sont peu à peu effacés avec le temps jusqu'à disparaître totalement. Au début elle ne vivait pas dans un caisson hyperbare de silence, sa cochlée s'était brisée de manière irrégulière, et du coup les sons allaient et venaient, faisant du monde un lieu de présences fantasmagoriques et de hurlements soudains. Parfois elle essaie de me décrire la terreur qui la tient en permanence du fait d'être malentendante et affligée de maux de tête continuels : c'est comme si elle vivait avec quelqu'un dans son dos qui cherche sans cesse à l'effrayer. Quand nous étions petits, mon frère et moi nous le faisions vraiment, nous surgissions brusquement dans une pièce et lui sautions sur le dos pour lui faire sentir la secousse du contact en espérant la faire rire, mais elle réagissait à nos assauts par de longs silences durant lesquels nous nous repentions de notre cruauté, pas assez cependant pour ne pas recommencer. La crainte d'une éventuelle agression a transformé son corps de manière irréversible, a courbé son dos et l'a rendue incapable de regarder les gens droit dans les yeux.

Dans sa pension, ma mère a appris la langue des signes. Elle l'a utilisée avec les religieuses qui étaient ses enseignantes, avec ses amies sourdes, plus tard avec mon père, même si lui détestait faire des gestes, mais jamais avec les gens qui entendaient. Elle n'a jamais demandé à ses parents ni à ses trois frères d'apprendre cette langue, elle ne l'a pas demandé à ses enfants. Il ne m'est pas difficile de comprendre pourquoi elle a renoncé à imposer sa langue privée, moi qui ai eu peur pendant longtemps de parler à voix haute : la langue des signes est théâtrale et visible, elle vous expose tout le temps. Elle fait tout de suite de vous un handicapé. Sans les gestes, vous pouvez avoir juste l'air d'une fille un peu timide ou distraite. Avec son habitude de lire sur les lèvres des autres pour déchiffrer ce qu'ils disaient jusqu'à s'en abîmer les yeux et les nerfs, avec sa voix haute et forte aux accents irréguliers, ma mère donnait seulement l'impression d'être une immigrée qui ne connaissait pas la langue, une étrangère. Parfois, quand elle prenait l'autobus et que les chauffeurs lui demandaient si elle était péruvienne ou roumaine, elle acquiesçait sans autre explication, presque flattée par leur erreur.

En plus de l'ouïe, ma mère a perdu d'autres choses : une amie dans l'eau, lorsqu'elle était pensionnaire.

Un été, les petites filles étaient parties en colonie de vacances avec les religieuses, elles portaient des maillots de bain vert émeraude et des petits chapeaux de toile noués sous le menton par un cordonnet. L'une de ces fillettes s'était éloignée vers le large, elle n'avait pas pu crier et avait coulé en vrille.

Cela avait été un traumatisme pour toutes les élèves et dès lors les histoires horribles sur la façon dont elles pouvaient mourir avaient commencé à se multiplier : les légendes que, au moment de dormir, se racontaient ces petites filles – toutes des danseuses involontaires, secouées en permanence de mouvements et de représailles internes – ressemblaient à ces histoires qu'on lisait dans les feuilletons du XIXe siècle, illustrées d'images de jeunes épouses mortes et enceintes qui accouchaient dans leur cercueil – des chroniques véritables d'une époque. Sauf qu'à la place, il y avait une jeune sourde incapable de communiquer, enterrée à cause d'une trompeuse interruption des battements du cœur, et lorsqu'on rouvrait le cercueil, on trouvait ses doigts décharnés contre le bois, comme ceux du Rosso Malpelo de la nouvelle de Verga dans une carrière de sable rouge. La mort de cette camarade m'a été racontée avec tous les détails les plus atroces et c'est la raison pour laquelle ma mère a aujourd'hui encore peur de prendre l'ascenseur toute seule, et moi de nager.

Ma mère rentrait chez elle à San Martino d'Agri pour les vacances d'été, jusqu'au moment où ses parents sont partis pour les États-Unis en la laissant en Italie, comme son frère aîné, pensionnaire lui aussi. Mes grands-parents s'apprêtaient à devenir des émigrés, il leur fallait conquérir une autre langue sans jamais avoir bien parlé celle à laquelle ils appartenaient. Ma mère était scolarisée dans une bonne institution, il n'y avait pas de bonnes raisons pour qu'elle ne reste pas en Italie. Malgré ses révoltes quotidiennes, elle aimait bien les religieuses et était bonne élève. En fait, ma grand-mère a bien essayé d'emmener sa fille avec elle, mais, au cours d'une réunion, les enseignantes lui avaient demandé : « Tu veux vraiment qu'elle ne sache plus parler et qu'elle se sente seule dans un milieu inconnu ? Est-ce qu'elle ne peut pas vous rejoindre plus tard ? », alors, accablée déjà par les soucis de son propre départ, elle n'avait su quoi répondre.

Ma mère avait douze ans quand ils ont quitté l'Italie et, avant de partir, ils lui ont apporté une robe blanche et des petites chaussures vernies qui n'étaient pas de son âge. Après leur départ, ma mère est devenue encore plus difficile et violente, mais quand je lui demande si elle ne s'est jamais sentie abandonnée, elle prétend que non. Ses parents avaient à peine le certificat d'études, c'étaient de braves personnes, gaies, pas particulièrement raffinées, et pourtant ils ont eu une intuition fondamentale : ils ne seraient pas toujours là, ils ne pourraient pas protéger leur fille à tout moment. Ma mère devait devenir indépendante et elle l'est devenue. La vie de mon père allait se dérouler de manière différente.

* * *

La mère de mon père était une couturière avenante, fille d'un berger de Canale Monterano et d'une femme de Monteleone di Spoleto qu'il avait connue au cours de la transhumance. Elle a grandi dans un village de l'Ombrie avec sa mère et ses frères et sœurs ; l'homme de la famille était une présence insignifiante qui ne se matérialisait qu'en été. Elle s'est toujours bien entendue avec ses frères, tandis qu'elle avait des problèmes d'intimité et de jalousie avec ses sœurs.

À l'aînée, elle lui a volé son fiancé, celui qui allait devenir mon grand-père.

Pendant la Seconde Guerre mondiale, ma grand-mère Rufina avait été engagée par une famille de gens riches pour qui elle cousait les vêtements. Elle était courtisée par un soldat allemand qui avait enlevé son plus jeune frère, persuadé qu'il s'agissait d'un sympathisant communiste. Ma grand-mère était allée reprendre le petit frère à pied dans une ferme au bout du village : son frère n'était pas communiste, il était juste en train de se balader. Et du coup je n'ai pas eu le privilège d'avoir des résistants dans ma famille, juste des personnes plus ou moins consentantes face au pouvoir. En échange du petit frère, ma grand-mère avait promis de raccommoder les chaussettes et les chemises des soldats. Un jour, alors qu'il venait de lui apporter un panier de linge à laver, l'Allemand avait dit à voix haute : « Si moi avoir chance, revenir chercher la blonde. » Elle était dans une autre pièce, la tête penchée sur sa boîte à couture, et elle n'avait pas rougi. En fait, jeune, elle avait les cheveux cuivrés, et aujourd'hui encore cette inexactitude reste comme une offense pour elle. Ma grand-mère Rufina détestait les fascistes et les communistes, mais elle était gentille avec les Allemands : les jeunes nazis étaient menés par le bout du nez, comme tout le monde, mais au moins ils étaient étrangers, et c'était plus facile de s'entre-tuer avec des inconnus.

Jeune fille, elle avait été aussi courtisée par le photographe d'un village des environs qui lui envoyait des lettres par l'intermédiaire d'un voisin, elle ouvrait des enveloppes où elle trouvait des photos de soleil couchant qui la mettaient mal à l'aise et l'ennuyaient ; l'art l'a toujours ennuyée.

Le médecin d'un autre petit village prenait souvent part aux réceptions données dans la maison des riches chez qui elle travaillait comme couturière, il l'invitait à danser le tango mais elle avait honte. Le médecin lui plaisait beaucoup, mais ma grand-mère savait qu'elle était ignorante. Elle ne lisait pas de livres, elle savait à peine écrire. Elle était belle, mais qu'est-ce qu'elle aurait fait si elle avait été la femme d'un médecin ? Elle l'aurait gêné, et c'est pour cela qu'elle s'était fiancée puis mariée avec le maréchal-ferrant, l'ancien amoureux de sa sœur aînée.

Elle n'éprouvait pas de remords à le lui avoir enlevé : entre-temps, il y avait eu la guerre, les choses avaient changé. Mon grand-père « sortait par la porte et rentrait par la fenêtre », et il avait compris que malgré ses coiffures recherchées et sa vanité, cette fille-là était terrible pour ce qui était de faire des économies, et obsédée comme lui par l'argent.

Ils avaient tous les deux un bon travail, et ils s'y consacraient sans en parler ; quand ma grand-mère est tombée enceinte, elle ne savait même pas qu'elle allait perdre les eaux, elle ne pensait qu'à coudre avec sa Singer d'occasion achetée à crédit quand elle avait seize ans.

Ils ont eu trois enfants. L'aînée n'est plus là et le dernier, mon père, est né sourd.

La tante que je n'ai pas connue, Wanda, est morte à l'âge de trois ans. Ce jour-là ma grand-mère teignait des tissus dans une bassine en utilisant de l'eau bouillante pour mieux fixer les couleurs, et elle était allée surveiller un plat sur le feu ou peut-être recevoir quelqu'un qui avait frappé à la porte. C'est un détail qui change chaque fois qu'elle raconte cette histoire. Elle était revenue dans la pièce et avait trouvé la petite dans la bassine. Elle avait changé ses pansements pendant des jours, mettant de l'huile pour hydrater la peau fripée et fine comme une toile d'araignée, assistée par les parents et les voisins ; la petite était morte quelques jours plus tard. Sur la photo qu'on voit dans la niche mortuaire de la famille, elle a la peau altérée par la postproduction de l'époque, une robe trop bleue et des boucles : c'était déjà un fantôme.

Ma grand-mère Rufina n'a pas été beaucoup à l'école et maîtrise mal la conjugaison mais elle a l'habitude de nommer les couleurs de manière particulière, en se référant à une nomenclature en voie de disparition : dans son monde, il n'existe pas de bleus, il existe le lavande et le bleuet. Je vais la voir, elle me montre des gants en peau ou des jupes étalées sur le lit ; si je lui demande ceux qui sont « marron », elle dit « tête de nègre », elle corrige le rose en cyclamen, distingue le pervenche du myosotis ; pour elle, il est important de nommer les choses par leur nom, elle insiste là-dessus, et moi, pendant ce temps, je pense à sa fille morte, tuée par la couleur.

Elle prétend que mon père est devenu sourd à cause d'une frayeur qu'elle a eue en traversant la rue quand elle était enceinte de lui ; une voiture avait surgi brusquement, la faisant hurler au milieu de la chaussée. Au début elle faisait comme si ce n'était pas vrai, comme s'il pouvait l'entendre, et la mère et le fils n'ont jamais été aussi unis qu'en ces jours-là, insensibles à l'évidence autant l'un que l'autre. Mon grand-père ne parlait pas beaucoup, ce doit être quelqu'un d'autre qui a violé l'intimité feutrée de leurs conversations et lui a fait comprendre qu'il fallait consulter des médecins parce que le petit ne répondait pas quand on lui parlait. Après les visites sans résultats dans les cliniques, ça avait été le tour des pèlerinages : mes grands-parents n'avaient pas assez d'argent pour aller à Lourdes mais mon père avait pourtant bénéficié de l'imposition des mains du Padre Pio, même s'il s'était ensuite réveillé toujours sourd et sans stigmates. Ce n'était pas un enfant agité, il n'était devenu difficile que lorsque ses parents l'avaient envoyé en pension sur la Via Nomentana pour qu'il suive un enseignement.

Ma grand-mère allait le chercher tous les week-ends, endurant plusieurs heures d'autobus entre Monteleone di Spoleto et Rome, sur des routes tortueuses au milieu des forêts de conifères et des rochers recouverts de grillages pour prévenir les éboulements. Finalement, avec mon grand-père, ils avaient décidé de déménager à Rome pour faciliter les visites. Elle avait été une des plus belles filles du village, celle qui se tenait droite, mais quant à la maternité, elle avait eu tout faux.

En ville elle était devenue concierge mais elle n'avait pas du tout le caractère de la profession, elle passait la serpillière sur les escaliers et ne cancanait pas. Son mari ferrait les chevaux au Testaccio, dans un endroit où cela ne se fait plus aujourd'hui, entre des arcs en ruine et des ateliers, là où Rome était cuir et rouille avant de se noyer dans le Tibre.

Adolescence

« Tu ne peux pas faire tout le temps la vedette », braillaient en gestes les camarades de classe de ma mère pendant que le professeur expliquait quelque chose au tableau, et pour attirer son attention elles donnaient des coups de pied dans sa chaise ou faisaient tomber ses crayons.

Elle ne levait pas la tête et se refusait à répondre, mais quand ses camarades de chambre voulaient à tout prix savoir pourquoi c'était toujours elle qui devait avoir le rôle principal dans les spectacles de Noël ou de fin d'année scolaire, elle rétorquait que c'était obligé, elle était la meilleure. Après quoi, pour détourner leur attention, elle les aidait à raccourcir leurs jupes de laine en décousant les bords avec une petite paire de ciseaux. Les pensionnaires se promenaient le long des couloirs en tirant les fils de laine, chaque jour un peu de peau en plus à montrer, en attendant les visites à l'Institut des garçons qui avaient lieu environ une fois par mois. Pendant ces rassemblements, ma mère voyait souvent son frère Domenico, qui était timide et défaitiste, et elle essayait de lui trouver une fiancée. « Les sourdes sont marrantes et décomplexées », lui disait-elle. Mais lui, il craignait qu'elles ne soient comme elle, et il laissait tomber.

Les camarades de classe de ma mère étaient persuadées qu'après son diplôme, elle tenterait une carrière au théâtre – une sourde qui fait l'actrice, c'est tellement évident, toute sa vie est une performance –, tandis que les religieuses voulaient plutôt l'orienter vers une formation artistique. Elle dessinait bien, elle remplissait ses cahiers de corps sans tête et d'yeux arrachés, mais quand on lui faisait des compliments, elle haussait les épaules : façon de dire qu'elle n'était pas idiote, c'était facile de lui trouver du talent juste parce qu'elle n'avait pas autre chose.

Le pensionnat de Potenza ne gardait les jeunes filles que jusqu'à un certain âge, après quoi soit elles rentraient dans leur famille, soit elles trouvaient une place dans un autre institut.

Comme sa famille était de l'autre côté de l'océan, ma mère s'est trouvée dans l'obligation de déménager d'un pensionnat dans un autre, ou d'aller vivre chez des gens qui accueillaient les jeunes sans famille en échange d'argent. Mon grand-père lui trouvait des logements temporaires dans le sud de l'Italie par l'intermédiaire d'un notaire qui lui servait de tuteur, il lui envoyait régulièrement des chèques et ils se parlaient souvent au téléphone. Chaque fois que ma mère sentait monter sa haine envers ses camarades de classe ou qu'un homme entrait dans sa chambre en pensant qu'elle ne savait pas comment hurler, elle courait vers une cabine téléphonique et demandait à la standardiste un appel en PCV, puis elle attendait la sonnerie prolongée qui annonçait la communication avec l'Amérique, le seul son qu'elle comprenait vraiment et qui se dilatait en cercles concentriques et vibrations à l'intérieur de son oreille jusqu'à se planter dans tout son corps après s'être transformé en voix de son père. Elle lui racontait ses journées sans comprendre ou sans entendre ses réponses, mais elle pouvait intercepter un courant le long de la ligne téléphonique, remplie de la certitude que son père l'écoutait quoi qu'elle dise.

Parfois il lui payait le billet pour qu'elle vienne à New York, ils se retrouvaient dans le hall d'arrivée de JFK, et mon grand-père sursautait à la vue de cette fille intelligente et sauvage qui devenait de plus en plus féminine, mais il lui faisait des reproches parce qu'elle disait trop de gros mots. L'été de ses quatorze ans, il l'avait emmenée chez un médecin de Manhattan dont il avait déniché l'adresse dans un magazine où on faisait la publicité pour l'installation par opération chirurgicale d'implants auditifs capables de vous rendre l'ouïe. Le médecin avait parlé longuement avec ma mère avant de déclarer qu'il n'y avait rien à faire ; après quoi, dans le couloir, mon grand-père lui avait balancé un coup de poing. Ensuite, avec ma mère, ils étaient allés à SoHo pour lui acheter un vêtement chaud pour l'hiver, elle voulait une parka. Elle l'appelait So-hò. Sur la photo de la statue de la Liberté qu'ils ont faite ensemble durant une sortie en famille, l'un des deux a écrit « Niù-Iore ».

Aux États-Unis, elle portait des shorts qui laissaient voir ses cuisses brunes et musclées. Alors les voisins lui demandaient pourquoi elle avait des cicatrices sur la jambe gauche : une fois, dans une de ses familles d'accueil, elle s'était jetée au milieu des flammes pour sauver des chatons qui s'étaient glissés dans la cheminée, sans que quiconque fasse un geste.

Son père l'emmenait à Coney Island et restait habillé de pied en cap sur la plage à regarder les plongeons de ces enfants qui n'étaient pas encore américains mais déjà éparpillés, attentif à ce qu'ils ne se fracassent pas le crâne contre les pontons couverts d'algues tandis que ma grand-mère Maria s'agenouillait sur une grande toile pour distribuer café et gobelets en plastique. Elle riait quand leurs voisins qui venaient de changer de nom lui disaient qu'ils attendaient de la voir en maillot de bain – désormais tous devenus Mike, ou Joe, ou Tony, ils pensaient à leur vie italienne d'avant avec un certain déplaisir – mais elle ne se déshabillait jamais, comme mon grand-père, qui restait en pantalon et chemise, les yeux rivés sur l'eau. Il pensait à son plus jeune fils qui lui avait demandé de l'argent pour acheter une guitare, à l'aîné qui parlait peu et fumait des cigarettes, même s'il ne savait pas bien aspirer la fumée ; il pensait à son fils le plus beau qui risquait toujours de se faire renvoyer de l'école ou de mettre les adolescentes du quartier enceintes ; et puis il pensait à cette gamine qui avait des griffures primitives sur les jambes et à qui il n'était capable que d'offrir des vêtements pour faire son effet dans les écoles italiennes, même s'il soupçonnait qu'elle les fréquentait peu malgré les bons bulletins de notes qu'elle montrait.

Pour ma mère, Coney Island, c'était la fin de l'été, et des garçons qui la reluquaient par en dessous quand elle tordait ses cheveux en laissant des flaques boueuses sur le sable, ceux qui prenaient peur en entendant ses cris désordonnés chaque fois que les amis de la famille lui couraient après et l'attrapaient par les bras et les jambes pour la balancer à l'eau, persuadés qu'elle criait juste par timidité. Sa peau enduite d'huile solaire restait glissante et mâchée pendant plusieurs jours, son corps comme déjà prêt pour l'onction de la confirmation ; elle avait cessé de croire dans les sacrements quand elle avait quitté les bonnes sœurs mais elle ne l'avait pas encore dit à ses parents.

Tout le monde allait à Coney Island à cette époque-là, mais il y a d'autres plages qui me font penser à ma famille.

Dead Horse Bay est une baie marécageuse, autrefois entourée d'abattoirs pour les chevaux, d'incinérateurs pour les ordures et d'usines qui traitaient l'huile de poisson. Elle doit son nom aux carcasses de chevaux utilisées entre 1850 et 1930 pour produire du fertilisant et de la colle. Une fois débarrassés du moindre résidu de chair, les os des animaux étaient bouillis, après quoi les eaux de cuisson étaient envoyées dans la baie au-dessus de laquelle flottait, en suspension, une fumée radioactive qui pouvait transformer n'importe quel humain en criminel et n'importe quel criminel en fantôme. Dead Horse Bay a de nouveau changé de fonction en devenant une décharge enfouie afin de réduire au silence les ordures de New York ; le terrain a été comprimé pour contenir les déchets et isoler toute putréfaction, mais à la suite d'une crue et de divers phénomènes d'érosion, la décharge a commencé à se déliter et déverse aujourd'hui encore son contenu sur la plage.

Glass Bottle Beach à Dead Horse Bay est une plage pleine de chaussures arrachées, de bouteilles cassées ou d'emballages de détergents qui n'ont plus cours ; il paraît qu'il y a aussi des os de cheval, mais je n'en ai jamais trouvé. De temps à autre je suis tombée sur des couples occupés à sélectionner les déchets les plus bizarres pour fabriquer des attrape-rêves à accrocher dans le jardin, ils se bousculaient l'un l'autre et puis lançaient dans l'eau des bouts de verre couverts d'une croûte de boue en se moquant de leur propre manque de goût. Sur la plage, il y a des bateaux échoués, repeints par quelque artiste qui a laissé des messages parlant de paix ou d'apocalypse, rien d'autre, pas de message d'amour personnel, et sur les arbres qui perdent des bouts d'écorce au moindre contact et vous laissent sur les doigts des chrysalides et du sel, il y a des drapeaux américains aux couleurs rouillées, désormais fausses.

C'est un endroit magique et solitaire, plein de charognards, et pourtant aucun musée consacré aux immigrés ne me rappelle autant ma famille que ce cimetière de verre à Brooklyn. Mes grands-parents ont tenté de s'implanter dans un marécage et ils ont changé de fonction et d'aspiration chaque fois que l'Amérique le leur a demandé, juste pour trouver une sorte de calme dans la perte accidentelle des objets qu'ils avaient apportés avec eux, des objets dont les marques ne coïncidaient plus avec la réalité, dépourvus même de valeur affective à l'intérieur d'une famille qui se disait toujours nouvelle alors que sa lessive euphorique et triste remontait à la surface, telle une décharge requalifiée.

Vers l'âge de quinze ans, ma mère a déménagé à Rome, et c'est à cette époque-là qu'elle a appris à fuguer. Souvent les carabiniers la trouvaient endormie à la Villa Borghèse. Parfois elle sortait la nuit pour s'éloigner de la zone de Boccea où se trouvait son internat – c'était encore un faubourg à l'époque – et elle marchait pendant des kilomètres à la recherche d'un parc en suivant les mailles de la ville qui s'effilochait entre champs incultes et marécages d'eau saumâtre et puis elle s'endormait en position fœtale sous les arbres, les mains serrées entre les cuisses, s'imprégnant de la rosée dans son dos jusqu'à ce que les chaussures d'un inconnu annoncent, de leurs coups sourds sur la terre humide, que l'on était sur ses traces. Alors elle se relevait et fuyait à nouveau.

Quand elle me parlait de ces fugues que j'allais imiter avec un moindre succès durant mon adolescence, je lui demandais : « Tu avais un endroit où dormir, tu avais de quoi manger. Il y avait des gens qui s'occupaient de toi, alors pourquoi est-ce que tu t'en allais ? »

« Je voulais me sentir libre. » Les seuls endroits où ma mère s'est sentie à l'abri des assauts invisibles dans son dos, c'étaient les forêts et les rues.

* * *

Enfant, il suivait son père, Gorizio, quand il ferrait les chevaux, volait les fers enlevés et les emportait dans les champs. Il enfonçait des piquets de bois dans le sol, accrochait les fers encore tout sales de paille et de fumier, et tirait dedans, éloignant de plus en plus ses cibles.

Mon père s'est toujours senti à son aise au milieu des couteaux, des machines à clouer et des pistolets.

Dans son garage, il garde le sable qu'il a ramassé lors de tous ses voyages sur les côtes, réparti en récipients étiquetés selon la date et la provenance ; dans les cas les plus rares, il décrit aussi les propriétés de ces échantillons. Quelquefois il m'offre une étoile de mer glissée dans une pochette de cellophane, mais seulement après l'avoir repeinte d'une couleur fluorescente et vulgaire. Dans une pièce à l'arrière, il y a des petites boîtes pleines de minéraux et de coquillages, identiques à celles où l'on range les vis dans les quincailleries. Une fois j'ai pris une boîte pleine de morceaux de pierre ponce blanche, sur l'étiquette il était écrit : « Lune ».

À l'école primaire, j'ai eu moi aussi pendant quelque temps une collection de minéraux, sur mes petites boîtes remplies de quartz rose et de pyrites, je marquais « Lave volcanique », « Mars » ou « Hawaï », et disais à mes copines que c'était mon père qui me les avait procurées. À cette époque-là, j'étais capable d'arriver à l'école avec des restes effilochés et éthérés de coton hydrophile en racontant que j'avais cassé un hublot pendant un voyage en avion et que j'avais attrapé des bouts de nuages. On me croyait parfois. Entre mon père et moi, comme nous avons la même prétention de penser qu'on va s'en tirer, c'est à qui raconte le mensonge le plus grandiose.

Après le collège, sa mère l'avait inscrit à un cours pour devenir électrotechnicien. Il aimait les fonctionnements mécaniques et le mouvement des planètes, ses tables de travail étaient toujours tapissées de carnets dans lesquels il notait la distance entre la Terre et le Soleil, et la latitude des déserts. Sa vie ressemblait à une émission de jeu télévisé où la connaissance était émiettée en toutes petites notions, c'était facile pour lui d'avoir l'air intelligent en débitant des connaissances auxquelles ses parents ne comprenaient rien.

Il savait seller les chevaux et travailler le bois, mais il préférait construire des objets de modélisme et brancher entre eux différents circuits électriques, en modifiant les installations jusqu'à ce que le courant les fasse briller, il voulait comprendre comment la lumière pouvait s'interrompre et revenir brusquement. Il a toujours été sensible aux variations de couleurs dans une pièce.

Les enseignantes disaient à ma grand-mère qu'il était trop beau pour être électricien et qu'il devrait devenir acteur. Ces propos remplissaient Rufina d'orgueil, mais mon père rechignait, il ne voulait pas se maquiller et faire semblant. L'été il disputait des courses de motocross avec son frère aîné et d'autres gars du pays, à Monteleone di Spoleto. Je ne sais pas s'il gagnait parce qu'il n'avait pas peur de tomber et allait plus vite que les autres, ou s'ils le laissaient gagner pour lui faire plaisir. Il commençait à avoir des doutes, lui aussi, et cette frustration, cette colère rentrée allait produire des étincelles.

Sa mère l'emmenait à Ostie pour qu'il puisse nager ; à quinze ans, il avait le physique élégant et tonique des garçons de bonne famille. Il avait commencé à boire et à fumer, même s'il n'avait pas d'amis avec qui le faire. À l'école, il ne parlait pas ; dans sa ville d'origine, il y avait d'autres sourds mais ils n'avaient pas le même âge et il ne voulait pas les fréquenter. Il n'aimait pas gesticuler et ne le faisait même pas avec ses parents ; quand il voulait réclamer l'attention de quelqu'un, il tapait sur la table, ou par terre avec les pieds. Quand ses proches essayaient de faire des gestes pour se faire comprendre, il donnait des gifles, éloignait d'un coup sec les mains qui s'agitaient autour de lui : il voulait que les gens scandent bien les mots de manière à pouvoir lire sur leurs lèvres. Bien que vivant à des kilomètres de distance, ma mère et lui avaient adopté les mêmes stratégies de dissimulation.

Il y a des années, l'écologiste Suzanne Simard a démontré que la forêt est un système coopératif et que les arbres « parlent » entre eux pour échanger des substances nutritives, ou les fournir en cas de danger : quand un incendie éclate, les arbres utilisent les *champignons mycorhiziens* présents dans le sous-sol de façon que ceux-ci, à travers un réseau neuronal dense, transmettent les substances vitales aux espèces les plus jeunes, permettant ainsi aux plantes les plus faibles de perdurer. Avant de tomber sur ces théories, je croyais que l'amour coïncidait presque toujours avec le destin et avec une forme effrayante d'ignorance – nous ne savons pas qui nous aimerons, ni pourquoi nous en aurons besoin. Mais quand je pense aux similitudes entre mes parents dans les après-midi mélancoliques et rageurs de leur adolescence, isolés tous les deux comme ils l'étaient, je prends en considération la possibilité que la rencontre de deux personnes ne dépende en rien de la prédestination mais plutôt d'une carte biologique qui se révèle au moment où l'on tombe amoureux l'un de l'autre et où l'on comprend qu'une intelligence primitive gouvernait nos corps et émettait dans l'air, avant même la rencontre, des particules élémentaires capables de traverser des villes, des murs de ciment et des membranes de peau pour entrer en contact avec des substances de même nature et développer une forme de résistance commune, une défense contre les agressions du monde extérieur. Mes parents se sont rencontrés par le biais de réverbérations semblables à celles d'une forêt avant un incendie, et non parce que c'était écrit ; leur futur n'était pas inscrit dans les filigranes d'une bible ou d'un vieil horoscope, c'était seulement une vibration particulière de l'air, une alarme invisible qui invitait à la survie.

Durant son adolescence, mon père a découvert son mode de communication préféré : embêter les gens. Il faisait disparaître des petits bibelots, inventait des croche-pieds, cachait les ciseaux ou le nécessaire à couture de sa mère, faisait peur aux gens en surgissant dans leur dos. Nous ne savons pas où il allait quand il ne travaillait pas, mais il avait déjà commencé à avoir des relations sexuelles avec des femmes plus âgées que lui qui l'invitaient chez elles et lui apprenaient ce qu'elles savaient. Étendu sur un lit aux premières heures de l'après-midi dans des appartements aux murs damassés, aux abat-jour orangés et aux cadres soigneusement astiqués que les veuves gardaient sur leur table de nuit, mon père se rendait compte qu'il ne savait pas faire la cour aux gamines de son âge, qui n'avaient pas encore le corps marqué par les renoncements.

Mais ce corps qui lui semblait si beau, si fonctionnel, allait lui aussi s'affaisser un jour ou l'autre. Les handicapés – tous les mots pour les définir sont faibles, inappropriés – sont une majorité cachée : malgré les machines et les prothèses destinées à prouver que la mort n'existe pas, tous ou presque, avec le temps, nous perdrons un superpouvoir, que ce soit la vue, un bras ou la mémoire. L'incapacité de faire des choses que nous devrions savoir faire, l'impossibilité de voir, d'entendre, de se souvenir ou de marcher est moins une exception qu'une destination.

Tôt ou tard, nous finissons tous par être handicapés. Ces gamines, ou ces veuves qui lui avaient donné le goût du sexe, elles aussi, elles seraient handicapées : par rapport à elles, mon père venait seulement du futur.

Quand il allait nager, il disparaissait parfois, s'éloignait vers le large avec tout le poids de l'eau au-dessus de la tête, avançant toujours plus dans la mer.

Jeunesse

Ma mère a fêté ses vingt ans assise sur les pavés de la Piazza Navona, avec un gâteau acheté par les amis qui vivaient comme elle dans la rue. Pour lui faire une surprise, ils avaient fait une collecte et déposé le gâteau sur un bout de carton.

Dans le centre-ville, ma mère fréquentait des personnes qui s'étaient enfuies de chez elles, ou bien des homosexuels, elle les serrait dans ses bras quand elle s'allongeait sur le trottoir, avec ses bottes en cuir et ses chemises à carreaux. Parfois elle arrivait sur la place avec les cheveux rouges ou blonds, et tout le monde lui disait de revenir à sa couleur d'origine, mais elle était têtue et gardait cette teinture qui brûlait ses cheveux. Un été, elle a disparu pendant trois mois pour aller toute seule en Grèce, elle dormait sous la tente et se vantait d'avoir fait sourire un de ces gardes à babouches obligés de rester immobiles. Parmi ses fréquentations de cette période, il y avait une prostituée qui travaillait en appartement et envoyait sa fille dans un collège suisse où elle pouvait monter à cheval, il y avait aussi un des premiers Italiens à avoir subi une intervention pour changer de sexe (après quoi ses parents avaient déménagé et changé de numéro de téléphone sans la prévenir).

Je ne connaissais pas tous les mots que ma mère, dans ses récits, prononçait avec emphase. Je ne savais pas ce que signifiait *prostituée*, par exemple, si bien qu'une fois je lui ai demandé si elle ne pouvait pas l'être elle aussi pour m'acheter un poney. Elle était en train de m'habiller pour aller à la maternelle, je sautais sur le lit, j'avais guetté son sourire troublé tandis qu'elle m'enfilait un tee-shirt, un matin de lumière blanche à Brooklyn. J'aurais voulu l'entendre dire que si c'était nécessaire elle le ferait. Je ne connaissais pas ce mot, je ne savais pas ce qu'était une prostituée, mais je savais que ça impliquait un sacrifice et je pensais le mériter.

« En fait j'avais beaucoup d'amis bourgeois », tenait-elle à préciser de temps à autre, cependant ses descriptions les présentaient seulement comme des jeunes qui portaient des jeans crasseux mais conduisaient des voitures de sport ; ils l'emmenaient parfois chez eux pour la présenter à leurs parents à qui elle disait qu'elle était seule au monde en espérant qu'ils lui donneraient un peu d'argent. Mais au bout d'un moment ils se lassaient eux aussi de son instabilité, et elle revenait au point de départ, avec ses veines intactes et son rire gras et méprisant. C'étaient ses fantomatiques « bourgeois de la zone », des mots que j'ai toujours détestés parce qu'elle les utilisait sans les comprendre, ce qui fait que je suis arrivée à l'université à Rome sans avoir rien compris, en prenant une classe sociale et une éducation pour une autre.

Un jour elle a rencontré Patty Pravo au terminal de l'aéroport, elles allaient toutes les deux embarquer sur un vol pour New York et la chanteuse lui avait fait remarquer qu'elle avait le même sac en cuir qu'elle, comme si c'était une insulte.

Il y a quelques années, j'ai interviewé Patty Pravo pour une revue de musique ; je voulais lui parler de sa garde-robe et d'Aldo Moro, elle voulait parler de son dernier disque. Quand j'avais insisté pour savoir comment elle s'était débrouillée durant ces années difficiles, elle avait éclaté d'un magnifique rire antique. « Dans les années soixante-dix, j'étais la terreur des radios hyper politisées, mais je n'étais pas de gauche, je n'étais pas de droite. Je ne votais pas, je ne vote pas », avait-elle admis, et j'avais éprouvé une estime embarrassée à son égard. Moi, je n'ai jamais été capable d'échapper vraiment à mon époque.

« Viens me voir, je te montrerai mes vêtements », m'a-t-elle dit avant que je parte, et j'ai pensé que j'irais peut-être, et lui raconterais, qui sait, cette fois où ma mère l'avait croisée à l'aéroport. Je lui aurais demandé : « Tu as vu cette fille brune et bruyante ? Comment était-elle ? Elle t'a envoyé promener quand tu lui as parlé de ce sac, ou bien elle t'a demandé un autographe ? Elle voulait savoir quel mascara tu utilisais, ou elle a eu ce haussement d'épaules caractéristique, plein de fierté, genre "on s'en fiche pas mal !" ? »

Ma mère se glissait dans les interstices de la ville, louvoyant entre la Piazza Navona et le Trastevere de Mario Schifano, avec des ambitions artistiques non avouées.

Au moment où elle se faisait récupérer à l'aéroport de Fiumicino par un gars avec lequel elle avait cessé de parler après un avortement, certains scientifiques, au cours d'une expédition océanographique menée au moyen d'un bathyscaphe nommé *Trieste II*, enregistraient pour la première fois un *whale fall.* Quand une baleine tombe au fond de l'océan et que son corps se décompose, sa carcasse commence à produire des substances capables d'alimenter des colonies entières de bactéries, créatures marines et autres organismes dans un processus d'approvisionnement qui peut se prolonger pendant des décennies. L'animal réinvente l'océan à travers sa mort. Mais on fait parfois exploser les carcasses des cétacés échoués sur les plages car il semble qu'il soit ainsi plus facile de les évacuer : en 1970, dans la petite ville de Florence, en Oregon, on a fait sauter à la dynamite un cachalot échoué sur le sable qui s'est désintégré en éparpillant des restes sur deux cent quarante mètres à la ronde. Au lieu de procurer du combustible à l'océan et de régénérer la matière, les cétacés sacrifiés à la dynamite dispersent des détritus, défoncent les coffres de voitures et répandent partout des bouts de cartilage puant, et c'est en cela qu'un phénomène océanographique ressemble pour moi à certaines périodes de l'histoire : l'engloutissement une décennie durant et la déflagration à répétition, entre la mélancolie d'un animal qui s'abîme doucement jusqu'à la décomposition et celui que l'on éventre dans l'insoutenable déflagration du plomb le plus atroce. Ma mère ne pouvait pas entendre les communiqués par lesquels on revendiquait les corps des hommes politiques ni entendre les radios qui donnaient une fréquence précise à l'air, c'était une fille involontaire et non automatique des années soixante-dix. Personne ne pouvait lui apprendre si elle devait être une substance qui coule ou qui explose.

Un ami français qu'elle aimait beaucoup, après une dispute avec sa femme qui l'avait mis à la porte, s'était retrouvé obligé de dormir dans sa voiture. Il avait demandé à ma mère un conseil pour acheter un cadeau à sa fille : aujourd'hui encore elle se demande s'il a vraiment pu lui donner cette poupée, et cette interrogation contient à mes yeux tout le sens de l'amitié, toute l'empathie dont elle a été capable : ma mère était une gamine de la rue, comme d'autres personnes que leurs parents ne voulaient pas, destinées à se perdre dans la nuit romaine au milieu des mimes, des peintres et de tous les Oliver Twist difformes ou scintillants. Avant d'aller dormir, elle me racontait que parmi ces jeunes riches qui avaient fugué, ces filles violées sans père, ou ces personnes qui voulaient changer de sexe ou se droguaient avec l'argent des dessins affreux vendus aux touristes, elle s'était sentie libre, accueillie, comme si toutes leurs conversations n'étaient qu'un de ces contes du soir racontés à tour de rôle sous le feu des réverbères.

Avec sa meilleure amie, qu'elle avait connue en internat et qui, contrairement à elle, était sobre et sérieuse, elle avait pris pension chez une dame revêche ; comme la salle de bains était sur le palier, elles allaient se doucher à la gare de Termini avant d'aller travailler. Elles se rendaient ensemble à des expositions ou à des conférences, un livre sous le bras, ou un catalogue pris au hasard, elles voulaient faire partie de ces assemblées d'intellectuels désinvoltes, toujours tendus vers un but. Un homme jeune intercepté une nuit lui avait donné cinq millions pour se faire photographier la poitrine comme doublure d'une actrice qui ne voulait pas montrer ses seins, mais avant que sa carrière puisse la porter ailleurs, un de ses amis intimes l'avait persuadée de laisser tomber ; elle était un peu amoureuse de lui, mais elle ne lui a jamais dit.

Ma mère ne se séchait pas les cheveux en sortant de la douche et n'utilisait pas de parapluie ; elle disait que, le matin, elle prenait le bus avec Renato Curcio, mais moi, je ne sais pas qui elle a pu voir, chaque événement chez elle devient de la contre-histoire. Je ne sais pas si elle a vraiment rencontré Patty Pravo à l'aéroport, ni ce qu'elle a bien pu comprendre des Brigades rouges. Nous regardons des documentaires sur cette période historique et nous observons une minute de silence pour les deuils de cette génération, ensuite je lui demande si elle n'avait pas peur, mais elle me répond « nous ne pouvions pas nous le permettre, nous devions lutter », et je me demande toujours à qui renvoie ce pluriel.

Malgré les agressions de la part d'inconnus dans des wagons de train, malgré les types qui lui apportaient des roses en lui disant être des metteurs en scène prêts à lui offrir un rôle, « que des gens qui sont devenus célèbres après m'avoir rencontrée », elle n'a jamais été aussi heureuse de sa vie que pendant cette période, pas même quand nous sommes nés, mon frère et moi. Tout le bonheur qu'elle a éprouvé par la suite était contenu, déjà limité par les renoncements, reflet d'une joie qu'elle avait emmagasinée ailleurs et qu'elle a parfois été capable de faire rayonner, alors qu'avant de rencontrer mon père, elle rêvait de devenir peintre, ou comédienne, ou de se fiancer avec un garçon à l'ouïe parfaite, quelqu'un d'important à montrer à ses parents ; elle aurait continué à suivre à l'université les cours de biologie que ses employeurs l'autorisaient à fréquenter pour faciliter son insertion sociale. Sa vie pouvait déborder, sortir des digues, et peut-être que c'était à ça qu'elle pensait en se promenant un jour sur un pont au Trastevere quand elle a rencontré

* * *

mon père, dans cette période, voulait mourir à force d'isolement et d'ennui.

Par l'intermédiaire d'un oncle de la Démocratie chrétienne employé au ministère de l'Agriculture, il avait réussi à trouver un travail à la Banca Nazionale del Lavoro. Pendant les vacances, il voyageait tout seul. Il allait à Paris, à Amsterdam ou dans d'autres villes célèbres pour leurs quartiers nocturnes, où il parvenait à se faire comprendre des chauffeurs de taxi grâce à son entêtement, mais il ne voyait pas de sens à ces déplacements. Il commandait des spaghetti alle vongole ou des steaks saignants, ses repas ne variaient presque jamais et il attirait l'attention des serveurs à grands coups de claquements de doigts cavaliers. Dans les boîtes de nuit, les filles avaient de la compassion pour son silence, jusqu'au moment où c'était lui qui les faisait taire.

À dix-huit ans mon père entrait dans une salle de cinéma et en sortait comme le héros d'*Orange mécanique* qui serait incapable d'entendre Beethoven, il y entrait l'année d'après et il était Marlon

Brando dans *Le Dernier Tango à Paris* en deuil pour les femmes qu'il n'avait pas épousées, à vingt-trois ans il allait au cinéma et il se transformait en Travis Bickle de *Taxi Driver* : chaque fois qu'il disait « c'est à moi que tu parles ? » comme le fait Robert De Niro dans le film, même quand personne ne s'adressait à lui, il avait l'air tout aussi fou mais il avait au moins l'alibi de la surdité.

Mon père s'enfonçait dans les salles obscures et en sortait toujours différent, magnifié et troublé, persuadé que les actions de ces personnes allaient devenir légitimes s'il essayait de les imiter dans la vie de tous les jours.

Quand j'ai commencé à connaître mon père, je l'ai fait comme si ce n'était pas une personne réelle : avec lui j'ai appris à aimer le moment où un film se met à déborder de l'écran pour se déverser sur vous, si bien qu'en sortant du cinéma, vous avez malgré vous franchi un seuil ; alors, durant la promenade silencieuse du retour, vous vous apercevez que vous êtes devenue autre chose, la fille amoureuse et blessée de maintenant n'est plus la fille innocente et naïve d'avant. Cette multiplication involontaire des cellules de mon imagination, cette violation constante de ce qui est possible malgré la douleur que cela causera aux autres, j'en reconnais encore la beauté et le poids, même si ce seuil-là c'était ma vie à moi et non la sortie d'un cinéma, et que mon père l'a franchi un nombre infini de fois. Je l'ai vu exercer la furie maniaque de certains personnages de fiction au point de se transformer en un bout de cellulose brûlé sur les bords. Parfois, pendant l'entracte, il m'a aspirée dans sa projection, mais je n'ai jamais été vraiment importante. Pourtant j'ai senti cela : le moment où nos corps imprimés sur la pellicule se ramollissaient avant de prendre complètement feu, quand notre image, juste avant de se désintégrer, atteignait ses couleurs les plus vives, les plus lumineuses.

Nous avons revu ensemble quelques-uns de ses films préférés quand j'allais lui rendre visite à Rome après son divorce d'avec ma mère, même si ce n'étaient pas des films de mon âge. Le soir, je ne voulais pas dormir toute seule sur le petit lit installé dans un débarras de son appartement de célibataire rempli de meubles qu'il avait fabriqués avec des matériaux de récupération, alors je me glissais dans son lit avec lui et mon frère pendant qu'ils regardaient un film où les filles étaient prises en otage dans une banque puis s'enfuyaient avec les voleurs, ou bien c'étaient des dobermans qui déchiquetaient leurs propriétaires. Pendant la nuit, je m'affalais sur la poitrine de mon frère et mon père se mettait en colère quand il me retrouvait comme ça.

À la fin des vacances, en rentrant à la maison, j'ai découvert un recourbe-cils dans la trousse à maquillage de ma mère : après avoir vu *Orange mécanique*, où il était utilisé comme instrument de torture, je n'ai plus regardé cet objet de la même façon ; quand je m'en servais pour me maquiller, même si j'étais encore un peu trop jeune, je revenais tout de suite à la vie imprévisible que je menais l'été en compagnie de mon père. Le recourbe-cils était rangé dans une trousse dont les bords étaient raides de fard à paupières et d'un reste criminel et pâteux de quelques rouges à lèvres, à côté de lames de rasoir Bic rouillées. À vingt ans, quand il lui arrivait d'être triste, mon père prenait les lames de rasoir et essayait de se balafrer la figure. Il ne la supportait pas. Il n'en pouvait plus d'avoir un beau visage, il ne lui avait rien apporté de bon, mais il n'est jamais allé jusqu'au bout.

Et puis un jour, alors qu'il mettait à l'épreuve ses aptitudes de nageur dans un fleuve pollué et dégoûtant, une fille l'avait pris dans ses bras et il avait découvert qu'il avait été toute sa vie à la recherche d'un de ses semblables. Une personne qui ne voulait pas affronter le handicap avec courage et dignité, mais avec inconscience.

Quand il ne sortait pas avec ma mère ou ne la harcelait pas dans les endroits qu'elle fréquentait, il essayait de vendre de la cocaïne Piazza Navona, sauf que c'était du plâtre en poudre. Quelquefois il se faisait prendre, on l'éloignait avec une gifle et il se défendait en riant, en s'affaissant sur les genoux comme une poupée mécanique. Une fois, dans le centre, il était tombé sur un cortège de voitures qui escortaient Andreotti et il avait braqué brusquement pour se mettre à la queue de cette file de voitures : ma mère s'était retrouvée avec une mitraillette pointée droit sur le visage depuis l'autre côté de la vitre. On les avait emmenés à l'hôtel de police, pensant qu'il s'agissait de terroristes, et on ne les avait relâchés qu'une fois avéré qu'ils ne feignaient pas d'être sourds.

Les jeux de hasard étaient l'une des rares choses qu'ils avaient en commun. Ma mère allait souvent à Atlantic City avec ses frères quand elle les retrouvait pour les vacances, tandis qu'au même moment mon père fréquentait différents cercles de jeu à San Lorenzo, sans s'y faire d'amis, en se contentant d'encaisser ses gains. Avec l'argent gagné au poker, il lui achetait des bracelets en argent décorés de pierres d'obsidienne – aucun des deux n'aimait l'or – ou il l'emmenait au casino à Monte-Carlo ou à Venise. Ils pouvaient rester sans manger pendant des jours entiers ou ne manger que des huîtres, ils portaient des habits élégants pour les salles de jeu, mais avaient des griffures au cou ou des chemises auréolées de crasse, car ils évitaient de se laver dans les salles de bains des hôtels pour ne pas chiffonner les serviettes neuves et moelleuses qu'ils allaient voler et emporter. Mon père utilisait des briquets Dupont de collection : la façon dont il se penchait vers elle pour allumer sa cigarette, la main repliée posée à côté de la joue pour la protéger de la flamme, presque comme s'il l'embrassait, était le geste le plus intime dont il était capable.

Avec lui, ma mère a appris à s'enfuir des bars sans payer. Quand ils dormaient chez ses parents à lui, ils ne refaisaient jamais le lit, ils ne savaient pas ce que signifiait le mot « je t'aime », et donc ils ne l'utilisaient pas.

Mariage

Tous les matins, ma mère se levait pour aller dans un bureau de la société Agip Petroli, un bâtiment en verre qui donnait sur un étang, dans le quartier de l'EUR. Elle était sténodactylo et avait un salaire qui lui permettait de s'acheter des manteaux en poil de chameau et des bottes en cuir comme les filles qu'elle voyait sur les magazines. À la même heure mon père se rendait dans une filiale de l'ancienne Banca Nazionale del Lavoro, et aucun des deux ne ramassait les mégots ou les mouchoirs abandonnés par terre. Les murs de leur appartement suaient la fumée, les meubles étaient couverts d'une poussière poisseuse de sucre, les tables basses enfouies sous les mots croisés. Lui il collectionnait *Dylan Dog* et *Tex*, elle ne lisait pratiquement que des romans d'amour, avec une préférence pour ceux qui se passaient dans un ranch en montagne.

Ils s'étaient mariés pendant un bref séjour aux États-Unis où ils étaient allés voir mes grands-parents maternels. Ce jour-là ma mère portait un pantalon pattes d'éléphant blanc et un tee-shirt rayé. Mon père avait fait une photo d'elle au moment où elle attendait que le feu passe au vert. Il lui avait dit de ne pas bouger, avait traversé la chaussée en courant ; elle avait cligné des yeux avec le soleil en face, elle souriait à peine et ne savait pas quoi faire de ses mains. Après ça, ils étaient allés manger du poisson à Chinatown et s'étaient arrêtés pour acheter des babioles aux marchands des rues, il n'y a pas de bagues ou de témoignages écrits de ce jour-là.

Peu après le retour à Rome, elle est tombée enceinte de mon frère. Au réfectoire de son entreprise, elle prenait toujours un steak grillé avec de la salade, la peur de la grossesse l'avait incitée à manger toujours la même chose et à essayer de ne pas prendre de poids, alors même qu'elle était déjà desséchée par le manque d'amis : avec ce travail de bureau qu'elle avait eu grâce à sa belle-mère, elle n'avait rien à raconter aux gens qu'elle avait connus à Piazza Navona ; et d'un autre côté, elle ne pouvait pas présenter mon père à ses amies respectables, de peur qu'il ne se mette à les draguer.

La vie qu'ils menaient ensemble était marquée par des conversations joyeuses qui se transformaient en bris de verre au sol avant qu'elle ait eu le temps de s'en apercevoir. Il disait n'importe quoi pour la faire rire et puis, dès qu'elle riait, il prenait une expression digne d'un interrogatoire de police, lui demandait pourquoi elle avait ri, ce qu'il y avait de drôle et continuait pendant des heures à décortiquer par le menu ses moindres gestes et mouvements, jusqu'au moment où elle s'en allait dans une autre pièce et où il se mettait à détruire les meubles ou à déchirer les livres qu'elle préférait.

Avec l'argent qu'elle avait mis de côté, ma mère lui avait acheté une BMW à crédit. Au lieu d'utiliser cet argent comme apport pour acheter un logement dont il aurait été ensuite impossible de l'expulser, elle lui avait offert une voiture, laquelle avait disparu au bout de quelques mois. Mon père était persuadé que c'étaient les copains marginaux de ma mère qui la lui avaient volée et il menaçait de les dénoncer.

Pour survivre à sa vie quotidienne bancale, ma mère s'était acheté un manuel sur les tarots dans une librairie d'occasion du centre de Rome, et elle avait commencé à prendre des notes sur la façon de calculer les phases lunaires de la folie domestique. Selon les pièces de monnaie du Yi-King, de septembre à février mon père était inhumain, tandis que les autres mois il était seulement instable.

Pour ma mère, prédire la tristesse était plus important que la prévenir.

Elle ne faisait rien dans la maison, elle passait son temps allongée sur le lit à fumer et à fixer le plafond en cercles concentriques. Quand il le lui demandait, elle soulevait son tee-shirt pour lui montrer si ses seins grossissaient, et le soir elle restait tard sur le balcon, assise à boire ou à écrire de longues lettres à ses frères, en décrivant Rome comme une ville où elle ne serait plus seule vu qu'à l'âge de vingt-deux ans elle allait enfin avoir un enfant, la première chose qui serait bien à elle.

Avec l'arrivée de mon frère allaient s'ajouter de nouveaux sons.

Mon père avait installé dans le logement des appareils pour diagnostiquer les pleurs du bébé, en plus des lumières au-dessus de la porte qui permettaient de voir que quelqu'un sonnait. Pour pouvoir accourir dans la chambre et prendre le bébé dans les bras, il avait pris des talkies-walkies qui vibraient.

En 1951, quelqu'un donna à John Cage un livre de Yi-King. Le compositeur commença à s'en servir pour identifier un ordre dans la musique aléatoire, il posait des questions au texte et composait en conséquence, mais pour inventer des sons nouveaux il avait besoin de comprendre également le silence qui était autour. La même année il alla dans une chambre semi-anéchoïque à Harvard, à la recherche du silence parfait. À l'intérieur de cette pièce, il entendit un son aigu et un son grave. Il demanda des explications à l'ingénieur qui était avec lui, et celui-ci lui expliqua que le son aigu était son système nerveux en train de fonctionner, tandis que le son grave était son sang. Cage a répété cette anecdote toute sa vie sans tenir compte des scientifiques qui soutenaient que c'était impossible, que c'était juste une trouvaille romantique. Selon la compositrice Pauline Oliveros, le caractère véridique de cette découverte n'avait pas tellement d'importance : dans cette pièce, en fait, Cage avait eu le tout premier signe avant-coureur de l'AVC qui allait le tuer, quelque chose qui concernait justement ses nerfs et son sang. D'une certaine manière, il avait entendu son futur.

Tandis que mes parents transformaient leur appartement en un astronef de lumières et de signaux d'alerte indispensables pour identifier les pleurs de mon frère, l'artiste américain Doug Wheeler méditait sur une série intitulée *Synthetic Desert* dans laquelle il voulait utiliser des effets optiques pour reproduire la vastitude du désert et son silence.

En 2017, le musée Guggenheim de New York a reproduit une partie de cette série en réalisant une pièce semi-anéchoïque semblable à celle dans laquelle était entré John Cage bien des années auparavant, une pièce configurée comme un abîme marin. Quand j'y suis entrée, moi, j'ai entendu le bruit de ma salive, le gargouillis de mon estomac, les battements de mes cils même, et malgré cela j'ai eu l'impression de disparaître dans le blanc qui m'entourait. À la différence de Cage, là-dedans je n'ai pas eu la prémonition de mon futur, mais j'ai pensé à mon passé, et au fait que mes parents ont toujours vécu dans une pièce comme celle-là.

Après cette visite au Guggenheim, je suis par hasard passée à côté d'une affiche qui annonçait une performance d'Alvin Lucier, le compositeur expérimental connu pour avoir enregistré en 1969 un morceau intitulé « I Am Sitting in a Room ». Ce morceau tourne autour du bégaiement de Lucier : le compositeur s'enregistre pendant qu'il récite un texte, puis il reproduit l'enregistrement, l'enregistre à nouveau et procède théoriquement à l'infini jusqu'à ce que les fréquences dans la pièce rendent sa voix impossible à distinguer et qu'il n'y ait plus que des vibrations et des bruissements. Avec « I Am Sitting in a Room », Lucier ne voulait pas démontrer les qualités physiques d'un espace, mais corriger son bégaiement. Il espérait que la musique effacerait un défaut et en fait, à la fin du morceau en question, il n'est plus quelqu'un qui parle mal mais un être humain incohérent comme tous les autres. La première fois que j'ai entendu ce morceau, j'ai pensé à la façon dont l'art peut sauver un individu de la différence, et la différence de la solitude : je n'ai pas toujours aimé la musique expérimentale de John Cage et de ses élèves, mais, par rapport à d'autres genres, j'ai découvert qu'il a une patience et un intérêt pour tout ce qui dévie de notre faculté commune d'entendre.

Dans la pièce dans laquelle vivait ma mère régnaient alternativement l'anémie, le sommeil interrompu et la terreur. Un jour, en rentrant, elle avait trouvé tous les rideaux roulants baissés, les meubles renversés et les bouteilles ouvertes ; mon père était assis dans la cuisine avec un couteau à la main, disant qu'ils avaient quarante-huit heures pour s'enfuir en Hollande. Ils devaient quitter leur travail et s'en aller là où personne ne pourrait les contrôler, dans une communauté hippie qui avait sombré dans le nihilisme. À force de discuter, elle l'avait convaincu d'aller à Brooklyn chez ses parents et elle avait démissionné. Quelques jours plus tard elle était allée retirer ses effets personnels au bureau, entourée de ses collègues persuadées qu'elle ne pourrait jamais retrouver un emploi pareil, en tout cas pas dans une multinationale du pétrole. À partir de ce jour-là, ma mère n'a plus travaillé, elle est partie de Fiumicino pour aller chez ses parents à Bensonhurst avec un enfant blond qui marchait à peine et un mari habile aux cartes. Quelques années plus tard, c'est moi qui suis née, une minute avant minuit d'un jour d'été, après plusieurs heures de travail et une intervention qui a pratiquement mis en danger la vie de ma mère. Bien des heures après l'accouchement, quand mon père s'est présenté dans la chambre de la clinique, il n'avait pas un bouquet de fleurs à la main mais une policière au bras, celle qui venait de lui mettre une contravention. Constatant l'impossibilité de divorcer sur la base d'un précédent aussi prévisible et banal, mes parents ont décidé de faire la paix et j'ai passé les premières années de ma vie dans un appartement plein de tableaux laissés en plan et de portes dégondées et repeintes qui ne menaient nulle part. À cette époque-là mes parents étaient artistes, ou c'est ce qu'ils disaient, mais pendant leurs loisirs, ils recevaient les subsides d'un début rudimentaire d'État providence. Parfois, mon père demandait à ma mère, comme preuve de son abnégation, de boire du détergent ou de l'essence de térébenthine diluée dans de l'eau ; l'essence doit lui être restée dans le sang, car c'est durant cette période que ma mère est devenue peintre. Son premier dessin, une esquisse au crayon, remonte à quelques mois avant ma naissance, c'est une lune presque étouffée par les fougères. Mais elle allait rapidement cesser de se servir des crayons et pinceaux pour se mettre à peindre à l'huile avec les mains, comme les enfants ; quand je la serrais dans mes bras, elle sentait toujours la fumée et la térébenthine.

Dans les années quatre-vingt, mon père travaillait dans une entreprise de construction. Grâce aux connaissances louches de mes oncles, il était entré dans la New York State Laborers' Union, l'élite de la classe ouvrière et manufacturière de la côte est. Son habileté en tant que charpentier – comparable à celle qu'il avait au poker – lui avait valu le surnom de « Main d'or », et il s'était bientôt retrouvé avec une suite de manœuvres portoricains qui lui portaient ses outils sur le chantier. Le chef de chantier, avant de les faire monter sur les immeubles les plus hauts, distribuait des doses infimes de cocaïne, calibrées de sorte qu'ils ne soient pas pris de vertige, c'était une forme de sécurité au travail.

Le jour mon père construisait des immeubles, la nuit il démolissait des mariages.

Ma mère lui parlait à peine et sortait tout le temps avec sa meilleure amie, Lucy, une Américaine d'origine sicilienne qui s'était fiancée clandestinement avec mon oncle Arturo, celui qui se cherchait toujours des ennuis. Les familles étaient hostiles à cette union – Lucy était trop jeune et mon oncle était casse-pieds – mais ils continuaient à se fréquenter à travers les grilles de leurs habitations respectives. Ma mère leur avait demandé d'être mon parrain et ma marraine à mon baptême pour qu'ils obtiennent ainsi une attestation catholique.

Lucy avait été Miss Brooklyn dans sa jeunesse. Elle avait les cheveux frisés et gonflés, aucune des Barbie qu'elle m'offrait ne les avait comme ça, elle travaillait comme hôtesse au sol à Alitalia et quand elle n'était pas en train d'enregistrer les passagers, elle traînait ma mère dans les clubs de Manhattan pour danser, ou aux concerts des chanteurs néo-mélodiques qui venaient exprès pour les fêtes de sainte Rosalie, la patronne de Palerme. Parfois, ma mère ne rentrait pas de la nuit. Ensemble, elles prenaient des bains de soleil sur les toits goudronnés sans se mettre de crème solaire, elles emmenaient promener les chiens de Lucy qui vivait dans une maison pleine de meubles recouverts de cellophane dont l'odeur terrible de pipi et d'eau de Javel me faisait presque défaillir. Lucy répondait toujours par de vilains gestes aux gens qui la sifflaient quand elle portait des shorts blancs très échancrés, et puis un jour, elle a disparu, elle a changé de nom et ma mère continue à perdre son temps sur les sites des détectives privés en tapant le nom de Lucy, en vain.

Mon amie Elsa m'a dit que c'est à cause de sa tante qu'on ne peut pas se suicider depuis le haut de l'Arc de Triomphe. Quand elle s'était jetée dans le vide, dans les années quatre-vingt-dix, l'administration de la ville de Paris avait clôturé le sommet de l'Arc de fil de fer barbelé, le même que l'on trouve en haut des gratte-ciel de Manhattan encore debout.

On se baladait dans les bois quand elle m'a raconté l'histoire de la sœur de son père ; après ce suicide, plusieurs membres de la famille avaient décidé de devenir psychiatres pour conjurer leur peur de devenir fous. Cette anecdote m'avait surprise, car Elsa et moi ne parlons jamais de nos familles avec passion. Nous nous sommes connues tardivement, à une époque où raconter son histoire consiste de plus en plus à répéter un conte d'horreur dont tous les fantômes ont disparu.

Des mois plus tard, je suis allée vérifier les statistiques des suicides sur l'Arc de Triomphe, j'espérais trouver l'histoire de sa tante sur la base des quelques informations que j'avais à son sujet. J'étais intriguée par cette aventure d'une femme qui avait changé le destin d'un monument, mais je ne suis pas parvenue à la retrouver, et il paraît qu'il est encore possible de se suicider depuis ce lieu de Paris. Pourtant l'histoire que m'a racontée mon amie est vraie, même si je n'en ai pas les preuves, et je comprends ce qu'elle signifie chaque fois que je reviens à Brooklyn et que je passe à côté d'un immeuble ou d'une maison auxquels mon père a travaillé, quelque chose qu'il a construit reste dans cet endroit-là, même si je ne le vois pas. Le vertige d'un témoignage qui a été laissé dans l'espace mais ne me concerne pas, même s'il porte mon nom.

Divorce

En 1989, quelque part dans le New Jersey, mon père s'est élancé contre un mur de briques au volant de sa jeep, celle avec laquelle il m'emmenait, toit ouvert, faire des balades dominicales sur le pont de Verrazzano. Il a passé quelques mois dans une clinique psychiatrique, dans un service où on suivait les personnes ayant fait une tentative de suicide et dont le personnel était épuisé, n'ayant pas réussi à trouver un interprète de la langue des signes qui comprenait bien l'italien, un code que mon père refusait de toute façon d'utiliser.

Ma mère était la seule qui avait le pouvoir de le faire sortir, et elle le lui avait promis en échange d'une signature sur les papiers du divorce.

Il y a peu encore, en Inde, les musulmans pouvaient divorcer de leurs épouses en prononçant le mot *talaq* (« divorce ») trois fois à voix haute, avant que la Cour suprême ne déclare cela inconstitutionnel. La répudiation institutionnalisée est en voie de disparition : on se quitte quand on cesse de parler, on se quitte quand on dit trop souvent la même chose. Mes parents n'ont rien fait de tout cela, alors comment le langage bureaucratique peut-il dénouer ce que le langage amoureux n'a jamais lié ?

Après le divorce, mon père est revenu vivre à Rome avec sa mère. Ma grand-mère Rufina elle aussi avait un faible pour les substances toxiques : elle s'était retrouvée avec un fils épuisé et amaigri, pratiquement chauve désormais, et pour le calmer elle lui faisait boire du mercurochrome ou n'importe quelle substance qu'elle trouvait dans son armoire à pharmacie. C'était une tentative spartiate de le tuer ; ne la blâmons pas.

Ma mère, quant à elle, a décidé de nous emmener, mon frère et moi, dans un village de la Basilicate d'environ mille habitants où elle avait passé quelques vacances quand elle était enfant, mais où elle ne connaissait personne. Quand elle est arrivée là-bas, c'était en 1990, elle avait trente-quatre ans, des vêtements tout tachés de peinture, les cheveux presque rasés à zéro et une dépendance non diagnostiquée à l'alcool, et j'ai découvert qu'elle était divorcée quand, en classe, on nous faisait dessiner notre famille, ou quand les prêtres refusaient de lui donner la communion lors des sacrements catholiques auxquels nous avons participé mon frère et moi sans trop réfléchir, dans notre désir spontané d'absolution.

Mon père venait nous voir sans prévenir dans la Basilicate, parfois en défonçant la porte à coups de pied, le plus souvent en se servant de moi comme médiateur diplomatique. Et exactement comme ma mère des années auparavant, je le retrouvais tout d'un coup devant l'école, appuyé contre une de ses Fiat bleu pétrole qu'il ne changeait jamais, pas même après les accidents ; il prenait toujours le même modèle que celle qu'il venait de déglinguer. Moi aussi je le reconnaissais à quelque détail qui détonnait avec le reste – le mégot de cigarette par terre, les journaux jaunis sur le siège arrière –, sans jamais arriver à composer son visage en entier, la proie comprend qu'elle est proie quand elle perd son champ de vision.

Chez nous, il se penchait par-dessus la table de la cuisine pour demander à ma mère d'extraire les bouts de verre de la jeep restés dans son cuir chevelu après l'accident. À l'en croire ils n'avaient pas été bien retirés par les médecins américains et c'était à cause d'eux qu'il se grattait tout le temps la tête et n'arrivait pas à dormir. Ma mère prenait une lampe électrique et la pince à épiler et se penchait sur lui pour essayer de trouver quelque chose, sombre exploration. « Je ne l'ai jamais aimé », prétend-elle quand elle parle de cette insolite marque de gentillesse, « mais j'ai été sa seule amie. L'amour entre les sourds n'existe pas, c'est une imagination des entendants. Il y a le sexe, l'intimité, mais pas ce besoin-là. C'est la ressemblance qui vient avant tout le reste. » Ma mère s'est prêtée à cette opération pendant des années, je les ai vus penchés sous une lumière artificielle en train d'essayer de remédier aux conséquences de cet accident. Ces bouts de verre n'existaient pas, ils le savaient tous les deux.

Vers l'âge de quarante ans, il est entré dans un casino slovène avec un faux document d'identité : il avait été banni du circuit des casinos européens pour comportement incorrect, alors il s'était arrangé à sa façon. On l'avait gardé en prison – un sourd dans une prison slovène au début des années quatre-vingt-dix quand le pays était devenu une démocratie indépendante alors que tout le reste était en train de s'écrouler –, jusqu'à ce que le consulat intervienne ; quand on relit les documents de sa libération de prison et de son procès, on a l'impression de voir une vie qui n'est pas la sienne.

À quatorze ans j'ai arrêté de lui demander des cadeaux, c'étaient toujours des objets volés.

Mais parfois il me fait installer sur un tabouret en velours devant son bureau et il ouvre devant moi une série de petites boîtes noires, comme un bijoutier juif du Lower East Side. Il me demande de choisir, mais je ne commets plus la même erreur, et je ne choisis jamais la bague qui me plaît réellement : si je le fais, il me dit de l'essayer à mon doigt, il jauge mon sourire, se montre satisfait puis il reprend la bague et la fait tourner lentement sous la lumière de la lampe avant de la remettre à sa place en disant : « La prochaine fois. » Puis il ferme la boîte pour m'offrir un tas de pierres d'occasion ou de porte-clefs que je n'utiliserai jamais.

Dans les années après le divorce, il lui est venu un goût particulier : valises en cuir cousues main, flacons d'Acqua di Parma et bague genre conte gitan au petit doigt ; ses couleurs préférées sont le bleu sombre, le gris acier et le noir. Je l'ai parfois rencontré qui se baladait dans Rome portant une veste de couturier et une canne dont il n'avait pas besoin, il me disait qu'il était passé prendre un café Via Veneto ou qu'il s'était glissé chez Amleto, le barbier des hommes politiques, des commerces dans lesquels j'étais sûre qu'on n'avait pas envie de le servir, mais où il obtenait toujours une réduction.

Ce don de persuasion, j'en ai fait l'expérience quand nous sommes entrés dans un restaurant du Testaccio où il n'avait pas mis les pieds depuis dix ans : il m'a guidée comme si nous étions des hôtes de marque alors même que le restaurant était bondé, sans une seule place assise ; j'ai rentré la tête dans les épaules tellement j'avais honte, mais les cuisiniers sont sortis de la cuisine pour venir le saluer et lui dire que même si on ne le voyait plus, il était « toujours le même voyou ».

Il a toujours conduit trop vite et sans ceinture, et a accumulé un tas de procès-verbaux légendaires mis au nom de sa mère. La nostalgie le met de mauvaise humeur et il aime voir une créature blessée, il n'a aucune empathie pour les animaux. Une nuit, au cours de ma première année d'université – je m'étais installée chez ma grand-mère pour faire des études d'anthropologie à l'université de la Sapienza à Rome –, il était rentré après minuit et nous avait tous réveillés. Il venait juste de gagner une forte somme au bingo. J'étais allongée sur le petit lit sur lequel je dormais à l'époque, alors mon père s'était approché, excité par le vin, pour me jeter de l'argent dessus et moi je me suis relevée brusquement pour essayer d'attraper tout ce que je pouvais. La tête renversée en arrière pendant qu'il riait et faisait pleuvoir sur moi des billets de cent euros, l'excitation que j'ai éprouvée malgré moi.

Ses voitures, d'abord des italiennes allongées des années quatre-vingt, sont devenues de plus en plus anglaises et souples, mais toute l'élégance qu'elles pouvaient posséder chez le concessionnaire était immédiatement profanée : il vieillit, lui, et ses Mini Cooper se remplissent peu à peu des embellissements les plus étranges. Le pommeau du levier de vitesse est remplacé par un rapace en métal, le démarreur est couplé avec des lumières phosphorescentes dans tous les coins possibles de la voiture si bien que celui qui s'assoit sur le siège du passager a peur d'être expulsé par le toit ouvrant, les revêtements en cuir sont couverts de soieries psychédéliques qui créent un effet grotesque et antimoderne. Comme les chiens de ma mère qui, dociles auparavant, sont devenus fous ces dernières années, tout ce que touchent mes parents s'adapte à leur décadence, ils sont un roi et une reine thaumaturges qui, au lieu de guérir les malades ou de faire des miracles, persuadent n'importe quelle créature qui se trouve en leur présence de se désarticuler et de se laisser aller à sa possible folie.

* * *

Pendant les années qui ont suivi le divorce, ma mère a continué à marcher et à fuir, parfois en me prenant en otage. Au printemps, au lieu de m'envoyer à l'école, elle m'habillait d'un survêtement en acétate, me mettait des bonbons dans le sac à dos et m'obligeait à la suivre à pied d'un village à l'autre. Et moi je suivais, je marchais sans la prendre par la main, le souffle court, les baskets trempées dans les étangs à force d'écraser les têtards, on marchait pendant huit heures d'affilée avant de nous en retourner. Elle avait besoin, elle, d'être là, au-dehors, moi non, et pourtant je marchais quand même.

Les institutrices étaient stupéfaites de cette habitude. Je savais déjà assez bien lire et écrire en italien, je n'avais pas besoin de l'école, et même si je n'étais pas une petite fille vraiment athlétique, j'aimais marcher aux côtés de ma mère à travers les champs et les torrents du val d'Agri, et me baigner dans les maigres ruisseaux qui restaient encore.

Au cours de ces promenades, elle m'expliquait que quoi que je décide de faire quand je serais grande, il ne faudrait jamais que j'abandonne mon travail pour un homme, et que le sexe était une expérience inévitablement violente à laquelle je ne pourrais pas échapper. Je n'avais pas encore dix ans que je savais déjà toute la différence entre consentement et viol, et les innombrables tristesses qu'il y avait entre les deux.

Chaque fois que je suggérais d'emporter un parapluie, elle se moquait de moi – ma couardise était un mystère pour elle – et ma seule responsabilité était de faire en sorte que ce soit toujours la fête. Au retour de nos randonnées entre les villages du val d'Agri, des voitures s'arrêtaient au bord de la route, pensant que nous avions besoin d'être déposées quelque part on nous rangeait d'emblée dans la catégorie des pauvres plutôt que des sportives car dans certaines zones montagneuses du Sud, le fait de ne pas posséder de voiture est simplement une preuve d'indigence ; et à l'école, on avait beau me demander tout le temps si ça ne faisait pas bizarre d'avoir quitté l'Amérique pour me retrouver dans un espace aussi limité où il y avait plus de moutons que d'enfants, moi j'avais l'impression de me retrouver dans un endroit semblable au New Jersey où habitait mon oncle Paul, un lieu de ronds-points et de rues laconiques dépourvu de centre. Dans la Basilicate, j'ai retrouvé le même éparpillement que dans les banlieues américaines, la même envie de me retrancher dans une chambre que mes cousines de là-bas qui n'avaient pas d'endroit où aller à part un centre commercial ou une cave où s'abrutir.

Pendant ce temps, la collection de romans à l'eau de rose de ma mère augmentait : il n'y avait pas de librairies dans les environs, mais chez les marchands de journaux du coin, elle pouvait acheter des bandes dessinées et collectionner un millier de titres de la collection « Harlequin Mondadori ». Les fois où elle ne peignait pas, je la voyais enfermée dans sa chambre en train de ranger les livres par couleurs : les roses, c'étaient les histoires romantiques qui tournaient autour de l'éclaircissement d'un malentendu mais ne contenaient pas de scènes de sexe, les bordeaux étaient vaguement érotiques, les verts se rapprochaient du genre cow-boy, tandis que le bleu pâle était réservé aux histoires qui se passaient à l'hôpital. Les volumes à frontispice doré indiquaient une intrigue compliquée ou un fond historique, et en tout cas la vie sentimentale de ma mère est restée immunisée de tout ce qu'on pouvait contracter en lisant ces livres, passion, contagion, mariage ou n'importe quoi d'autre.

Mon frère et moi, il arrivait qu'on la perde de vue : parfois elle sortait pour se promener, dormait dans la rue, faisait des kilomètres toute seule dans le noir, surtout s'il pleuvait, alors on s'habituait à notre vie anarchique faite de mandarines épluchées sur le canapé, de chaussettes en éponge noires de crasse et de films d'horreur regardés en nous serrant l'un contre l'autre sur le canapé. C'était une existence sans horaires dans laquelle nous ne nous posions pas tellement de questions : nous nous inquiétions bien un peu qu'elle puisse se faire mal ou ne pas revenir, mais nous restions là.

Malgré un régime à base de lait et de céréales pas précisément sain, nous avions tout de même nos vacances à Brooklyn, des vêtements de marques que personne ne connaissait encore, et en dépit de notre différence d'âge mon frère était mon meilleur ami, la seule personne avec laquelle j'avais envie d'être. C'était le garçon le plus beau que j'avais jamais vu. Quand il a commencé à sortir avec les filles de sa classe, je l'attendais cachée dans son lit pour me faire raconter ce qui s'était passé et dès qu'il me disait qu'il les avait embrassées, je cachais ma tête sous le coussin en faisant semblant d'avoir honte. Ma mère me manquait quand elle disparaissait, mais elle, c'était une nébuleuse, et mon père une galaxie très noire qui neutralisait toutes les théories de la physique : mon frère a été la première matière autour de laquelle je me suis condensée. Quand je me demande qui m'a appris à m'exprimer, entre mes grands-parents immigrés qui utilisaient une langue toute cassée et des parents qui étaient incapables de corriger mes erreurs de prononciation, je me rends compte que la première langue que j'ai parlée a été celle de la première personne que j'ai aimée : l'italien d'un gamin qui avait six ans de plus que moi, mélodieux, sans difficultés, défendu avec obstination alors que personne autour de nous ne le parlait sans un fort accent, dans une région où l'usage du dialecte correspondait à l'appartenance aux lieux. La langue d'un adolescent empruntée aux téléfilms doublés en italien, encore fraîche, naïve et douce, la voix de mon frère qui est parfois encore la mienne. C'est lui qui m'a appris à éviter l'humiliation dérivant de tout acte de communication erroné : plus nos parents parlaient de manière vulgaire et volontairement déplaisante, plus nous étions précis, persuadés que le fait d'être corrects dans notre lexique impliquerait que nous serions aussi corrects dans la vie, finalement libres de leurs bizarreries.

* * *

L'histoire d'une famille ressemble plus à une carte topographique qu'à un roman, et une biographie est la somme de toutes les ères géologiques que nous avons traversées. Écrire sur soi-même, *s'écrire*, cela signifie se rappeler que vous êtes né en colère, que vous avez été une coulée de lave dense et continue avant que la croûte durcisse puis se fende pour laisser affleurer une espèce d'amour, ou que la force inutile du pardon vienne vous polir et araser toute aspérité en vous. Se relire, ça signifie inventer ce par quoi vous êtes passé, repérer toutes les strates dont vous êtes composé – les cristaux de joie ou de solitude au fond, les conséquences d'une mémoire qui s'est évaporée, tout ce qui a été creusé puis inondé –, juste pour vous rendre compte d'une chose : il n'est pas vrai que le temps guérit, il y a une fracture qui ne sera jamais comblée. Tout ce que peut faire le temps, c'est d'apporter de la poussière et des mauvaises herbes, de façon que la crevasse soit recouverte et se transforme en un paysage différent, lointain, féerique presque, où l'on parle un idiome que vous ne connaissez plus, aussi crédible que le langage des elfes. Vous vous promenez sur les ruines de votre famille et vous vous apercevez que certains mots ont été effacés tandis que d'autres ont été conservés, certains ont disparu tandis que d'autres feront toujours partie de votre reflet ; et puis finalement vous arrivez à la lisière de votre père et de votre mère, après des années où vous avez cru que mourir ou devenir fou était la seule façon d'être à leur hauteur. Alors, à cet instant-là, vous comprenez que tout, dans le sang, est un rappel, et que vous êtes l'écho d'une mythologie antérieure.

* * *

J'ai vu un homme qui buvait des substances nocives comme la térébenthine. C'était Joaquin Phoenix dans *The Master* de Paul Thomas Anderson. Dans une des premières scènes, son personnage ingurgite un peu de combustible à l'intérieur d'un bateau de guerre, un geste qui annonce son incapacité à s'adapter à la société après le conflit. Le personnage de Phoenix est indéchiffrable, facile à détester, il ne parvient pas à communiquer en dehors du sexe, et ne se laisse apprivoiser que par un prédicateur spirituel et pseudo-scientiste inspiré de Ron Hubbard, le fondateur de la scientologie qui l'accueille dans sa famille et congrégation. Quand tout le monde refuse d'avoir des rapports avec Phoenix tant il est désagréable et imprévisible, le leader du culte fait une harangue passionnée et dit que c'est lui justement qui doit être défendu. Parce que s'ils « manquent » cette personne, alors ils « manqueront » tous les autres : en anglais, *to fail someone* signifie décevoir un être humain ou manquer à son devoir à l'égard de cette personne. À la fin de la projection, j'ai oublié presque tout du film sauf ces deux scènes. La seule chose que j'ai pensée, c'était « mais il est où, le maître qui n'a pas sauvé mon père ? », et puis je suis restée assise dans cette salle obscure, incapable de franchir le moindre seuil.

Ma mère, je la vois plus souvent. Elle vient me trouver dans la ville où je vis et quand nous nous ennuyons, nous allons faire des courses. Elle ne s'habille jamais en femme, à part une fois dans l'année, et quand elle le fait, nous la regardons ébahis en pensant à tout ce qu'elle pouvait être si seulement elle avait obéi aux règles. Pendant toute sa vie, elle a essayé de se cacher dans des grands sweat-shirts et des gilets de chasseur, avec des baskets avachies et des coupes de cheveux androgynes, mais cela n'a pas réussi à l'abriter.

Nous prenons les transports en commun dans des villes italiennes et étrangères avec les paquets pleins de vêtements que nous venons d'acheter, et après des années où j'ai eu honte de faire des gestes en sa présence pour être comprise d'elle, aujourd'hui je parle sans émettre de sons en scandant bien les mots sur mes lèvres, en essayant d'imiter des concepts qui ne signifient rien justement à cause de mes chorégraphies exagérées. Je veux être vue des passants, je veux qu'on voie que je n'ai plus honte d'elle, même si elle s'en fiche, maintenant c'est trop tard.

Dès que nous nous retrouvons au hall arrivées de Stansted ou de Gatwick, elle observe comment je suis maquillée et me demande quand est-ce que j'ai appris à m'habiller en fille riche. Si au contraire je ne suis pas assez bien habillée, elle fait une grimace et dit que je ressemble à ces Américaines enceintes qui n'ont pas la télévision. Pour lui faire plaisir je lui demande de m'offrir une cigarette, même si je ne fume pas et qu'elle a une maladie de cœur. Alors là, ma mère s'éclaire, me prend sous son bras, toute ragaillardie par ma petite transgression. Je ne lui accorde ça que dans les aéroports, la meilleure zone franche que nous ayons.

Dans les cabines d'essayage des grands magasins, je l'observe reflétée dans le miroir et tout d'un coup je vois la Piazza Navona, les roses, les nuits dans les salles de bal où elle imitait les mouvements des autres, je vois sa jeunesse gâchée et bien plus amusante que la mienne, les deuils qui l'ont consumée, les drôles de rêves qu'elle fait la nuit, son inquiétude que je sois trop timide et effrayée pour avoir une vie mémorable, son talent que le monde de l'art reconnaîtra tôt ou tard, cela arrivera, malgré les tableaux entassés dans le grenier en train de moisir (elle a des dépliants où elle s'est attribué elle-même une cote en les évaluant à des centaines de milliers d'euros, elle les distribue à mes amis, et moi je disparais sous terre tellement j'ai honte) ; je vois le jour où je lui ai ordonné de se cacher derrière l'école au lieu de venir devant le portail d'entrée, non parce que j'avais honte de sa surdité mais à cause des traînées de peinture noire et violette sur ses mains qui la faisaient surnommer « Michel-Ange » par certains enfants hostiles, l'inquiétude qui s'empare d'elle chaque fois que je prends un avion et qu'elle ne connaît pas l'horaire précis du départ, informations que j'évite de lui communiquer pour ne pas recevoir de renseignements sur des tremblements de terre au Guatemala et les conséquences que cela pourrait avoir sur les tours de contrôle destinées à me déposer dans n'importe quel endroit du monde, moi qui ne veux rien savoir des crevasses de la terre parce que j'ai déjà ma mère qui est un tremblement harmonique et dévaste tout. Elle sort de sa cabine d'essayage en secouant la tête et en écartant tous les vêtements qui lui vont bien, pour s'emparer du seul vêtement que je déteste parce qu'il la rend encore tellement semblable à elle-même.

Il y a quelques années je l'ai accompagnée pour s'acheter une robe de cérémonie dans un grand magasin de Londres. Après plusieurs boutiques et vêtements essayés et écartés, énervée par son indécision, je lui ai demandé ce qu'elle cherchait. Elle m'a regardée comme si c'était une question idiote et m'a répondu : « Je ne supporte pas l'idée qu'il me voie mal habillée. » À cette cérémonie, mon père devait être présent lui aussi : la dernière fois qu'ils s'étaient rencontrés, il y avait eu du sang, et depuis ce jour-là nous n'avions pas cessé de nous assurer de la distance entre eux. Je me suis mise à rire en m'appuyant au mur du magasin, j'avais à la main, tout froissés, les bouts de satin et de dentelle qu'elle ne voulait pas et je les ai laissés tomber sous le regard des vendeuses tandis que ma mère m'observait, très gênée.

Il lui avait rendu la vie infernale, ils ne se parlaient plus, et elle voulait être bien habillée ? Mais c'était là leur façon de communiquer.

Le jour où ils se sont rencontrés de nouveau, elle s'est cachée derrière moi pour qu'on ne la voie pas, au milieu des invités qui ne savaient rien de ce qui se passait, jusqu'au moment où il s'est contenté de faire un geste. Il a levé la main, l'a appelée en pointant un doigt vers elle comme s'il était en train de racoler une gamine à la sortie de l'école, appuyé contre une voiture devant l'Institut pour les sourds de la Via Nomentana, comme des années auparavant.

Ma mère s'est mise à marcher lentement sans me demander de l'accompagner, Eurydice qui se retourne, Orphée qui revient vers l'enfer ; ensuite il lui a fait la cour, la complimentant pour sa belle robe, ils ont ri, elle s'est fait apporter des coupes de champagne ; moi je les observais sans comprendre et j'ai dû intervenir pour qu'ils ne finissent pas dans la même chambre d'hôtel.

Le lendemain elle est partie, il a pleuré, le mystère restait insoluble.

Je ne sais pas quelle substance il y a dans mes parents : je sais que moi je ne l'ai pas. Tous les avantages que j'ai, je les ai gagnés et perdus avec le langage, en prenant un mot pour un autre, en persuadant mes interlocuteurs par la rhétorique de mes sentiments, et mon silence n'a rien de funeste. Je n'ai pas leur influence démoniaque.

Pendant que j'essayais de créer un ordre avec l'écriture, eux restaient en communication avec les astres supérieurs et les substances ingouvernables, me laissant toujours ce doute que les mots ne signifient rien si ce n'est quand ils sont à prendre littéralement, et que tout autre résidu est une grande perte de temps et de sens : la vie se séduit en silence, s'hypnotise, et tout le reste est un échec.

Il y a des phénomènes opaques, qui ne s'expliquent pas : les scientifiques ont de la peine à comprendre pourquoi, à certaines périodes de l'année, les cachalots s'échouent sur les plages des mers du Nord.

Avant même de s'en débarrasser par une explosion ou de les confier au fond des eaux, il reste à comprendre comment ils sont arrivés. Récemment, une équipe de chercheurs a trouvé des liens entre ce phénomène et les tempêtes solaires et a réalisé quelques graphiques sur cette généalogie de l'apparition, quelque chose qui évoque tout de suite les démons du Moyen Âge, les bestiaires et les cosmogonies sans fondement calligraphiées sur du parchemin. C'est une information que je pourrais partager avec mes parents, elle leur plairait à tous les deux : l'allusion aux tempêtes solaires démontrerait qu'il y a quelque chose qui opère secrètement et qu'ils sont les seuls à être assez spéciaux pour s'en rendre compte, de la même façon que la moindre oscillation ou vibration de l'air suffit à les avertir que quelque chose est en train de changer dans le monde. C'est une explication qui ne me convainc pas, et pourtant je me pose cette question : comment ça se serait passé, comment j'aurais été moi, « la fois d'après » ?

Voyages

Lire des histoires de dragons, c'est une chose,
les rencontrer, c'en est une autre.

Ursula K. Le Guin

Amérique

Les guerrières de la nuit

Quand j'étais petite, j'avais une idée assez précise de la façon dont je mourrais : empoisonnement à la kryptonite, exhalaisons toxiques provenant d'une centrale thermonucléaire et jeûne forcé à cause de la réclusion dans un bunker contre les attaques chimiques des Russes. Dans mes rêveries conspirationnistes, c'était toujours la faute des Russes : j'avais cinq ans et on était en 1989 à New York. Ce n'était pas l'année la meilleure pour l'URSS, ni pour la guerre froide, mais les Soviétiques avaient fait quelque chose de pire que menacer les États-Unis avec leur programme aérospatial et leurs redoutables gymnastes féminines aux Jeux olympiques : ils étaient venus s'installer dans le voisinage. Circonstance encore bien plus grave, ma mère était devenue amie avec certains d'entre eux. Des inconnus portant des blousons en cuir rembourrés, des montures de lunettes couleur quartz, et le nom imprononçable d'une de ses amies qui venait dîner chez nous et s'animait soudainement, les éclats de rire accompagnés de toux sèche due à des complications pulmonaires contractées dans ce pays de science-fiction, hostile.

Les Russes n'étaient pas les seuls étrangers du voisinage. Il y avait les filles des maçons qui faisaient des réparations pour l'entreprise de mon oncle Arturo, administrateur de copropriété portant des bottes de cow-boy et des moustaches de mariachi qui s'était fiancé au minimum une fois avec toutes nos voisines. Ces fillettes-là parlaient espagnol et quelquefois elles venaient avec moi jusqu'au dernier étage pour rendre visite à Jenny, qui avait toujours quatre-vingt-dix-neuf ans et disparaissait peu à peu sous sa robe de chambre mauve, empêtrée dans son déambulateur.

Mon grand-père Vincenzo lui faisait payer un loyer modique dans le petit immeuble de quatre étages en briques rouges à la porte vert bouteille, au carrefour entre la Quatorzième et Ovington Avenue, un avant-poste anonyme entre Bensonhurst et Dyker Heights plein de cercles pour personnes âgées, de vidéothèques et de boucheries.

Il avait acheté cet immeuble pour y installer tous ses enfants avant que ceux-ci ne rédigent leur déclaration d'indépendance. Jenny s'était retrouvée veuve et n'avait personne pour s'occuper d'elle, les membres de sa famille vivaient tous en Europe de l'Est. J'emmenais les filles des maçons lui rendre visite parce qu'elle offrait des petits chocolats à la menthe et des pièces d'un cent à tout le monde. Quand j'en avais accumulé assez, mon grand-père m'aidait à empiler les petites pièces dans un rouleau de papier pour les remettre à la banque et nous rentrions à la maison avec pas mal de billets d'un dollar, et avec cet argent je pouvais acheter ce que je voulais dans les grands magasins pleins de robes de chambre à fleurs pour dames en surpoids, et aussi les vidéocassettes de Barbie.

Quelquefois, je ne faisais pas attention et je volais. Je rapportais à la maison des bracelets, des boucles d'oreilles en plastique pour oreilles non percées, et des substances gluantes que je pouvais coller sur les murs. Aucun de ces objets ne valait plus d'un dollar, mais cela m'effrayait quand même. Pas tellement le fait d'avoir volé, mais celui de ne pas avoir été vue. La nuit, quand je dormais avec mes grands-parents dans une chambre qui empestait le bois ciré, avec une statue de saint François dans un coin, je restais éveillée à attendre qu'un clignotant rouge et bleu vienne réveiller ma famille d'un grand coup contre la porte, mais aucun commerçant n'a jamais porté plainte contre moi, et qui sait quelles choses terribles pouvaient arriver à l'avenir si les adultes ne se donnaient pas la peine de me punir et me racheter de mes fautes.

Ma mère ne travaillait jamais. Les jours où elle restait à dormir dans son peignoir de bain, je grimpais sur son lit et j'essayais de la faire danser, je faisais semblant de l'étouffer avec les draps et je l'épuisais jusqu'au moment où elle disait que je pouvais ne pas aller à la maternelle. Ainsi, au lieu d'apprendre à socialiser et à colorier, ma mère et moi on se baladait au milieu des oranges et des rouges brûlés par l'automne, on regardait les fenêtres pleines de citrouilles. Mon frère m'avait dit que nos parents étaient deux acteurs de théâtre qui faisaient semblant d'être sourds pour mieux entrer dans leur rôle, ils pratiquaient une sorte de méthode Stanislavski. Ils ne cessaient de s'entraîner que tard dans la nuit, quand je dormais déjà : si je mettais le réveil à la bonne heure, je les trouverais en train de bavarder dans la cuisine et de se féliciter réciproquement pour leur talent d'acteurs. Mais je n'avais pas assez de patience pour les prendre en flagrant délit ; j'étais allée à toute vitesse trouver ma mère et lui avais donné des coups de pied en criant « parle, parle, maman », jusqu'à ce qu'on se mette à pleurer toutes les deux. Quand mon frère me raconta que j'avais été adoptée et qu'en fait mes parents étaient des aliens incognito prêts à saboter la planète, je ne croyais déjà plus à ses histoires.

Même si elle ne travaillait pas, ma mère ne restait pas tellement avec moi, ainsi j'ai passé une partie de mon enfance dans le jardin de mes grands-parents où il y avait des bidons remplis de terre et une vigne qui s'effilochait sur la pergola et incitait les voisins à demander comment en avoir une eux aussi, même si, en fait, le vin qu'on pouvait tirer de ces grappes était toujours lourd et acide. Maman et moi ne nous voyions pas beaucoup, mais nous nous habillions de la même façon, avec des bermudas en jean et des Reebok en plastique blanc montant au-dessus des chevilles, et les siennes étaient toujours tout écaillées. Dès que mon grand-père voyait mes baskets mal en point, il m'emmenait chez *Payless Shoes* sur la Dix-huitième pour m'en acheter une nouvelle paire. Il s'occupait de mes vêtements et de mes dents, il a été le premier à s'apercevoir que j'étais myope et chaque fois qu'il me trouvait les cheveux en bataille, il tirait un peigne de son pantalon en coton à jambes droites et courtes, comme ceux que portent aujourd'hui les jeunes dans les musées d'art contemporain, des pantalons de paysan des rizières.

Le premier jour qu'il avait passé en Amérique en dehors d'un dortoir, en homme libre, mon grand-père Vincenzo était resté allongé près de la fenêtre qui donnait sur les rails surélevés d'un train, les wagons allaient et venaient toute la nuit. Il avait maudit le bruit et déclaré qu'il valait mieux s'en retourner chez lui. En fait cet appartement était un progrès par rapport au premier logement qu'il avait eu, un sous-sol moisi qu'il partageait avec d'autres personnes de sa famille. Cet endroit appartenait à un homme de son village, de San Martino d'Agri, qui avait un *bisniss* par lequel il faisait venir des gens de la Lucanie pour travailler dans son entreprise de construction ou dans les cuisines de la Midtown, en retenant un pourcentage sur la paie. Le frère de ma grand-mère avait été le premier qui avait réussi à s'échapper de là et à ramener sa famille à la surface, mon grand-père l'avait fait juste un peu après, affaibli par sa misère amphibie. Il avait trouvé un travail de manœuvre qui consistait à étaler du goudron sur les toits des immeubles, cette espèce de poix noire qui pue le sucre brûlé et se transforme l'été en pâte à modeler sous les chaussures. Le premier jour de travail, il était monté en haut d'un petit immeuble avec les autres ouvriers pendant que ma grand-mère Maria restait en bas à regarder depuis la rue. Au bout d'un moment, il avait commencé à avoir le vertige et était redescendu. Elle, elle avait mis un foulard sur sa tête, elle était montée à sa place et s'était mise à étaler le goudron au milieu de tous ces hommes pendant qu'il faisait de l'œil aux passantes.

Mon grand-père m'incitait à venir me cacher avec lui dans la cave pour mettre en bouteilles le vin fait maison qu'il vendait au noir, et pour me faire rire il chantait : « *Tutti frutti, bimbab-bambaloulabimbabbamboo* », de Little Richard et il me disait d'avaler un petit verre de moût et *gingerella*. Après quoi je m'asseyais sur la table de vingt-quatre couverts des repas dominicaux et j'ouvrais sa mallette pleine de chansons napolitaines. Quand les autres dormaient, nous nous mettions sur le canapé pour regarder les vidéocassettes où Mario Merola et Nino D'Angelo faisaient soudain leur apparition au milieu d'une réception à fond religieux ou d'un mariage qui allait mal finir, ou bien suivaient deux personnes qui s'étaient quittées mais changeaient ensuite d'idée et se couraient après dans un aéroport. J'assistais à ces scènes dramatiques juste pour lui faire plaisir, fusillades et communions. Je n'aimais pas non plus la tarentelle, mais lui il adorait jouer de l'accordéon, et quand ses amis venaient le voir, mes cousines et moi on se mettait en rang pour danser en nous cognant les unes aux autres et aux murs de plâtre du sous-sol, étourdies par leurs applaudissements.

Des hommes portant des polos à rayures, des lunettes à verres fumés, pieds nus dans les mocassins ; des hommes portant des chemises de chauffeur qui ne se rasaient jamais les cheveux malgré leur calvitie, qui empestaient le cigare, le moût et les billets froissés, une masse indistincte de silhouettes qui avaient le même visage du jour de leur mariage à celui de leur retraite et me faisaient venir le fou rire.

Comme mon grand-père, ces hommes refont surface quand j'entends une chanson en dialecte du sud de l'Italie, ce sont des présences vivantes malgré le caractère invraisemblable de leurs enseignements : je prends souvent des avions mais personne ne me court après dans les aéroports pour m'empêcher de monter sur la passerelle comme le faisaient les vieux chanteurs néo-mélodiques, personne ne me crie de ne pas partir parce que sa vie est en jeu, et ainsi je pense à tous les mensonges qu'ils m'ont racontés sur l'amour : ce n'est pas vrai que si je portais une robe blanche pour traverser l'église avec une croix brillante au cou, je rencontrerais le garçon le mieux de tous, celui qui avait un avenir d'impresario ou de restaurateur et était prêt à commettre des crimes pour m'avoir, ce n'était pas vrai que si je restais chaste et bonne élève, j'aurais le mariage le plus pompeux de toutes les filles de l'école, avec les lustres à pampilles dans la salle de bal et les oncles avinés qui devenaient sentimentaux au moment où il fallait.

Ce n'était pas vrai, et cela aussi pour la bonne raison que les lustres à pampilles portaient malheur : le jour où Anna Banana, notre voisine blonde et maigre, s'était mariée, le lustre leur était tombé dessus, à elle et à son mari, pendant la première danse dans la salle de réception ; ils avaient divorcé peu après. Plus jeune, Anna plaisait à tout le monde, mais quand mes oncles étaient allés voir quel aspect elle avait sur Facebook, ils avaient tout de suite fermé la fenêtre, gênés de l'avoir embrassée. Et puis, si j'en croyais mes tantes, il valait mieux que je ne tombe pas amoureuse d'un restaurateur ou d'un pizzaiolo italo-américain : ils travaillaient trop, vous trompaient dès qu'ils pouvaient et levaient la main sur vous si les comptes ne tombaient pas juste.

Ma grand-mère Maria ne parlait jamais des hommes, à la différence de sa sœur Giuseppina qui était arrivée à Bensonhurst après s'être enfuie d'un petit village de la Basilicate alors qu'elle était encore mineure : elle avait seize ans quand elle avait débarqué à JFK.

Les hommes de la famille se moquaient d'elle quand elle se présentait pour le repas du dimanche midi. Mère de deux filles, elle s'obstinait, bien que corpulente, à porter des minijupes en cuir, avait des cheveux blond platine et exhibait des bijoux en faux or. On aurait dit que la tante Josephine s'était fait retoucher le visage, même si ce n'était pas le cas, elle était née avec des lèvres tuméfiées et avait une poitrine qui débordait de ses soutiens-gorge trop petits. Mes grands-parents avaient essayé de la surveiller quand elle était arrivée toute jeune chez eux, mais elle avait eu vite fait de s'émanciper en se trouvant un travail de bouchère le jour et de danseuse la nuit. Elle fréquentait des night-clubs où traînait un type de la famille Gambino ; quelquefois elle rentrait avec des bleus. À un certain moment, elle avait cessé de parler italien, elle faisait semblant de ne plus se rappeler les mots. Par sa faute, j'ai longtemps cru que mon vrai prénom était Gloria ; à Noël elle me tendait des paquets en miaulant « Cloooria », en faisant attention à bien fermer les voyelles. (Il plane un mystère sur l'histoire de mon prénom : mon père prétendait que c'était un hommage à Claudia Cardinale, ma grand-mère Rufina était persuadée que c'était à cause de Claudia Mori – « Claudia Cardinale était trop belle, ton père ne t'aurait jamais donné son prénom » –, ma mère quant à elle affirmait avoir lu quelque part que ce prénom romain était synonyme de force. Pour mes cousins américains, c'était trop proche de *cloudy*, qui signifie « nuageux », aussi chaque fois que le temps n'était pas beau, ils me disaient : « *Look, it's a very* claudia *day, ha ha.* » Quand j'ai fait ma première version de latin au lycée, j'ai découvert que « claudicante » voulait dire

« boiteuse », et peut-être que ce n'est pas un hasard si ma mère a pris une lacune physique pour un avantage.)

Après avoir laissé tomber les boîtes de nuit, ma tante Jo s'était trouvé un travail dans un magasin de luxe sur la Quatre-vingt-sixième, tout en gardant son travail à la boucherie, histoire de mettre plus d'argent de côté : du coup, pendant des années, je me suis imaginé que, sous son tablier taché de sang, elle portait des vêtements pleins de paillettes.

Pendant ces repas colossaux chez mes grands-parents, ma tante était la seule à se lever de table pour répondre à la folle du quartier qui, le dimanche, faisait la collecte des bouteilles vides à rapporter au magasin. Mon grand-père ne comprenait pas bien comment fonctionnait cet échange avec le supermarché – quel intérêt pouvait avoir *ShopRite* à recycler des bouteilles de plastique usagées ? –, et du coup il lui remplissait le caddie de bouteilles de Pepsi et de Seven Up encore pleines, persuadé qu'elle avait soif.

Cette femme qui portait des vêtements couleur de boue et des lunettes aux verres cassés s'était, avec le temps, mise à parler toute seule ; quand j'avais demandé des explications, on m'avait dit que son fils était mort au Vietnam, mais le Vietnam était une explication trop facile pour tout. Je n'avais pas peur d'elle, mais chaque fois que je jetais les bouteilles vides dans son caddie, je m'enfuyais sans me retourner, poursuivie par le bruit des roues qui crissaient sur la chaussée exposée à la circulation.

J'avais l'habitude de me balader toute seule dans les rues, si je m'éloignais suffisamment, je finissais par ne plus sentir la sempiternelle odeur de sauce, de vinaigre et de marshmallow des maisons voisines. Je dépassais le magasin de location de vidéos qui était toujours fermé, les restaurants chinois où on ne pouvait pas s'asseoir et où ma grand-mère demandait que je commande pour elle *chicken and broccoli* les rares fois où elle décidait de ne pas faire la cuisine, et je restais à regarder les wagons du métro qui vrombissaient au-dessus de ma tête tout près de l'arrêt de la Soixante-deuxième, où passe la ligne N qui va en ville.

En ville, personne ne m'y emmenait. Pour ma famille, Manhattan ne signifiait rien. Moi, au contraire, je désirais ce quartier comme Dorothy désire la Cité d'Émeraude dans *Le Magicien d'Oz* : tous les adultes qui m'entouraient racontaient comment cet endroit les avait séduits et ruinés, et combien ils s'y étaient sentis seuls, tout petits par rapport aux immeubles de verre, avec la fumée toxique qui sortait des bouches d'égout, les gros chariots des vendeurs ambulants prêts à vous renverser, la marchandise qui ne servait à rien, les filles aux cheveux bizarres qui faisaient la manche accompagnées de chiens, les vents qui vous prenaient de face sur les quais, l'humidité stagnante des déchets. Moi, au contraire, il me tardait de me perdre le long des trottoirs qui scintillaient sous les réverbères.

L'attraction la plus intéressante de notre quartier était la station de lavage de voitures, avec ses énormes brosses. Mon père me permettait de rester dans la voiture pendant que nous allions d'avant en arrière au milieu des gros poils qui entouraient sa jeep inondée d'eau et de savon. Pour moi c'était plus amusant que d'aller à Coney Island avec ses manèges défraîchis et son Cyclone qui me donnait la nausée : en 1977, un homme était resté pendant cent quatre heures sur ce grand-huit mal fichu, et mon frère aurait pu battre ce record.

Tout ce *boardwalk* de sucre cancérigène est un territoire de records insensés ou de demandes en mariage faites sur les bancs publics par manque d'imagination. Le long du quai, il y a encore une attraction qu'un ami de la famille a fait marcher pendant plus de cinquante ans, la Fronde humaine, qui envoie les gens en l'air. Quand il est mort, il y a quelques années, on a enterré ses cendres au pied de son engin au cours d'une cérémonie qui s'est déroulée sous un soleil laiteux et froid. Ce n'était pas un homme facile à pleurer ou à regretter, il avait passé les années de sa retraite à écouter des retransmissions du débarquement en Normandie sur une petite radio portative et à persécuter sa femme par des coups de téléphone anonymes dans la maison de retraite où elle s'était réfugiée pour échapper à cet homme, un émigré d'origine allemande obsédé par Burt Lancaster, convaincu d'avoir fait une grosse erreur en épousant une Italienne.

Mon frère n'avait pas peur de monter sur le grand-huit rouillé et je le suivais jusque là où je pouvais, avant de le perdre de vue au-delà des tourniquets de métal semblables à ceux du métro par-dessus lesquels il sautait sans payer quand il sortait avec ses copains, des garçons possédant un pistolet. Pour moi ce n'étaient que des gamins qui portaient des chaussettes en éponge crasseuses débordant des corbeilles à linge, qui avaient des pères divorcés accompagnés de jeunes femmes rousses aux robes hyper courtes et aux cheveux crêpés ; d'autres étaient des juifs non orthodoxes qui pouvaient se permettre des jeux vidéo très chers et inviter mon frère à faire une partie chez eux, même s'ils étaient impopulaires à l'école et que mon frère ne l'était pas, lui, et comment aurait-il pu l'être, avec ses cheveux Johnson & Johnson, ses dents ébréchées et la perfection de ses blessures de guerre.

Un jour il s'était mis à filer trop vite avec son BMX et nous l'avions retrouvé affalé dans une grande mare de sang qui s'étalait sur le trottoir. J'avais eu peur qu'il reste défiguré et j'avais éclaté en sanglots : sa beauté était notre seule échappatoire par rapport à nos parents déglingués et tristes.

Il n'était pas encore entré au collège que déjà il s'allongeait au milieu des rails et séchait les cours.

Une fois la police était venue à la maison parce que ma mère avait signalé sa disparition, et il ne s'était pas montré jusqu'à l'heure du dîner. Mes oncles lui disaient de cesser ces bravades, il fallait qu'il devienne l'homme de la maison. Moi, au contraire j'étais effrayée par la vie secrète qu'il menait sans moi, cela me troublait et me rendait jalouse, mais même s'il m'embêtait souvent, quand il désobéissait, il le faisait aussi pour moi. Un jour il avait écrasé un chewing-gum dans mes cheveux et ma mère avait été obligée de me couper une frange très courte avec les ciseaux de la cuisine : à quatre ans je ressemblais à une de ces chanteuses punk pâles avec des ossatures de petit oiseau que je verrais des années plus tard sur les tracts à Astor Place.

Dans les films que je voyais avec mes parents, les filles transpiraient et se révoltaient et, comme le montraient *Grease* ou *Les Guerriers de la nuit*, même celles qui étaient timides étaient obligées de rentrer dans le jeu de la séduction si elles voulaient survivre. Je les voyais devant l'école, quand elles sortaient des classes supérieures, ou dans la rue la nuit, quand je rentrais avec ma mère du drugstore, sous la lumière des réverbères : étalées sur le capot des voitures, sur les Lincoln bleu pétrole ou couleur rouille affaissées sous leur poids, posant comme les mannequins, sans soutien-gorge, immigrées, de moins en moins religieuses. Je restais à les regarder depuis la fenêtre de ma chambre tandis qu'elles posaient des canettes de bière ou de Coca-Cola sur la veine de leur cou et chassaient les moustiques, et puis je m'endormais en pensant que mon destin était de tomber amoureuse et de devenir une bonne républicaine.

J'avais cinq ans quand ma grand-mère a commencé à m'envoyer faire des livraisons dans le quartier, elle avait un sac noir identique à celui des médecins dans les vignettes du *New Yorker* et le remplissait de mozzarelles durcies bonnes pour assaisonner la pizza qu'elle prenait en cachette dans le restaurant où elle travaillait sur la Cinquante-quatrième.

Elle ne comprenait plus très bien l'italien et parlait un dialecte volontairement comique : elle disait « bruklì » pour

Brooklyn, « aranò » pour *I don't know*, la « bega » pour *bag* et « porquecchiapp » pour *pork chops* ; « a diech pezz » c'était dix dollars et « ou' bridge » le péage de l'autoroute du New Jersey à New York. En fait, elle savait très bien quelle était la prononciation correcte en anglais mais elle refusait de l'utiliser : ça lui plaisait qu'on se moque d'elle, c'était sa façon de revendiquer une personnalité.

Elle faisait la cuisine avec de jeunes Portoricains qui venaient de temps en temps déjeuner avec nous, ils étaient grands et maigres et me lançaient des petites pièces en argent par les oreilles pour me faire rire. Ils parlaient une langue douce et curieuse et riaient de choses que je ne comprenais pas. Je pense qu'ils ne venaient à ces repas que pour trouver des petites amies, mais les femmes de ma famille étaient déjà mariées, ou trop jeunes, malheureuses le plus souvent.

Toutes ces filles italiennes désespéraient leurs pères par leurs mauvais comportements et pensaient que faire des études était un inconvénient, alors qu'on était déjà dans les années quatre-vingt. Ma mère ne pouvait pas changer de vie, pas encore, mais pour embêter son père, elle a changé au moins de pâté de maisons.

La sœur aînée de ma grand-mère, la tante Rosa, avait fini dans un hôpital psychiatrique et avait subi une hystérectomie recommandée par son mari qui s'était remarié avec une Philippine bien plus âgée que lui. Celle-ci venait aussi aux déjeuners du dimanche, la tête penchée sur son assiette tandis que mon oncle Giovanni, prononcé Giùan avec une inflexion latine, continuait à arranger sa moumoute de faux cheveux et à parler de Mercedes-Benz qu'il ne pourrait pas acheter, sans jamais nommer cette femme ingrate et folle qu'il avait fait enfermer. Riche, il ne l'est jamais devenu, et sa nouvelle femme l'a quitté elle aussi, préférant mourir que rester en sa compagnie. À la retraite, il a déménagé à Los Angeles, s'est mis à faire des selfies près des maisons des gens célèbres, une main sur sa canne, l'autre sur sa moumoute, attendant toujours une veuve.

L'après-midi après l'école maternelle, les rares fois où j'y allais, je prenais la sacoche de médecin que me donnait ma grand-mère et je faisais le tour des drugstores qui vendaient des pâtes Divella et des biscuits au fenouil ; les propriétaires vidaient le sac, me donnaient une enveloppe à remettre à Maria et m'offraient des sucettes en me demandant ce que je voulais faire quand je serais plus grande. Je répondais styliste, mais quelquefois je disais aussi reporter de guerre juste pour les impressionner.

À cinq ans je passais de la mozzarelle de contrebande, j'étais catholique, je ne pensais pas que je teindrais un jour mes cheveux noirs, je disais que je ne voulais pas avoir d'enfants et je dansais sur les genoux d'oncles par alliance qui s'appelaient toujours Tony et avaient épousé des femmes aux goûts voyants en matière de fourrures.

Le meilleur ami de mon grand-père avait sur la tempe une sorte d'excroissance bulbeuse, un projectile qui lui était resté depuis la guerre. Les médecins n'avaient pas pu le lui enlever, craignant des lésions permanentes au cerveau, mais on ne savait pas très bien de quelle guerre parlait Domenick, vu qu'il n'avait jamais été plus loin que Staten Island. Melina, sa femme, avait toujours le rouge qui bavait sur ses lèvres fines, elle n'enlevait jamais sa fourrure, pas même dans la maison, et empestait le talc et le parfum passé, je lui servais le café dans une petite tasse avec la sous-tasse qu'elle posait sur ses genoux en acquiesçant, c'est tout, même si personne ne lui demandait son avis. Comme bien des Italo-Américains, les gens de ma famille et leurs amis étaient persuadés qu'ils avaient un lien avec la mafia juste parce qu'il leur arrivait de payer au black ou avaient rendu un service à quelqu'un.

La peur de l'insouciance et de l'eau

Dans ses moments de loisir, mon frère créait des serial killers.

Ces assassins potentiels ressemblaient aux monstres des films d'horreur qu'il me persuadait de regarder avec lui (pour affronter *Les Griffes de la nuit* de Wes Craven, il m'avait dit que Freddy Krueger, avec sa tête de pizza, était interprété par un acteur qui avait le même âge que mon grand-père, ils auraient pu être compagnons de beuveries, ce qui ne pouvait qu'aggraver ma sensation de danger en famille), ils ressemblaient aussi aux personnages des chroniques criminelles que les radios montaient en épingle. C'est ainsi que j'ai été persuadée de l'existence d'un killer à mi-chemin entre Son of Sam et Zodiac, un assassin qui tuait ses victimes le jour de leur anniversaire. Le 8 juin, je restais cachée dans la cave, craignant la mort par horoscope, terrorisée à l'idée d'un soudain enlèvement pendant que je jouais dans la rue, si bien que lorsque ma mère a annoncé que nous allions aller vivre en Italie, en 1990, la seule sensation vive, palpitante, que j'ai éprouvée dans la queue pour les contrôles de sécurité à l'aéroport, c'était la joie d'avoir échappé à ce criminel. Cela jusqu'au moment où mon frère m'a dit que les serial killers pouvaient voyager eux aussi, et que, en ce moment même, Chucky la Poupée de sang pouvait tout aussi bien être cachée dans un bagage qui circulait sur le tapis roulant. La migration intercontinentale n'allait pas me libérer de l'obscurité ; lors de mes futurs allers-retours entre les États-Unis et l'Italie, il me faudrait apprendre à traduire aussi les cauchemars.

Je revenais toujours pour les vacances d'été, l'Amérique était maintenant le pays d'une unique saison.

L'été où j'ai eu dix ans et les ai fêtés à Brooklyn sans qu'un garçon introverti portant un pistolet acheté en cachette vienne me tuer – grandir allait toujours être pour moi échapper à quelque chose, et m'étonner de m'en sortir –, j'ai découvert que bien des années auparavant, mes grands-parents avaient réfléchi pendant une brève période à l'idée d'adopter une adolescente vietnamienne. Ma grand-mère avait été émue en regardant une émission spéciale sur les orphelins de guerre, et puis ma mère avait fait une crise de jalousie, et tout s'était arrêté là.

Ma grand-mère avait un faible pour les jeunes filles disparues.

Un jour, je m'étais réveillée pour prendre mon petit déjeuner et l'avais vue en larmes devant une émission de Rai International, en pleine confusion entre ses langues. À un moment donné, elle s'était brusquement levée et avait couru téléphoner à sa belle-sœur Carmela qui vivait à quelques pâtés de maisons de là, il venait juste d'être question à la radio d'une enquête sur la disparition de Ylenia Carrisi. Dans mon imaginaire de fillette, la fille d'Albano et Romina était comme Laura Palmer, sauf qu'elle était née en Italie. Je n'arrivais pas à séparer leurs visages qui m'apparaissaient, parfaitement superposés, durant les heures inquiètes du sommeil scolaire : dans les eaux putrides de La Nouvelle-Orléans et les torrents de Twin Peaks, entre les musiciens de jazz, le vaudou, les phrases énigmatiques prononcées avant un suicide présumé, la Loge noire et une fille blonde qui disparaissait dans le néant mais allait tôt ou tard réapparaître dans un sac de plastique sous la forme d'une vestale vierge et bleuâtre.

Chaque fois que nos mères voulaient nous menacer, elles nous disaient – c'était une chose que j'avais découverte dans le sud de l'Italie – que l'homme qui fabriquait les perruques pour les petites filles malades du cancer allait venir nous couper tous les cheveux en cachette, et que nous nous réveillerions avec des mèches tailladées, hérissées sur la tête, genre hôpital psychiatrique, anticipant tous nos hurlements aphones devant le miroir ; ou alors que nous allions nous perdre dans le vide, par la faute d'un homme qui était parfois aussi un loup-garou. Si nous ne faisions pas attention, un père aussi pouvait se transformer, comme le faisait celui de Laura Palmer, comme le faisait le mien : j'appartiens à une génération de filles qui sont devenues adolescentes en pensant que quelque chose comme Bob pouvait venir nous mordre le cou chaque nuit.

Ma grand-mère et tante Carmela n'arrêtaient pas de pleurer tout en poussant de grands soupirs, elles étaient tellement contentes que Ylenia ait été retrouvée. Une fois la conversation téléphonique terminée, j'avais été obligée de lui expliquer qu'elle avait mal compris, quelqu'un disait l'avoir vue mais il n'y avait pas de preuves et presque tout le monde pensait qu'elle s'était jetée dans la rivière, qu'elle était déjà morte. Ma grand-mère avait secoué la tête avec son tic de Parkinson imminent, les yeux vitreux, faisant signe qu'elle me comprenait mais ne me croyait pas. Moi aussi, comme ma mère, désormais je venais et sortais de sa vie.

Cet été-là mon frère a acheté une radiocassette jaune fluo dans un magasin de musique de Bensonhurst où nous avions l'habitude d'accompagner notre grand-père pour acheter les dernières parutions de l'Orchestra Italiana de Renzo Arbore.

Je n'avais plus de vie sociale maintenant – je n'avais plus d'amis dans mon ancien quartier, à la différence de mon frère dont tout le monde se souvenait, surtout les filles – et ainsi je me mis en tête de passer les mois de juillet et d'août allongée sur le lit pour écouter *Automatic for the People* des R.E.M. Qui sait pourquoi, m'enfoncer dans cette dimension de souffles retenus, de probables euthanasies et d'hommes sur la Lune me semblait réconfortant. A posteriori, je devais reconnaître mon attachement à ce disque pour ce qu'il était : moins une recherche désordonnée de consolation qu'une naïve fascination pour la mort. Je n'étais pas toute seule, dans cette chambre. Il y avait un gamin, Chris Chambers, qui me revenait à l'esprit de temps à autre. Je l'avais vu pour la première fois dans un film qui se passait vers la fin des années cinquante, *Stand by Me* : famille à problèmes, tee-shirt blanc, cigarette coincée derrière l'oreille. À ce moment-là, je ne pouvais pas le savoir mais j'allais le rencontrer tout le temps, dans des centaines de films et de livres à venir, tellement qu'à un moment donné il ne m'impressionnerait plus du tout. Si Chris Chambers était venu vers moi quelques années plus tard seulement, peut-être devant mon école, appuyé, bras croisés, contre une voiture prêtée, je lui aurais dit exactement cela : « Tu ne m'impressionnes pas », et je serais partie toute raide, l'air méprisant.

Mais à dix ans, au long de ces matinées dilatées jusqu'à l'invraisemblable devant la télévision, lui et ses amis me semblaient appartenir à un monde qui m'était interdit, fait de camaraderie masculine et de premières rencontres avec la mort, de jeux dans la rue et de jeux dans les bois, de sang invisible et de sang visqueux.

L'acteur qui interprétait Chris Chambers s'appelait River Phoenix et *Stand by Me* était son second film, tiré d'un récit de Stephen King. L'été 1994, le personnage de fiction m'intéressait beaucoup plus que la personne en chair et en os, sinon j'aurais réalisé que River Phoenix était déjà mort. À cette époque-là de ma vie, pourtant, je n'avais d'yeux que pour Chris Chambers et il me semblait que les R.E.M. parlaient de lui et de ses amis dans *Automatic for the People.* À quoi sinon faisait allusion Michael Stipe quand, dans « Nightswimming », il se mettait à parler de « La peur d'être pris / la peur de l'insouciance et de l'eau. / Ils ne peuvent pas me voir nu / ces choses disparaissent / remplacées par la vie de tous les jours » ? De quoi parlait-il, sinon de quatre gamins, des losers, qui se mettent à marcher le long des rails rouillés à la recherche d'un cadavre et s'exposent ce faisant à l'humiliation de leur consolation réciproque ? Du fait que, après cette balade, ils n'allaient pratiquement plus se voir, ou sinon deux à deux, mais jamais tous ensemble, jamais tous les quatre ; une fois rompue la symétrie, il était impossible de la recréer. C'était l'un des avantages de la solitude ; il n'y avait pas de symétrie à recréer.

Si nous avions été plus malins, moi en 1994 et les gamins de *Stand by Me* en 1959, nous aurions caché les capsules contenant les objets sacrés de notre enfance dans une bouche d'égout ou sous le porche d'une maison abandonnée pour ne les récupérer que des années plus tard. Il ne s'agissait pas d'envoyer une navette spatiale sur la Lune avec des photos d'Elvis Presley ou des chemises de flanelle à carreaux pour démontrer à ceux qui viendraient après nous combien épiques étaient les années où nous avions grandi, aucun Voyager Golden Record pour nous ; c'était seulement une façon d'être présents à nous-mêmes. Il n'est pas dit que nous aurions réussi, il arrive qu'on revienne là où tout a commencé et qu'on ressente intuitivement quelque chose de pire qu'un sentiment de perte : le doute insidieux et pervers qu'en réalité ces photos ou ces chemises de flanelle ne nous aient jamais appartenu. Et pourtant il y a un vieux quartier dans lequel je suis sûre d'avoir habité, une rue entre Dyker et Bensonhurst où j'avais pelé mes genoux et léché mes blessures nectarines, et ce qui est important, c'est que ces gamins s'étaient vraiment mis en chemin. Pour moi à l'époque déjà, *Stand by Me* parlait de possibilité et d'illusion : ne te perds pas, garde tes superpouvoirs, élève-toi au-dessus du reste du reste.

Les choses, pour les héros du film comme pour moi, allaient se passer autrement. River Phoenix allait mourir d'overdose devant le *Viper Room* de Los Angeles. Chris Chambers allait devenir un avocat célèbre juste pour crever en essayant de s'interposer dans une rixe. Pendant le reste des années quatre-vingt-dix j'allais trahir *Automatic for the People* avec d'autres disques, apparemment plus adaptés à mon inquiétude adolescente. Mon vieux quartier de Brooklyn ne me reconnaîtrait plus, ou peut-être qu'il ne m'avait jamais appartenu, pas plus que je n'ai jamais nagé la nuit dans un étang. Mais grâce à Gordie Lachance, un de ces jeunes devenu ensuite écrivain, gardien de toute l'épopée falsifiée de l'enfance, j'allais comprendre de manière inexorable et profonde que l'écriture était exactement cela : le stigmate de celui qui reste.

L'été 1994 fut aussi celui du Mondial de foot et de ma crainte irraisonnée d'un éventuel match Italie/États-Unis qui mettrait à l'épreuve mon sentiment d'appartenance. Malgré la faiblesse de l'équipe américaine, je me peignais les joues avec des étoiles et des rayures avant de me mettre à plat ventre par terre et de me préparer à perdre, ridiculisée par mon frère parce que je soutenais des joueurs improbables tels que Tony Meola et Alexi Lalas. J'allais être rapidement arrêtée dans le tournoi tandis que l'Italie allait tout droit en finale : nos voisins avaient réussi à avoir un billet pour le Rose Bowl de Pasadena mais mon grand-père n'avait pas la moindre intention de dépenser de l'argent pour ça. Pour ce qui le concernait, le faîte de la gloire a été de se faire raser par le monsieur qui avait rasé le chroniqueur télé Bruno Pizzul, de passage à New York pour le premier match de l'Italie contre l'Irlande. J'avais décidé d'aller avec lui, c'était la première fois que je mettais les pieds chez un barbier et jamais plus il n'existerait d'endroits aussi romantiques : les miroirs, de la même teinte que l'eau de Cologne périmée, avaient des trous noirs qui évoquaient quelque expérience de chimie mal aboutie, une lente corrosion de creux noirs et de nitrate d'argent. D'habitude, mon grand-père se faisait la barbe lui-même, mais il n'avait pas pu résister à ce bref moment de célébrité.

Dehors l'air était toujours sec, un air de sieste prolongée, et les drapeaux tricolores se fanaient vite. Les revendeurs chinois de la Dix-huitième avaient mis en vente des versions en polyester à un dollar, la concurrence exhibait des photos de Roberto Baggio à encadrer, avec une espèce de traînée de feutre bleu qui était censée être un autographe. Ce joueur de foot allait gâcher un penalty pendant la finale contre le Brésil, la mort allait arriver dans ma famille, une épidémie mélancolique et insoupçonnée qui exploserait au cours de l'été.

L'imposteur

Ça avait commencé quand mon oncle Arturo s'était trouvé une fiancée italienne par correspondance. Il avait lu dans une revue une annonce pour cœurs solitaires, il l'avait entourée en rouge et s'était glissé dans une cabine téléphonique pendant des vacances au bord de la mer.

Il était allé la chercher là où elle vivait, aux Vallette dans la banlieue de Turin – l'annonce n'était même pas accompagnée d'une photo – puis l'avait ramenée en Amérique. Daniela était blonde, petite et bien en chair, et si elle ne s'était pas aussi souvent habillée en noir, on l'aurait prise pour une actrice de porno. Mes cousines et moi, nous ne lui plaisions pas : nous étions des gamines, des créatures tellement évidentes, son pouvoir de séduction sur nous était perdu. Avant même de se marier, elle se mêlait déjà des affaires de la famille en essayant de séduire tous les hommes qui en faisaient partie, sans tenir compte de l'âge : une main sur la joue, à moitié affalée sur la table du chef de famille, elle faisait semblant d'écouter les histoires que mon grand-père se mettait à répéter pour la troisième fois quand il avait trop bu. Elle lâchait à contretemps de grands éclats de rire forcé que, assises à l'écart dans l'escalier, nous entendions comme des sonnettes d'alarme. Nous l'observions en cachette, impressionnées par sa bouche exotique et par le fait qu'elle ne cuisinait jamais. Elle avait rempli l'appartement de fleurs factices qui dégageaient une odeur trop forte, et elle n'avait qu'une obsession : Bruce Springsteen. Quelquefois nous allions chez eux pour une soirée pyjama, et nous la trouvions les jambes croisées sur le canapé, encore en survêtement depuis le matin, un bandana sur le front, le regard visqueux rivé sur un marathon de concerts.

Oncle Arturo l'avait inscrite à un cours d'anglais mais elle n'était jamais contente. Pendant les *parties* – mon grand-père les appelait les « parrì » –, son mari s'avançait vers elle avec une grimace de désir résigné et elle, d'un mouvement imperceptible, s'écartait de lui une fois de plus ; elle ne parlait que d'opérations bancaires et de lois sur la succession. Elle arrivait toujours tard aux dîners, et son entrée provoquait un brouillage statique : ma grand-mère se cachait dans la cuisine, ma mère courait fumer devant la porte d'entrée en essayant de convaincre ma marraine Lucy de reprendre son frère parce que cette blonde arrivée d'on ne sait où était insupportable.

Et puis Daniela commença à se présenter de moins en moins pour les dîners, et les lettres que nous recevions en Italie nous apprenaient qu'elle avait brusquement maigri, qu'elle avait le corps plein de taches spongieuses et rougeâtres de forme irrégulière. Dans ces lettres, le sarcome de Kaposi était appelé « cancer de la peau ».

La dernière fois que je l'ai vue, c'était pendant les vacances de Noël, elle était assise sur le canapé chez mes grands-parents avec une robe de velours sombre garnie de petits brillants : une Barbie d'enterrement. Elle avait le cheveu rare, mais le maquillage compact et les lèvres pleines et gourmandes, même si le ton de sa voix était plus rauque. La femme qui avait apporté l'épidémie, la méchante victorienne à la peau blafarde sous le fond de teint.

Si l'on en croit la fille qui lui a survécu, Daniela avait découvert qu'elle était malade seulement au moment où elle était tombée enceinte, mais elle avait décidé de ne pas avorter. Dans le mystère obscène de sa mort, dans les lettres écrites pour la commenter, il n'y avait pas de mots de compréhension à l'égard d'une jeune femme de vingt ans arrivée à Brooklyn avec la conviction de s'émanciper ainsi de la marginalité subie chez elle pour découvrir finalement que sa nouvelle famille avait des règles encore plus rigides que l'autre – ma tante Daniela voulait vivre en Amérique, sa famille d'adoption voulait vivre à Bensonhurst ; pas de mots de compréhension non plus pour ce qu'il pouvait y avoir de déstabilisant dans le fait d'aller à l'hôpital pour s'entendre dire par un médecin qui ne parlait pas sa langue que, même si elle avait mis de la distance par rapport à la fille qu'elle était dans sa vie d'avant, même si elle s'en était éloignée autant que possible, la maladie l'avait suivie.

Mon grand-père a été le deuxième à contracter une maladie mortelle : son foie a lâché, à cause d'une cirrhose. Il avait toujours aimé boire et, à la différence de presque tous les hommes que j'ai connus, il n'a jamais eu le vin triste. C'est une résistance qui s'est transmise à moi ; quand je me trouve en présence d'un homme qui, après avoir bu, commence à se laisser aller à la nostalgie, je cesse d'avoir du respect pour lui, quelque chose en moi devient froid et implacable.

Quand mon oncle Arturo est tombé malade, par contre, nous avions déjà cessé de parler de « cancer de la peau », sans savoir cependant comment nommer cette chose nouvelle. Les parents les plus proches l'accompagnaient à tour de rôle pour les analyses, et recevaient des infirmières des livrets qui expliquaient comment vivre avec la maladie et créer une atmosphère moins stressante en famille. Ils ne comprenaient pas ce qui était écrit, jusqu'au jour où une infirmière a demandé à l'un d'eux : « Mais vous savez pourquoi vous êtes là ? » Peu à peu, ils ont cessé de l'accompagner à l'hôpital avec l'excuse du travail ou de leur propre souffrance.

Alors les anecdotes sur le passé de la tante arrivée par correspondance ont commencé à proliférer, peu importe si elles étaient plus ou moins vraies : c'était une prostituée, c'était une héroïnomane, c'était la petite amie d'un dealer qui fournissait des chanteurs célèbres, elle savait qu'elle était malade mais elle n'avait rien dit avant parce qu'elle voulait rencontrer Bruce Springsteen.

Les informations que nous avions sur le sida, toutes trompeuses, ne collaient pas avec celles que nous avions sur la vie de notre oncle Arturo, qui se fâchait quand il nous voyait les ongles sales ou les vêtements chiffonnés et était probablement homophobe. Mais le voir réduit à une créature de cartilages et de tendons a suffi à l'enfant que j'étais pour comprendre ce qu'est la maladie : une imposture, un sortilège qui falsifie le sang.

Oncle Arturo nous invitait encore à des soirées pyjama chez lui, mais à partir du moment où les signes sont devenus visibles, il n'y avait plus que moi qui y allais. On me disait de bien laver les fourchettes et de ne pas toucher les peignes et les lames de rasoir dans la salle de bains, mais on ne m'expliquait pas de quoi je devais avoir peur. Un soir il m'avait emmenée manger des glaces. J'étais assise sur un banc en bois en train de trafiquer avec mon petit pot quand il m'a dit de goûter sa glace. Il s'est penché vers moi pour me tendre la petite pelle et dans l'hésitation qui s'est emparée de moi, j'ai pris conscience de son corps comme dégonflé, émacié, et de la honte qui emplissait son regard. Il allait reculer quand je me suis penchée vers lui pour goûter de cette glace et faire voir que je pouvais le faire, et que, à la différence des autres, je n'avais pas peur.

Il y a des gestes dont on pense qu'ils ne nous appartiennent pas, des décisions hasardeuses qui nous définissent pour toute la vie, jusqu'au jour où nous nous rendons compte qu'ils étaient nôtres dès le début, que nous les contrôlions, les possédions. Ce n'étaient pas des accidents mais des traductions d'une langue profonde. Si nous les avons reniés et confondus avec une part étrangère de nous-mêmes, c'est simplement parce que nous les avons interprétés de manière erronée : je suis étrangère à l'héroïsme de cet élan en direction d'une personne malade, et la tendresse que je dois bien avoir éprouvée à l'égard de mon oncle, la volonté de ne pas laisser une personne seule face à son festin nu cèdent devant la réalité de mes motivations. Il n'y avait pas en moi le désir de sauver une autre personne mais plutôt un désir d'anéantissement.

Un jour il m'a fait monter en haut du World Trade Center, et c'est là une des dernières choses que nous avons faites ensemble. Il aimait les grands immeubles, les femmes qui savaient danser. Il n'avait jamais regardé à la dépense, mais quand il est tombé malade la banque lui a soutiré tout ce qu'il avait gagné pour payer les factures de l'hôpital. Le petit immeuble entre Dyker et Bensonhurst que mon grand-père avait réussi à acheter et dans lequel nous avions tous habité un temps allait être hypothéqué pour les mêmes raisons. Aujourd'hui, il est décrépi, infesté de câbles rouillés et d'outils, mais il vaut de toute façon un million de dollars : mon grand-père l'avait payé soixante mille dollars en empruntant à tout le monde, je doute qu'il les ait rendus. Grand-père Vincenzo disait toujours qu'il travaillait pour tomber malade, qu'il travaillait pour mourir. À son enterrement, quatre cents personnes seraient là, à celui de mon oncle Arturo beaucoup moins, la maladie l'avait rendu impopulaire.

À la fin, il ne resterait qu'un coup de téléphone à mon frère et moi, depuis l'hôpital, oncle Arturo parlait avec difficulté et disait qu'il était ce que j'avais deviné il y avait bien des années, un néant réduit au néant. L'imposteur avait tout pris, il l'avait remplacé totalement.

Des os de mélasse

Je revenais chaque année, et la ville changeait. Les chaînes de fast-food où, petite, j'avais fêté tant d'anniversaires étaient des lieux où il fallait faire semblant de n'être jamais allé. Dans mes livres d'histoire, le mot « capitalisme » avait fait son apparition ; l'Amérique, autrefois chose dont je pouvais me vanter auprès de mes camarades d'école, était devenue quelque chose de honteux. Je me transformais moi aussi : mes membres changeaient, mes os changeaient, et puis le punk est arrivé, comme une déflagration.

J'ai découvert cette façon d'exister le jour où j'ai accompagné ma cousine acheter une paire de chaussures à plate-forme dans une boutique légendaire de St. Mark's Place qui s'est déplacée maintenant de quelques blocs d'immeubles. Avant d'entrer dans le sous-sol de *Trash and Vaudeville*, nous étions tombées sur les créatures les plus étrangères jamais vues : des jeunes à peine plus âgés que moi couverts de croûtes qui dormaient entassés les uns sur les autres sous l'enseigne d'un magasin de disques. Ils étaient très sales et très beaux. Pourquoi est-ce que moi aussi je ne coupais pas mes tee-shirts au-dessus du nombril, et surtout pourquoi est-ce que je m'entêtais à lire des revues conformistes pour apprendre comment traiter les cheveux fourchus au lieu de les blanchir et de les brûler ? Le vendeur, chez

Trash and Vaudeville, était chauve et il avait des prothèses en métal qui sortaient de zones stratégiques de son crâne, un long filament vert phosphorescent qui descendait jusqu'au genou. Le kilt qu'il portait n'était pas comme celui des Écossais ; lui, en dessous, il était nu pour de bon. Après cette visite, j'ai pris les beaux tee-shirts que ma grand-mère m'avait offerts à mon arrivée comme cadeau pour ma visite, j'ai dérobé une paire de ciseaux et oublié de coiffer mes cheveux. Pendant cette période, il y avait en boucle un clip de Michel Gondry avec Patricia Arquette, c'était une reprise de « Like a Rolling Stone ». Durant ces quatre minutes et demie, l'héroïne passait des fêtes sélectes et des voitures à vitres fumées aux couloirs sales du métro avec un blouson de cuir rouge, et des cernes ; le crépuscule des années quatre-vingt-dix était encore la chronique au ralenti de gens qui finissaient mal.

Je suis revenue dans l'East Village des années plus tard pour acheter un disque fondateur avec l'intention de l'écouter tout au long de mon retour à Bensonhurst ; à l'époque je me baladais avec un lecteur CD bleu électrique en forme de frisbee qui pesait deux kilos. Pendant que le chanteur parlait de pluie, de mélancolie et de canapés sur lesquels il embrassait des filles qui, j'en étais sûre, ne me ressemblaient pas, moi je regardais par la fenêtre et je voyais l'île qui jaillissait du tunnel pour réapparaître sous forme de ponts et de câbles – j'étais une adolescente entichée d'un amas de ciment, de verre et d'eau. C'était une période où je croyais qu'un disque ferait de moi une personne différente. Aujourd'hui encore, si quelqu'un me demande quel est le plus beau concert auquel j'aie assisté, j'ai la tentation de citer ce trajet entre les toits un après-midi d'août où la ville n'avait goût que de bonbons et d'ordures.

Je passais une partie de mes vacances dans les faubourgs du New Jersey, où vivait le plus jeune frère de ma mère, Paul, celui qui jouait dans un groupe appelé Magic Touch et qui avait connu sa femme dans une discothèque. Ils étaient tous les deux fans des Bee Gees. Des frères de ma mère, il fut le premier à quitter la maison de ses parents.

Mon oncle Arturo était celui qui voulait gagner de l'argent, Paul était celui qui allait en gagner.

Il revenait d'un entretien d'embauche pour un poste de programmateur à Manhattan quand il avait rencontré un vieux copain de classe qui lui avait demandé d'où il venait, si bien habillé ; lui aussi il portait veste et cravate. Mon oncle avait raconté le rendez-vous pour le travail, il ne savait pas si ça s'était bien passé ou non, et son ami avait dit que lui arrivait juste de chez Goldman Sachs. Un des candidats ne s'était pas présenté, alors Paul était descendu à toute vitesse du métro et était allé se présenter dans les bureaux de Goldman en persuadant les gens des ressources humaines de lui donner une chance, au minimum pour son audace. Il était parvenu à se faire embaucher par la banque d'investissement la plus renommée de la planète qui offrait des bracelets de chez Tiffany aux femmes de ses collaborateurs au fur et à mesure qu'ils vieillissaient et passaient leurs vacances de Noël devant leur écran. Après avoir été engagé, il avait déménagé dans une maison individuelle du New Jersey, ses collègues et lui vivaient dans les mêmes habitations à moquette mauve et piscine hors-sol pleine de jouets gonflables qui disparaissaient peu à peu dans une remise. Mêmes lunettes de soleil et bipeurs qui donnaient une forme comique à leurs pantalons. Ils laissaient toujours des pourboires généreux et distraits aux serveurs, et ils touchaient leurs filles comme jamais mon père ne me touchait.

En 2008, j'étais à un barbecue dans son jardin quand il a quitté tout le monde pour aller chercher l'ami qui, des années auparavant, lui avait passé le mot concernant le travail à la Goldman

Sachs : celui-ci avait besoin que quelqu'un l'aide à enlever ses effets personnels du bureau. Il venait d'être licencié au cours d'un plan de rationalisation des ressources humaines. Trop jeune pour partir à la retraite, l'ami de mon oncle s'est reconverti en chauffeur de bus. Le prêt de la maison soldé, quelques habitudes à modifier. Au bout de quelque temps, le soulagement de ne pas avoir été licencié a pris chez Paul une tournure nouvelle, d'expectative inquiète ; les jours où il ne travaillait pas, il tournait dans la maison le regard vide, ralenti par le diabète des zombies. Longues nuits à passer au crible les CV de personnes plus jeunes que lui qui travaillaient à Pune ou dans quelque autre ville du sous-continent indien, des jeunes qu'il devait préparer à prendre sa place sans que personne ne le lui dise ouvertement. Il a passé un bout de temps à se licencier lui-même et après presque trente ans de Goldman Sachs, un jour il est rentré chez lui avec un carton plein de souvenirs accumulés au bureau, un de ces cartons devenus célèbres après la faillite de la Lehman Brothers, mais il n'y avait pas de reporter pour le prendre en photo.

C'est la seule personne que j'ai entendue dire sans plaisanter, avec une expression grave et prophétique : « *America is the land of opportunity.* » Pour les autres, cela n'était vrai que le 4 Juillet. Une fois la cuite passée et les drapeaux abaissés, cet optimisme chorégraphique diminuait lui aussi. Mais pas pour lui : Paul croyait vraiment qu'en travaillant assez il pourrait acheter une ferme avec piscine, passer tous ses Noël à Acapulco et partir tôt à la retraite.

Pendant les vacances, il nous emmenait dans les casinos, avec l'excuse d'accompagner ses beaux-parents qui se garaient devant les machines à sous à un centime. Nous allions dans les casinos les moins luxueux destinés aux familles avec tout petits enfants ou vieux paraplégiques, les filles qui servaient aux tables étaient pleines de tatouages en forme de papillon, mais moi je m'éclipsais vite et je restais à boire quelque mixture perchée sur les rambardes en fer du ponton, insensible aux hémorragies qui se consommaient là-dedans. Un matin, une fois toutes les valises rangées dans la voiture, prêt à rentrer à la maison, il repoussa le démarreur et sortit tout d'un coup de la voiture en murmurant une excuse, absent ; nous le vîmes disparaître derrière les portes tournantes du casino. Il revint une heure plus tard, il avait encore perdu.

Je passais beaucoup de temps chez oncle Paul parce que sa fille Malinda et moi nous étions du même âge et quand nous étions petites, les parents nous mettaient dans le même parc pour bébé, les automatismes de famille élargie leur faisaient croire qu'avec le temps on allait devenir les meilleures amies du monde. Ma cousine était bovine, naïve et gâtée, tandis que j'étais nerveuse, démunie et électrique. C'était une configuration bizarre et l'adolescence l'avait rendue encore plus improbable.

Je continuais à être binoclarde et de mauvaise humeur, elle maigrissait à l'aide de la méthamphétamine et disparaissait toujours la nuit pendant que je restais à lire sur le canapé. Elle ne me demandait pas de l'accompagner, et je ne proposais pas d'y aller. La seule fois où je l'ai fait, j'ai ingéré une quantité d'antidouleurs pour malades en phase terminale avec elle et ses voisins, des jeunes d'origine égyptienne qui, avant Bush, n'avaient jamais pensé au Moyen-Orient. Quand j'avais demandé à ma mère comment ça avait été d'essayer l'héroïne – elle l'avait fait une seule fois, à la Villa Borghèse et elle avait eu très peur –, la seule ressemblance qu'elle avait réussi à trouver était de nature sexuelle. À l'époque j'aurais été incapable de dire si la volupté procurée par un sédatif était semblable à un orgasme, vu que j'étais vierge : je me rappelle d'os en mélasse, je me rappelle avoir perdu quelques battements de cœur, pour le reste j'avais eu l'impression de vivre la première nuit d'un animal à l'abattoir, le corps renversé par terre et les sons, les pas des gens, qui s'estompent progressivement. Dans le New Jersey, j'étais entourée de zombies. Autour de moi, tout le monde prenait des anxiolytiques, des antidépresseurs, des médicaments à très forte dose pour contrôler les maladies métaboliques ; moi je me regardais dans la glace et je me trouvais trop vive, trop colorée, un instantané auquel on aurait ajouté pas mal de filtres.

Après le 11 Septembre, mon oncle m'a demandé de ne pas poser de questions. Ils connaissaient des gens qui avaient perdu quelqu'un, des militaires tout jeunes qui avaient été recrutés à cause du chômage plus que pour l'honneur, et moi j'étais européenne : j'avais sans doute l'habitude de prendre le café en terrasse et de croire que tout le monde s'intéressait à mes positions politiques.

Lors de ma première visite au World Trade Center après l'effondrement des tours, un policier a arraché son appareil photo à un Allemand que je venais de rencontrer dans une auberge de jeunesse au moment où il s'apprêtait à immortaliser les ruines. Le jeune homme avait l'air d'un de ces individus de la Mitteleuropa, robustes et silencieux, que le groupe Condé Nast engageait pour faire des reportages sur les lions et qui tôt ou tard mouraient dans des circonstances sanglantes ou bien gagnaient un prix pour la meilleure photo de la savane de l'année. Durant ces jours-là, nous nous étions baladés longuement, nous avions bu dans des pubs irlandais gérés par des pompiers, nous voulions tomber amoureux mais nous aimions déjà d'autres personnes dont nous nous sommes montré les photos en souriant pour le sérieux de nos vingt ans, avec un peu de honte aussi.

« Allez-vous-en, il n'y a rien à voir ici », avait hurlé le policier avant d'écrabouiller l'appareil photo. Le gars fut traumatisé moins par la perte de l'objet de valeur que par celle des photographies. Elles auraient été moches, je le savais, et j'avais trouvé son geste aussi ridicule que celui du policier – les Européens voyaient l'avant-garde partout.

Le fils de Paul a été recruté par la Navy après la fin du lycée. Il a passé un examen pour suivre une formation d'ingénieur nucléaire mais il va finalement se former comme simple technicien, il se mariera jeune avec une fille qui l'attend déjà et ensuite il écrira des lettres à sa femme depuis la base ; elle m'a dit que tout ce qu'elle souhaite dans la vie, c'est de voyager et de préparer des gâteaux pour les soldats, et de se retirer peut-être au Texas avec une retraite bonifiée. Le roman épistolaire peut renaître dans les camps d'entraînement militaire où l'usage des dispositifs technologiques est interdit pendant les deux premiers mois. Tous les deux sont des Born Again Christian ; eux aussi, comme mon oncle, parlent de rêves.

La décharge

Quand j'étais petite, les gens de ma famille ne m'emmenaient pas au Natural History Museum ou au Metropolitan, ils m'emmenaient voir les maisons des riches. Les excursions familiales étaient des pèlerinages à l'intérieur de Dyker Heights pour regarder les magnifiques maisons où vivent des femmes qui ressemblent aux épouses de John Gotti ou d'autres affiliés de la famille Gambino, ou bien à Holmdel dans le New Jersey où vivent encore les P-DG des grandes sociétés financières de New York. Je suis entrée dans tous les gratte-ciel de Manhattan accessibles au public pendant cette période. J'ai passé des heures à l'Empire State Building ou au *Trump Plaza* pour acheter des objets horribles que ma mère garde toujours – des aimants pour frigos, des porte-clefs défraîchis –, et chaque fois que je tentais de dévier vers un but plus en accord avec mes intérêts de gamine, on me ramenait vers la Cinquième Avenue pour apprendre que dans ce pays tout était possible. Même à cette époque-là, Donald Trump était partout : il faisait des apparitions dans les films de Noël et ressemblait à un oncle débonnaire et un peu idiot qui voulait juste vous amuser.

Même si j'ai passé mon enfance à rêver d'être adoptée par une famille juive du XXe siècle dont le tapis du salon était jonché de romans d'Europe centrale, la réalité c'est que mon grand-père adorait Rudy Giuliani, jusqu'au moment où celui-ci ayant décidé de nettoyer Midtown, il s'est mis en tête que son quartier à Brooklyn allait se remplir d'héroïnomanes et de boîtes de nuit. Pour les Italo-Américains, la sauvegarde de leur espace personnel conquis à grand-peine passait toujours avant l'intérêt général.

À l'école primaire, l'institutrice nous avait donné un livre sur un enfant américain qui, après le début de la première guerre du Golfe, entrait chaque nuit en communication télépathique avec un enfant en Irak. Au début le jeune Américain pensait que cette vision, ces sons provenant d'une habitation irakienne étaient seulement une sorte de rêve éveillé, tandis que le jeune Irakien vivait cela comme l'apparition d'un esprit qui l'embêtait. Les choses se compliquaient au fur et à mesure que les journaux télévisés annonçaient les invasions et que, en Irak, les avions de chasse rasaient les villages. L'enfant américain était devenu verdâtre et avait la fièvre à cause de toutes les heures passées à entrer dans la vie de l'autre ; l'enfant irakien avait fini dans un bunker souterrain et risquait de mourir par manque de nourriture après que toute sa famille avait été exterminée. Je ne me rappelle plus comment se terminait l'histoire, je sais que l'enfant américain guérissait et partageait son expérience en classe, de l'autre aucune nouvelle.

Cette histoire m'a obsédée pendant des jours, quand je rentrais chez moi je recommençais à la lire depuis le début.

Que me serait-il arrivé si j'étais née ailleurs, peut-être dans un pays en guerre ?

Que se serait-il passé si ma mère n'avait pas déménagé en Italie ?

Est-ce que moi aussi j'aurais mal voté pour refaire l'Amérique, est-ce que j'aurais passé mes années jusqu'à trente ans dans une clinique de désintoxication, est-ce que mon frère aurait fini en prison ?

Émigrer cela signifie vivre avec tous ces « si du soi », en espérant qu'aucun ne prenne le dessus sur l'autre.

Voilà longtemps déjà que Brooklyn a cessé d'être Bensonhurst, les accents italo-américains, le lieu préféré des statistiques d'assassinats, et tout le monde a commencé à acheter des maisons à Ridgewood ou Bed-Stuy en abandonnant le contrôle de mon vieux quartier aux Albanais. « C'est une décharge et c'est plein de gens peu recommandables, mais dans quelques années ça vaudra une fortune », disait-on de certains endroits au nord, une contagion qui s'est ensuite propagée partout, alors moi j'ai commencé à me sentir de moins en moins à mon aise à Brooklyn, peut-être parce que mes souvenirs faisaient partie eux aussi de cette zone assainie, et quand je reviens dans les lieux de mon enfance, je ne vois que des Saintes Vierges brisées et des drapeaux fatigués. On a l'impression de déambuler dans un hospice dont les patients se sont enfuis. Ma famille elle aussi, qui est enterrée au cimetière de Greenwood à côté des vétérans de guerre et des divas du chant, avait été, à sa façon, peu recommandable.

Beaucoup de gens de ma famille ont déménagé, suivant un parcours semi-obligé pour les Américains d'origine italienne qui naissent à Brooklyn, vieillissent à Staten Island et meurent en Floride. Ceux qui ont survécu se rappellent les temps où Brooklyn, cela ne signifiait pas des barbes épaisses et des bières artisanales, mais désormais cela les ennuie tellement qu'ils n'ont même pas envie d'en parler.

Quelque chose de mon enfance survit à Sunset Park, là au milieu des poules en liberté dans les jardins et des publicités d'avocats spécialisés dans les mariages qui promettent de vous libérer d'un *partner* conjugal ingrat pour seulement trois cent cinquante dollars, et les salles de boxe alternent avec des *bodegas* dans lesquelles il est possible d'acheter diverses sortes de chips bio. Mais la façon dont les guirlandes restent accrochées sur la façade des maisons bien après la fin des festivités, les énormes bidons de tomate utilisés comme pots pour planter des légumes, et les voitures longues et le plus souvent amochées me rappellent un endroit où j'ai été heureuse.

Je feuillette les albums de famille et je me demande pourquoi nos parents nous faisaient toujours poser sur les voitures comme les gamines du ghetto. Nous sommes là, avec nos petites tresses, nos dents de travers, étalées sur le capot comme s'il nous fallait séduire quelqu'un. Les mains dans les cheveux, la bouche en cœur, nous n'avons que quatre ou cinq ans et nous faisons ciao de la main en agitant quelques dollars, et le ciel a toujours la couleur du Kool-Aid à la myrtille légèrement diluée. Oncle Arturo qui arrive en vitesse avec une nouvelle fiancée au bras, quelqu'un qui ouvre grand la porte de la maison et crie « les cannolis sont arrivés », les baskets suspendues, la folle du quartier qui demande des bouteilles vides à rapporter au supermarché, mon frère qui saute par-dessus les tourniquets du métro et ne se fait jamais prendre, et toutes ces mères et ces femmes au parfum trop lourd qui m'apprennent quelle robe choisir, ma grand-mère tout émue à cause des jeunes filles disparues, moi qui danse la tarentelle dans une cave pleine de vieux et ma mère qui demande « elle est comment, la musique ? », et puis son père qui la prend par les hanches et lui apprend à danser.

À Staten Island, il y a un *Hilton* où l'on organise tous les samedis soir une fête pour les vieux Italiens qui aiment boire et se faire passer pour des bookmakers. Dans les salons à l'écart, il n'est pas difficile de trouver des hommes de soixante ou soixante-dix ans vêtus de gris qui commandent des bouteilles sans regarder à la dépense et invitent les femmes les plus jeunes à se joindre à la compagnie. Avant de s'asseoir à leur table, il faut baiser l'anneau qu'ils portent au petit doigt en signe de respect ; les femmes de ma famille y vont encore.

Italie

Quand le soleil se couche, en Basilicate, le ciel se transforme en poumon qui expectore du sang, sa lumière n'émeut pas, elle fait tousser. Mais avant d'arriver aux *calanchi*[1], aux hôtels en briques rouges abandonnés près des stations d'essence aux noms pompeux et des piscines pourries, il faut passer à côté des puits de pétrole qui brillent dans la nuit avec leurs lasers verts et rouges évoquant un futur préhistorique – tout ce qui est nouveau s'ossifie rapidement par ici, devient une substance minérale qui reflète une lumière morte et très belle –, ensuite il faut passer par un barrage et une étendue d'eau verte au milieu de bois rarement éclairés par le soleil, d'où montent des fumées blanchâtres le matin. Après qu'on a parcouru les virages longeant les rives du lac où l'eau apparaît et disparaît avec la complicité des arbres fins et sombres, à un moment donné, le paysage s'ouvre et devient presque désert, et l'ambre brûlé du soleil se transforme en une substance beaucoup plus raréfiée et hypnotique.

1. Malgré la ressemblance des termes, les *calanchi* ne sont pas en Italie l'équivalent des calanques françaises, mais des formations géologiques particulières. Nommées « *badlands* » par les géologues, les *calanchi* présentent, en particulier à Aliano, des paysages ravinés, ruiniformes, impropres à la culture. *(NdT)*

Il y a une route nationale surveillée entre deux éperons rocheux, c'est là que j'ai grandi.

La première maison dans laquelle nous avons habité avait deux étages, la propriétaire était la professeure de français du village. En entrant, j'avais demandé ce que c'était que tous ces crochets pendus au plafond : ils servaient à suspendre le cochon, l'ail ou les piments secs, mais nous ne les avons jamais utilisés. Quand nous sommes partis, nous avons laissé une tache indélébile sur le sol, parce que ma mère avait été malade après avoir trop bu et que le vomi acide avait attaqué les carreaux. La prof de français l'a raconté un peu partout, mais nous avions déjà trouvé une autre location.

Je venais de l'asphalte, et dans cet endroit-là il n'y avait que des pierres.

Le premier jour d'école, j'étais arrivée avec mes Reebok lumineuses, du vernis fuchsia sur les ongles et les cheveux crêpés, sans tablier. À peine étais-je assise que l'enseignante m'avait prévenue que je devrais dès le lendemain m'habiller comme les autres. Elle m'avait placée au milieu de la classe pour que je socialise avec tout le monde, mais à partir de ce moment-là je suis devenue une île, mortifiée par mon autosuffisance, toujours spectatrice des sentiments des autres. Pour mon frère, ça avait été pire : le premier jour, le professeur de maths lui avait arraché sa boucle d'oreille en la tirant vers le bas, faisant couler du sang sur tout le bureau.

J'ai appris à lire et écrire en italien, mais ma langue contenait une marge d'erreurs qui faisaient rire les enseignants. Je disais « ~~repasse au fer~~ » au lieu de « fer à repasser », « ~~ennui~~ » au lieu de « étui », et quand nous devions décrire nos plats préférés, je dessinais des hot-dogs mais je les appelais « ~~frankfurt~~ », du genre de ceux que ma mère achetait à Brooklyn, et ça non plus, ça n'allait pas. Ma fantaisie n'était pas seulement linguistique, elle relevait aussi de la classe sociale : chaque fois qu'on nous demandait de décrire notre logement, j'y mettais toujours trois chambres à coucher, une cuisine ouverte sur le salon, l'atelier de ma mère, une salle de jeux, la salle de sport et même le bar ; des surfaces chromées, des canapés en cuir noir et des plantes dans tous les coins : les enseignantes prenaient ces dessins et m'appelaient au tableau pour me dire que le titre de l'exercice n'était pas « *La maison que je voudrais* » mais « *La maison que j'ai* », et moi je répétais que tout était vrai.

Je savais lire vite, mais je glissais de temps en temps quelques erreurs de prononciation parce que j'avais compris ce qui m'arriverait si je ne me trompais pas un minimum : déjà je venais d'ailleurs et je n'en avais pas le droit, alors si j'avais été bonne élève en plus, ça aurait été une provocation.

C'est comme ça que j'ai commencé à ignorer l'école primaire et à cumuler cent jours d'absence en une année, largement assez pour me faire redoubler. Si cela n'a pas été le cas, c'est que les enseignants craignaient que cela ne m'éloigne définitivement de l'école, et me condamne à une grossesse avant mes dix-huit ans ou à un fiancé irresponsable. J'étais « la fille de la muette », ce n'était pas chrétien d'être trop sévère.

Le matin, je prenais mon sac à dos, je descendais juste pour claquer la porte de la maison même si ma mère ne pouvait pas l'entendre, et ensuite je m'en allais au grenier avec la clef que j'avais subtilisée. J'emportais toujours une montre de manière à pouvoir rentrer à deux heures moins le quart, heure officielle du retour à la maison. Au grenier je lisais ce que je trouvais : *Mickey*, les contes de Grimm, de vieilles éditions de tendance anarchiste comme Elèuthera, des brochures et publications féministes de La Tartaruga, ou encore des chants de prisonniers. Il y avait un très beau récit de Katherine Mansfield où l'héroïne appelait son fiancé « levraut », et moi j'étais persuadée qu'il s'était réellement transformé en lièvre. Dans *Lettre à un enfant jamais né*, par contre, quand Oriana Fallaci imaginait son personnage dans un procès en train de parler avec l'enfant dont elle a avorté, je pensais que ce fœtus était tout à fait capable de communiquer depuis son petit bocal plein de liquide, et j'étais tout émue. J'avais huit ans, et ma mère ne m'expliquait jamais le contexte de ce que je lisais : elle aussi, comme moi, elle croyait qu'il s'agissait toujours de non-fiction, de vie vécue.

Ma mère ne supporte pas la fiction ; quand nous regardons quelque chose à l'écran, il arrive toujours un moment où elle me demande « mais c'est une histoire vraie ? », même si nous sommes en train de regarder un film d'horreur, et moi je suis obligée de lui mentir parce que, si je lui dis que tout est inventé, ça ne l'intéresse plus et alors on n'arrive plus à faire quoi que ce soit ensemble. Son « mais c'est une histoire vraie ? » m'embête depuis toujours.

Le livre qui a tout changé pour moi a été une édition Feltrinelli dont la couverture était bleu indigo. Au milieu il y avait une blonde très maquillée habillée comme Marilyn Monroe, elle marchait dans une rue sordide, on voyait des bouches d'incendie derrière. Je l'ai pris tout de suite parce qu'il s'intitulait *Dernière sortie pour Brooklyn* et que j'avais la nostalgie de chez moi. La lecture était puissante, comme si on m'avait injecté un produit de contraste pour voir de quelle substance j'étais faite. Même si j'étais mineure, il me semblait avoir été au snack du Grec, je pouvais imaginer comment étaient les appartements pouilleux – mon grand-père Vincenzo me les avait décrits –, et je comprenais pourquoi Tralala se comportait comme une prostituée : tôt ou tard elle allait trouver celui qu'il lui fallait. Quand on lui avait écrasé des mégots de cigarettes sur la peau, alors qu'elle était toute sale de terre et de sueur, j'étais restée avec elle pour la serrer dans mes bras. Hubert Selby Jr. m'a également fait découvrir l'importance du dictionnaire, je ne pouvais pas avancer dans la lecture sans aller chercher la définition de « tapette » ou de « benzédrine ».

Mickey me servait à apprendre l'italien et me faisait acquérir du vocabulaire, je n'aurais jamais appris à utiliser le mot « hilarant » ou « casse-cou » sans ça, tandis que les romans gothiques me laissaient en héritage les mots « crève-cœur » ou « consomption ». Et puis il y avait les autres livres, ceux de la rue, qui étaient mes préférés.

C'est dans ces années au grenier que Fernanda Pivano est devenue ma meilleure amie. Ma mère avait ses traductions de Kerouac et de Fitzgerald, des traductions dont je découvrirais seulement à l'université, quand tout le monde se moquait d'elle, qu'elles étaient pleines d'erreurs et de négligences, ce qui au fond m'importerait peu : moi, des erreurs dans la traduction j'en faisais tout le temps et je continue à en faire, parce que aucun signifié n'a une forme stable chez moi, et tout ce que je pense, et ensuite ce que je dis, souffre de la transmigration entre des pays différents, et saigne, exactement comme les astronautes qui ont passé trop de temps dans l'espace et saignent du nez dès qu'ils sont au soleil.

Pivano savait être avec les mauvais garçons sans en imiter les mauvaises habitudes. Même si nous venions de familles très différentes, je lui étais reconnaissante de sa gaucherie et de son aptitude à s'enthousiasmer de tout, avec elle j'avais l'impression d'être moins seule et peu à peu il allait me venir l'envie de lui ressembler, dans sa façon d'être maladroite, manipulatrice et, selon mon idée d'identification, un peu menteuse aussi.

Quand le printemps arrivait, j'ouvrais la fenêtre, enjambais le rebord et me mettais à lire sur le toit. C'est là qu'on m'a trouvée. La prof de maths et ma mère avaient essayé de forcer la porte à force de cogner dessus, mais je n'avais rien entendu parce que je lisais avec un walkman. L'enseignante ne s'était pas laissé décourager et après avoir récupéré la clef du grenier chez les voisins, elle était grimpée sur les tuiles pour venir me sauver. Je ne pouvais pas continuer comme ça, je ne pouvais pas me tatouer tout le bras avec mon stylo Bic, les tatouages, c'était pour des gens bien plus aventuriers que moi, les marins ou les danseuses de cirque.

J'ai été obligée de recourir à la collaboration de ma mère qui, dans son étourdissement, ne supportait pas de me voir pleurer et était d'accord pour ne pas m'envoyer à l'école et signer tous les papiers nécessaires, en me laissant lire au lit ce que je voulais.

La petite fille absente pour raisons de santé

La clandestinité a besoin d'ennemis, et l'ennemi était mon frère. Après notre arrivée en Italie, il avait commencé à développer une bonté féroce et agressive, destinée à me révéler dans toute mon étrangeté. J'écrasais cette bonté comme si j'écrasais des insectes.

Je ne partageais pas le plan qu'il avait imaginé pour notre survie : il était convaincu que pour résister dans cette petite communauté, il fallait que nous travaillions très bien à l'école, que nous allions à la messe le dimanche, que nous disions bonjour aux personnes âgées, que nous nous montrions le moins possible avec maman et que nous ne commencions pas du tout à fumer. Il m'a fait un discours précis, avec toute la noblesse de ses quatorze ans : « Ils ont déjà décidé ce qu'on va devenir : moi un voyou, toi une fille vulgaire, il faut qu'on change ça. »

Il faisait des reproches à ma mère quand elle signait des mots justifiant mes absences et il refusait de le faire à sa place quand elle disparaissait pendant quelques jours. Pourtant je ne pouvais pas faire autrement et je séchais l'école au moins deux fois par semaine. Je prenais la clef du grenier, me répétais par cœur tout ce qui s'était passé en classe de manière à avoir une version crédible des faits, ensuite je passais les heures à lire des livres empruntés à la bibliothèque et jamais rendus, et puis je redescendais, le cœur battant. Au bout de quelque temps, mon frère a commencé à demander à mes camarades de classe si j'étais présente et, après avoir eu la confirmation de mes absences, il m'a dévisagée avec un mépris terrible et m'a raconté l'histoire de l'enfant qui crie : « Au loup ! Au loup ! ». J'avais épuisé toute sa confiance, la prochaine fois que je lui demanderais de l'aide, il ne viendrait pas à mon secours.

« Tu es seule maintenant », m'a-t-il dit, et pendant quelques mois il s'est réellement comporté de cette façon, même si je me glissais la nuit dans son lit, en pleurs, et le serrais très fort dans mes bras.

C'est cette punition qui m'a fait rentrer dans le rang, même si je détestais me réveiller tous les matins pour me faire moquer de moi par les filles de ma classe.

Mais désormais – comme l'écrit Nabokov dans ses cours universitaires –, j'avais découvert ce qu'était la littérature, et je ne pouvais pas revenir en arrière : j'avais dit que j'étais poursuivie par les loups alors que ce n'était pas vrai, si seulement je l'avais bien raconté on m'aurait crue. J'avais appris à mentir et il s'écoulerait encore pas mal de temps avant que les loups ne me dévorent.

Je passais le plus clair de mon temps avec deux gamins du voisinage dont personne n'attendait rien, ils travaillaient mal à l'école et ils ne pensaient qu'à construire des fortifications ou à torturer des animaux. Nous nous cachions dans un fossé derrière la maison en faisant semblant d'être des généraux armés de baïonnettes, nous étions persuadés de pouvoir allumer du feu avec des bâtonnets recouverts de mousse, nous cassions les pots de fleurs avec des frondes et pendant tout ce temps, ils essayaient de m'apprendre à parler en dialecte, mais juste parce que ça les amusait de m'entendre me tromper. Ils me lançaient des cailloux sur les jambes, « ça, ça se dit *b'scun* », ou alors ils prenaient une serviette sale à la cantine et ils me l'agitaient devant le visage en scandant « *maccatur* », ils me cachaient des lézards morts dans le cartable, « *guard, 'na salicréc !* » et chaque fois que je tentais de répéter ces mots comme si c'étaient des paroles magiques capables de faire surgir une créature du néant – *biscuno, maccaturo, saligreca* –, je les entendais qui riaient tout fort. « Laisse tomber, c'est pas pour toi. » Si j'essayais de les répéter à la maison – *biscun, maccaturo, salikrec* –, mon frère me pinçait : ne jamais parler en dialecte, ça aussi c'était une règle.

Le dialecte était un défi aussi bien pour moi que pour ma mère qui n'arrivait pas à lire sur les lèvres le parler très fermé des gens du lieu, et faisait toujours semblant de comprendre ce qu'ils avaient dit ; ils ne s'en apercevaient pas et ils continuaient, mais moi je savais qu'elle acquiesçait par gentillesse ou parce qu'elle était fatiguée. Elle ne voulait pas que je fasse l'interprète sur le moment, je lui expliquais ce qu'avaient dit les enseignantes au conseil de classe seulement quand nous étions de retour à la maison. Dans la ville, il y avait une curieuse résistance à la surdité de ma mère : certains l'appelaient « *a' mercan* », mais ceux de l'ancienne génération l'appelaient « *la muta* » même si elle parlait même trop et n'était pas du tout timide. Personne ne disait jamais « la sourde ».

Tout le monde avait un surnom, dans cet endroit-là – si j'avais pu ajouter une règle au code de mon frère, j'aurais mis justement celle-là, se faire attribuer un surnom sympathique et acceptable, sans quoi on était juste des étrangers – mais c'était assez déboussolant d'être prise pour la fille d'une personne qui ne pouvait pas parler, ça me semblait quelque chose de plus offensant par rapport au fait de ne pas entendre. Comme si au lieu de me dire que ma mère était handicapée, on me disait qu'elle était idiote.

Et puis ces vieux ont commencé à mourir, et le surnom a disparu lui aussi, comme s'est perdue l'habitude de poser aux enfants qui jouaient dans la rue cette patriarcale question : « À qui appartiens-tu ? », remplacée par une autre, plus respectable : « À qui es-tu, fille ? », mais comme la réponse m'embarrassait tout autant, finalement c'était par rapport à la maison où j'habitais, « la maison la plus haute, celle qui est au virage », que je donnais mon identité.

La nuit, au lieu de dormir, ma mère se mettait à consulter les tarots et quand nous nous promenions dans des zones rongées par le tremblement de terre de 1980, en cherchant des objets parmi les maisons écroulées recouvertes de mousse, elle me disait que quelque sorcière avait vécu dans cet endroit-là ; elle cueillait des genêts et ramassait des peaux de serpent pour les rapporter à la maison, elle prenait du sang de poule répandu au sol pour l'indice d'un sacrifice maléfique dirigé contre elle, et il était impossible de lui faire comprendre que la nature n'était pas faite de signes mais de pièges.

Un de mes jeux préférés avec mes copains était de chercher des fossiles dans une grotte abandonnée en feignant de croire qu'il s'agissait des vestiges d'une civilisation disparue : les dents d'un peigne étaient le legs d'une jeune fille vierge dont le fiancé venait juste de mourir, un morceau de céramique était un fragment d'un vase ayant appartenu au baron, et quand nous trouvions des cahiers de comptable pleins de chiffres mais nous faisions comme si c'étaient les journaux d'un assassin ou d'un sorcier, nous nous les repassions tour à tour et nous inventions ces chroniques à voix haute jusqu'au moment où le soleil déclinait et où les mères de mes copains criaient qu'il était l'heure de rentrer à la maison. Il y avait quelque chose, dans l'atmosphère de ce village, qui me poussait parfois à croire aux visions de ma mère. Je pensais à ça quand je regardais les gardiens des troupeaux du coin qui, revenant des pâturages, passaient leurs mains au-dessus des flammes de la cheminée et ne se brûlaient jamais.

Dès mon arrivée à l'école, on m'avait mise en garde contre un monsieur âgé et bossu qui se transformait en loup-garou : pendant les fêtes du village en août, je rentrais toujours après minuit et je devais passer devant sa maison, alors je ne pouvais pas renoncer à jeter un coup d'œil vers sa fenêtre en espérant presque qu'il soit en train de glisser le long du mur et de retrousser les babines sur ses dents jaunies.

Mon père m'avait déjà fait voir *Dracula* de Bram Stoker même si c'était interdit pour les petites filles de mon âge ; j'avais pleurniché tant qu'il ne m'avait pas acheté la cassette vidéo piratée à un vendeur des rues, au cours des vacances de Noël. Les récits que je me suis mise à écrire juste après avoir vu le film de Francis Ford Coppola étaient pleins de jeunes filles à marier peu obéissantes, corruptibles et pâles comme Winona Ryder. De même que je devais être corruptible, moi, pour le camarade de classe qui m'avait demandé de porter la cassette vidéo chez lui pour la regarder ensemble avec l'excuse de faire nos devoirs. Sa mère est entrée juste au moment où les femmes vampires décolletées s'apprêtaient à donner l'assaut au malheureux Jonathan Harker. Elle s'est mise à crier pour nous obliger à regarder un documentaire sur les dauphins et nous faire oublier ainsi les yeux rouges des vampires, mais c'était trop tard. Ce garçon m'était sympathique parce que, en classe, il avait été le premier à me parler et à m'offrir un biscuit, rompant le sortilège de ma solitude.

Il y avait des gens qui juraient que l'hiver, à côté du pont qui séparait la partie ancienne du village de la partie nouvelle, un brouillard épais tombait pour permettre à un cheval blanc de se lancer dans une course folle et de se ruer au-delà du pont, mais on n'en trouvait jamais les restes ; je n'ai jamais poussé de la pointe de ma chaussure le corps étendu à terre d'un Ichabod Crane suicidé. Mon préféré restait l'ingénieur naval qui était devenu fou tellement il était intelligent, ou alors peut-être parce qu'une femme mystérieuse l'avait abandonné pour s'en aller en Argentine. Il était rentré chez ses parents, avait laissé pousser ses cheveux blancs et avait commencé à marcher à travers tout le pays avec son pardessus bleu, le plus fantôme de tous.

La petite fille absente pour raison familiale

Quand j'étais en CM2, j'ai été enlevée. Par mon père. Nous avons fait un grand voyage à travers le centre de l'Italie, entre les Abruzzes et le Molise, dans des endroits que je n'ai jamais revus depuis ; nous dormions dans des hôtels trois étoiles et je demandais toujours aux hôteliers s'il y avait des lits jumeaux. Mon père était venu me prendre à la sortie de l'école pour m'emmener déjeuner et c'est seulement au moment où nous avions atteint des plaines jaunes remplies d'usines que j'avais réalisé que nous n'étions plus en Basilicate. L'objectif de la mission était pour lui d'obtenir un rendez-vous avec ma mère et de m'utiliser comme monnaie d'échange, mais il ne pouvait pas lui parler, alors on s'arrêtait aux stations *Autogrill* pour chercher une cabine. Il me passait les jetons et je demandais à la voisine du dessus si elle pouvait faire monter ma mère et mon frère pour gérer les conditions de ma libération ; nous n'avions pas de téléphone fixe.

Ma mère ne voulait pas en entendre parler et si au début j'admirais sa façon de ne pas céder aux menaces de son ex-mari, la semaine passant, j'ai peu à peu perdu patience : j'en avais assez de manger des beefsteaks et des pizzas dans des restaurants où il y avait des nappes damassées et plein d'hommes seuls, et de regarder mon père de l'autre côté de la cabine téléphonique qui mimait ses exigences et donnait des coups de pied dans le plexiglas rouge tandis que je tapais ma tête contre la vitre.

Pour rompre cette monotonie, un jour j'ai tenté d'ouvrir la portière et de me jeter hors de la voiture sur une route à vitesse limitée, dans les Abruzzes, mon père m'a rattrapée par la peau du cou et m'a laissée tranquille quelque temps avec les appels téléphoniques.

Il y avait de la neige par endroits et je portais toujours les mêmes vêtements, un gros pull vert en laine, un pantalon beige genre Charlie Chaplin, et une paire de chaussures noires à lacets que mon frère avait choisie parce qu'il aimait les filles qui s'habillaient en garçon manqué et que moi je voulais être ce qu'il voulait, lui. J'ai obligé mon père à m'acheter au moins un pyjama, dès qu'il s'endormait j'essayais de lui enlever tout doucement les clefs de la poche ou de lui voler de l'argent. Parfois je pensais que j'allais descendre et dire que je n'étais pas sa fille, ou alors que j'allais couper son vin avec de l'eau, au dîner.

Une fois, j'avais fait ça pour de bon, mais quand il était revenu des toilettes et qu'il avait goûté son vin, sa bouche s'était tordue en une grimace sadique, après quoi il avait commandé une autre bouteille. Nous étions repartis au cœur de la nuit, et je m'accrochais à la poignée avec la sécurité abaissée en espérant que les ondulations de la voiture prendraient fin et que nous n'allions pas mourir renversés sur un talus en compagnie de machines à laver cassées et de renards.

Je portais les cheveux coupés au carré avec une frange, parce que c'était comme ça qu'il les aimait. La coiffure ressemblait à celle de Natalie Portman dans *Léon*, un autre de ses films préférés. À cette période, il était persuadé d'être un mercenaire, et il ouvrait souvent le vide-poche pour me faire voir sa collection de couteaux aux manches incrustés de teck ou de nacre.

À Salerne, dans un restaurant de poissons au carrelage ultra brillant avec piano en laque blanche sur lequel un noceur s'entêtait à jouer « Onda su onda », il a commencé à décortiquer ma langouste avant de poser le couteau et de dire « c'est bon, je te ramène », alors même que ma mère persistait à refuser de le voir. La veille au soir, au dîner, je l'avais regardé et lui avais dit « papa, ça suffit », avec cette expression que j'afficherais fréquemment dans ma vie adulte, face aux copains qui, dans les cafés, me parlaient de leur marasme et de leur malheur, alors que la nausée, l'urgence de regarder ailleurs me nouaient l'estomac.

En fait il y avait quelque chose que ma mère voulait en échange, mais ce n'était pas moi : un bracelet en argent avec des obsidiennes qu'il lui avait volé avant le divorce. Je me suis mise à manger la langouste en proie au soulagement, il me tardait de revoir mon frère, puis mon père a mis une main dans sa poche pour prendre un étui en velours et me montrer le bracelet qu'il avait avec lui. « Celui-là, je ne vais pas le lui rendre », m'a-t-il annoncé en ricanant, et j'espérais que ma mère n'allait pas se faire avoir à ce petit jeu.

Mon enlèvement a eu un rôle fondamental : il m'a fait comprendre que j'étais plus maligne que mes parents, et que je n'étais plus une petite fille. Je ne pouvais pas me laver en laissant la porte de la salle de bains ouverte, je devais me changer toute seule et je ne pouvais plus dormir avec un homme, même si c'était quelqu'un de ma famille. Cela m'a aussi fait comprendre que – malgré tous mes efforts et le calendrier de mes règles – je n'étais pas normale. L'enseignante de maths, la même qui était venue me sauver sur le toit, l'a bien expliqué en classe le jour de mon retour, quand j'étais encore une île à un bureau au milieu de toute la classe. Après avoir parlé avec les carabiniers dans le couloir, elle a claqué la porte et dit exactement ceci : « Ce n'est pas normal d'être enlevé par un de ses parents, ce n'est pas normal de se mettre à lire sur les toits, ce n'est pas normal de se promener à pied dans les villages sous la pluie », et ce de manière si sévère qu'elle a eu vite fait de glacer tous mes camarades, pas tellement par solidarité à mon égard mais parce qu'ils ont commencé à se demander de quelles innombrables façons eux non plus, ou leurs familles, n'étaient pas normaux.

C'est ainsi que je me suis mise à aller à l'école plus souvent, jusqu'au moment où j'ai fini par y aller tous les jours et où j'ai appris à ne plus faire d'erreurs de prononciation ; j'ai abandonné alors toute tentation de savoir le dialecte.

La solution des enseignants suite à mon enlèvement et autres phénomènes de marginalité sociale évidente qui faisaient que mon frère et moi devenions habituellement très bien élevés en présence des assistantes sociales, ce fut de me donner un rôle de premier plan dans la pièce de théâtre qu'on jouait à Noël.

Pour cette représentation, j'allais être la Sainte Vierge, le rôle de Joseph revenait au premier de la classe. Cette annonce fit paniquer mes camarades qui commencèrent à pleurer et à récriminer avec leurs parents. Toute cette hystérie cessa au moment où les enseignantes annoncèrent que ça allait être une Nativité particulière : Marie et Joseph étaient en réalité des immigrés marocains, arrivés dans le village après un long voyage. Marie était sur le point de donner naissance à Jésus, et au cours de la représentation les gens du village méfiants allaient, en accueillant Joseph et Marie chez eux, découvrir une solidarité qu'ils ne croyaient pas être capables d'éprouver.

Le matin du spectacle, le garçon qui faisait Joseph et moi, dans la classe où nous étions restés, on nous a bardés de manteaux, quelqu'un lui a passé de la poudre de craie marron sur le visage ; quand mon tour est arrivé, l'enseignante qui m'avait mis un faux ventre sous le pull m'a dévisagée et a laissé tomber l'idée du maquillage en me disant : « Tu es déjà bien brune sans maquillage ! » Et pourtant, moi, sur les photos qu'on avait eues des semaines après la représentation, je me voyais seulement l'air malade.

Lointaine comme Marie, et timide comme une clandestine.

La petite fille absente pour cause de vertiges

Une enfance constellée d'animaux morts.

Nous vivions encore en Amérique quand notre père a acheté une tortue russe destinée à régner sur la salle de séjour, antipathique et méprisée de tout le monde. C'était sa réaction aux tortues que quelqu'un nous avait offertes pour une fête, à mon frère et à moi. Un jour la tortue russe a coupé la tête aux deux autres ; immobiles, nous avons contemplé ensemble les carapaces presque vides pendant un après-midi entier. Ensuite il y a eu les hérissons ramassés dans la rue et laissés s'asphyxier dans des boîtes à chaussures, les escargots oubliés dans des boîtes en plastique hermétiques et laissés se liquéfier sous le soleil.

Je ne sais pas quand j'ai perdu le sentiment religieux, quand j'ai égaré l'idée que je mourrais sur un autel entourée de roses et d'épines comme une sainte espagnole, mais je sais que quand j'étais à l'école primaire, il y a eu une nuit de Pâques où le curé avait décidé d'offrir des poussins à tous les enfants qui fréquentaient la paroisse. On les gardait dans des petites cages en carton, avec de la paille au fond, et j'étais contente de rapporter le mien à la maison même si toutes mes expériences avec des animaux domestiques s'étaient mal terminées. Le lendemain matin, mon frère et ma mère m'ont dit d'aller vérifier, il fallait se débarrasser de l'animal : le poussin crachait du sang, il avait les plumes toutes tachées, son petit bec était entouré d'une croûte noire. Je pensais que je n'avais pas réussi à m'en occuper comme il faut, mais la même chose était arrivée à tous les poussins des autres enfants, une épidémie mystérieuse et nocturne qui nous avait réveillés le matin de Pâques avec quelque chose à enterrer et les mains toutes sales de glaire et de plumes. Cette scène a eu une influence souterraine en provoquant chez moi l'effondrement de tout instinct spirituel.

Comme ma mère, j'ai été envoyée une fois en colonie de vacances, mais moi je n'ai pas perdu une camarade en mer. Nous n'avions pas de voiture, et encore moins l'habitude d'aller sur la côte ionienne, c'est pourquoi quand ma mère m'a dit que j'irais en colonie pendant un mois, j'ai cru qu'elle était devenue folle. Elle avait eu l'information par le père de ma meilleure amie de l'époque, la fille la plus mignonne et la plus timide de tout le village. Il était infirmier dans une structure de l'assistance sanitaire locale où travaillaient également des assistantes sociales. Quand je l'ai rencontré dans la rue, je lui ai demandé si sa fille allait venir elle aussi, en lui disant qu'il me tardait. « Non, elle n'y va pas », m'a-t-il répondu, et j'aurais dû le comprendre toute seule : c'était une colonie dans un bâtiment en béton brut pour enfants de familles défavorisées.

Le premier jour où je suis arrivée, avec juste un grand sac, j'ai franchi le seuil et serré la main du personnel en scandant le mot « enchantée » et en regardant tout le monde droit dans les yeux pour faire bien comprendre que ma présence dans cet endroit était due à une erreur, j'étais instruite, moi, et ma situation malheureuse n'était que temporaire. J'étais entourée de gamines qui portaient des maillots deux pièces, parlaient de cigarettes à huit ans et s'entraînaient à faire la roue ou des cabrioles très bizarres, le dos arqué jusqu'à ressembler à ces nerfs de bœuf dont se servaient les pères de certaines de mes camarades de classe pour les frapper, mais moi j'allais dormir dans une chambrée de petites filles avec mon unique pyjama, espérant que personne ne me vole quoi que ce soit dans ma petite armoire.

Un matin, en me retournant pour m'allonger sur le ventre, j'ai vu un garçon très maigre en train de lire *Les Garçons de la rue Paul.* Avec l'optimisme désespéré de celui qui entrevoit une échappatoire, je lui ai dit que moi aussi j'aimais lire – Stephen King, les bandes dessinées, *Grands cœurs* de De Amicis –, il s'est assis brusquement en croisant les jambes et s'est mis à me parler de la triste mort du simple soldat Nemecsek les poumons remplis d'eau, une mort d'alien. Malgré ce spoiler, je me suis fait prêter le livre et pour la première fois j'ai commis une action qui allait devenir de plus en plus fréquente chez moi : j'ai menti sur le fait que je l'avais lu en entier. Je voulais le lui rendre le lendemain pour lui montrer que j'avais veillé toute la nuit, alors je n'avais lu que les pages essentielles, j'avançais par à-coups dans la lecture, et c'est tacitement que le lendemain matin, face à une lecture aussi rapide, nous avons décidé de nous fiancer. Il était originaire de la Campanie, sec avec un nez busqué : enfant, j'avais déjà mes prérogatives. Et puis une gamine maigre avec un maillot deux pièces est arrivée et a troublé ma tranquillité, cette relation faite de livres, de glaces, et d'absence de baisers.

Ils s'étaient rencontrés une fois où j'étais restée occupée avec les activités de mon groupe, elle venait d'arriver. Elle avait une allure d'éphèbe, était mal élevée, avec des cheveux cendrés et fourchus noués en une longue queue de cheval. Et elle avait ses malheurs : elle venait d'une famille où il y avait des bagarres et des drogués, elle allait peut-être, avec sa petite sœur, être confiée à une famille d'accueil, tout ce qu'elle racontait c'était un chemin de croix de scènes sensationnelles – la prison, les oncles importuns et les familles d'accueil. Et moi, j'ai senti une douleur atroce à l'estomac, j'étais blême, là, au bord de l'eau, à me dire qu'on m'avait enlevé ça aussi : le privilège d'une souffrance sans comparaison. À quoi servait l'histoire de ma famille si je ne pouvais pas faire du chantage à tout le monde avec son caractère tragique ?

Cette gamine avait souffert plus que moi ; je ne pouvais pas rivaliser avec ses états d'abandon. Même le handicap de mes parents semblait médiocre face à l'épopée des pistolets et de la prison ; mon traumatisme était celui des perdants, le handicap réprime tout désir, c'est quelque chose que l'on comprend même quand on est petit. D'ailleurs le garçon me l'a dit, un soir au manège : qu'il ne pouvait pas choisir. Que l'autre fille avait plus besoin d'un fiancé que moi, qu'elle était plus fragile et moi plus forte. Il ne m'a pas dit qu'elle était maigre et moi pas, qu'elle était blonde et moi pas, il ne m'a pas dit que moi je voulais parler de livres et elle se faire toucher les cuisses : il a dit qu'elle avait plus besoin d'être aimée et, comme assommée, je l'ai fixé longuement sous les lumières des autos tamponneuses avant de le voir s'éloigner pour s'acheter un bâton glacé. Il m'avait expliqué qu'il n'avait pas encore décidé. Mais tout était fini.

Alors la fille est arrivée, elle s'est assise à côté de moi sur le muret et m'a dit qu'il ne fallait pas le prendre mal, un jour j'allais trouver un amour proportionné à mes problèmes : je ne faisais que mentir sur mes origines, couper les fruits avec couteau et fourchette comme si mon père enseignait à Oxford, tandis qu'elle avouait tous ses secrets morbides, vomissait de l'eau salée et de la souffrance dès qu'on la touchait, elle le faisait même avec moi, sa rivale. Elle n'avait pas honte.

Ce parc d'attractions a été le premier de ma vie après Coney Island, et le plus triste, avec ce tube commercial en fond sonore qui concernait peut-être le divertissement des autres, mais pas le mien ; ce morceau de boîte de nuit que j'entendrais toujours en faisant la queue au bar, quand mon seuil d'attention était bas, affaibli par le rituel estival, partagé avec des gens d'une autre origine, sûrement inférieure, dont je n'avais pas envie d'approfondir les abîmes hédonistes. Quand j'entendais en fond sonore le « Missing » des Everything But The Girl, je pouvais rester paralysée, en faisant la queue pour les autos tamponneuses, devant un gamin qui travaillait aux manèges et avait quelque chose d'exotique et d'inquiétant pour moi : pourquoi revenait-il chaque été de plus en plus mal habillé, le regard de plus en plus hostile ?

Je suis restée assise sur le petit mur devant les manèges, je subissais ma première défaite en amour et j'espérais que mes poumons se remplissent d'eau à leur tour.

La petite fille absente à cause d'un chagrin

Et puis, il m'est venu un corps. Avec mes camarades nous rentrions à la maison avec l'espoir de saigner, nous inventions de vagues symptômes – des spasmes dans le bas ventre, la nausée, l'envie de chocolat –, et imitions les plaintes que nous entendions faire aux femmes enceintes à la télé. Persuadées que plus nous en parlions, plus ça allait se concrétiser, pendant le goûter nous faisions des paris sur laquelle d'entre nous serait la première. Moi je m'étais classée dans les dernières, et en fait j'ai été la troisième, ce que j'ai annoncé fièrement un matin de février. C'est juste à ce moment-là que mes camarades ont commencé à changer d'avis sur moi : même si tout, dans mon noyau familial, était dysfonctionnel, la biologie m'avait donné raison, je saignais comme tout le monde.

Au printemps, à la fin des cours de l'après-midi, nous nous donnions rendez-vous pour aller voir les matchs de foot au terrain de sport, et nous attendions que l'un des garçons nous dédie un goal. Nous espérions que celui qui nous plaisait le plus pendant ces semaines-là – ça ne durait jamais plus de quelques semaines – s'éloigne de la cage où il avait marqué un but et pointe un doigt vers nous, en bas des gradins en ciment où nous nous tenions serrées les unes contre les autres. Journées froides et ensoleillées de fin avril où, pour exhiber notre poitrine, nous sortions sans blouson en disant « je ne tremble pas du tout » quand quelque adulte nous faisait remarquer que nous avions la chair de poule sur les bras ; le samedi soir c'était pour faire nos premiers essais avec la bière Faxe sans mousse, en général chez moi, prêtes à cesser dès que nous entendions le vrombissement rare des motos.

Le val d'Agri était sur la route de quelques grandes concentrations, mais les caravanes montaient rarement jusqu'à mon village, il n'y avait rien de particulier à y voir. C'était une toute petite commune, il n'y avait que des églises à l'architecture pauvre et des bars qui fermaient et rouvraient à un rythme régulier après les dénonciations au fisc de la part d'un concurrent ; la principale source de revenus était les machines à sous. Un jour, en entendant le vrombissement des motos, nous nous sommes mises à caqueter comme des téléphones ; l'une d'entre nous a éteint la lumière pendant que j'abaissais les rideaux roulants, après quoi nous nous sommes cachées dans la salle de bains pour épier ces motocyclistes, persuadées qu'ils allaient s'arrêter juste sous les fenêtres de la maison. Quand ils ont eu disparu derrière le virage, l'angoisse d'être dépouillées s'est transformée en déception et nous sommes restées là, espérant les entendre revenir.

Ma mère, descendue du grenier où elle se retirait pour peindre, nous a trouvées en proie à une excitation hystérique, faisant des gestes synchrones pour lui indiquer d'éteindre la lumière ; en nous entendant expliquer que nous avions peur des motocyclistes, elle a compris, à voir nos grimaces et nos petits rires, qu'en fait nous n'avions pas peur, il y avait autre chose. « Je m'en occupe », a-t-elle dit avant de descendre dans la rue avec le chien et de s'asseoir sur le petit mur pour fumer en attendant que les motocyclistes repassent. Ils étaient huit environ, parmi lesquels une femme, certains en surpoids et d'âge moyen, d'autres musclés mais absolument pas tentaculaires.

J'ai détesté ma mère qui leur avait fait enlever leur casque et leur avait demandé une cigarette, je l'ai détestée pour avoir dévoilé ce mystère, quand mes copines et moi en avions si peu à exploiter.

À l'école, au village, et même au lycée dans une commune voisine plus grande, tout était révélé : tout le monde savait à qui « on appartenait », combien gagnaient nos parents – s'ils gagnaient quelque chose –, quelles notes on avait en italien ou en maths, ou si on avait un peu trop bu à une fête ; tout le monde savait si on embrassait avec la langue ou pas trop, si on pouvait vous passer la main par-dessus le tee-shirt, ou par-dessous, et quand on se préparait pour les fêtes de fin d'année ou les anniversaires des dix-huit ans auxquels on était invitées, on pouvait se maquiller n'importe comment ou se mettre des vêtements totalement imprévisibles, cela ne faisait rien, parce que dès qu'on entrait, l'illusion du décor s'évaporait, il n'y avait jamais un inconnu avec qui parler, si l'on tombait amoureux c'était juste par habitude, les amis d'enfance étaient recyclés comme amoureux et, par un renversement de fortune, on cessait d'être la petite marchande d'allumettes pour devenir la fille la plus belle ou la plus populaire du moment – cela ne durait jamais plus de quelques semaines.

J'étais en première quand nous avons vu arriver une prof qui sortait d'une dépression nerveuse, elle ressemblait à Hope Sandoval du groupe Mazzy Star. Elle devait nous enseigner l'italien et la géographie.

Elle est entrée dans la salle de cours habillée comme une religieuse à peine échappée du couvent, avec des cernes sombres et des taches de rousseur caramel mou. Nous traversions alors une phase d'aveuglement religieux due au meilleur élève de la classe qui avait cessé d'écouter du grunge pour se vouer à saint Augustin.

Il avait perdu vingt-cinq kilos pendant l'été, lu *Les Confessions* et se baladait pieds nus dans des sandales même quand il faisait froid ; il a même failli nous faire croire que l'Esprit-Saint était la chose la plus controversée que nous pouvions rencontrer. La classe pullulait déjà de filles qui fréquentaient des assemblées charismatiques où elles avaient commencé à parler en langues et, les yeux révulsés, avaient été secouées par un frémissement bénin et sensuel, comme les anguilles.

Partout les gens de mon âge perdaient des amis à cause des drogues, moi je les perdais à cause de Jésus Christ.

La prof nous a annoncé qu'elle n'allait pas suivre les manuels mais nous expliquer Dante et Pétrarque à travers des modules universitaires où chacun de nous enseignerait à son tour. Plus jeune, elle avait suivi pendant une courte période une célèbre compagnie théâtrale d'avant-garde ; lors d'un stage elle était tombée amoureuse d'un des acteurs de la compagnie et en avait eu le cœur brisé. Comment était-il possible que cette personne qui avait eu une vie aussi pleine d'aventures se retrouve à enseigner dans un lycée sans nom construit dans une sorte de parking d'entreprise, prête à nous initier aux arts performatifs en souvenir de ses amours anciennes ? Je n'arrivais pas à comprendre.

Un jour, elle nous a pris en otage dans la salle de sport et nous a annoncé que nous allions travailler sur la performance sadomaso-politique en tentant de nous identifier avec notre Vietnam. Nous devions nous libérer, éprouver l'extase et la guerre et laisser libre cours à toutes les obscénités qui nous passaient par la tête. Nous avions vite cessé de rire et même les filles les plus timides de la classe s'étaient jetées par terre pour exorciser une frustration intime. Nous étions au milieu d'une procession où nous essayions de marteler le sol comme des soldats, quand j'avais ouvert les yeux et m'étais aperçue que les deux cents autres élèves du lycée et tous les enseignants nous observaient bouche bée.

On nous a interrogés sur le sens de cette activité, on nous a demandé si cela s'était passé sous la contrainte, si on pensait que le professeur pouvait souffrir de dépression nerveuse.

L'un d'entre nous a dit qu'elle nous avait obligés à apprendre par cœur le nom de toutes les capitales africaines pendant les cours de géographie, parce que nous ne pouvions pas nous déplacer dans le monde sans avoir de curiosité et de respect pour les autres, ce à quoi un prof d'éducation physique avait répliqué : « Mais les Africains, ils le savent, eux, où se trouve Potenza ? »

Quant à moi, après cet incident, j'ai été prise à part par la prof de français qui m'a dit : « C'est une personne bonne, elle a besoin de Dieu. Reste proche d'elle. Pourquoi est-ce que tu ne viendrais pas à une rencontre du Renouveau ? », en faisant allusion au mouvement religieux charismatique qu'elle-même fréquentait.

La prof et moi nous y sommes allées ensemble, et je l'ai tenue par la main en espérant que, à un moment donné, elle allait éclater de rire et me dire qu'il fallait s'enfuir de là et aller au bord de la mer, comme on l'avait déjà fait une fois où elle m'avait expliqué les voyages cosmiques et la réciprocité du sexe oral.

Un après-midi, après le lycée – un des plus beaux, des plus vrais après-midi de ma vie d'adolescente –, elle était venue me chercher et m'avait emmenée à la mer, où je lui avais avoué que je ne savais pas nager. « Ah, si j'avais su, j'aurais emmené ma nièce », avait-elle dit, comme si mon manque d'aptitude physique me rendait moins intéressante, mais le fait qu'elle commentait cela paisiblement, sans intention de me blesser, était une nouveauté pour moi : dans mon lexique familier, on ne s'exprimait que pour se blesser, et là, au contraire on pouvait dire les choses pour ce qu'elles étaient, sans laisser de marques ou d'infirmités. Ce jour-là, on lui avait volé la stéréo de la voiture, elle n'avait pas cillé, se contentant de dire « karma négatif ». Moi, des femmes comme ça, je n'en connaissais que dans les livres.

Elle m'a prêté les journaux intimes de Judith Malina, réveillant en moi le désir d'avoir grandi dans une famille d'Europe centrale pleine de livres éparpillés sur le tapis. L'homme de théâtre qu'elle avait aimé, une fois où elle avait rêvé qu'il s'était coupé les cheveux, elle l'avait appelé pour le lui raconter ; à l'autre bout du fil, il avait ri et lui avait expliqué que c'était un signe de grands changements. Depuis lors chaque fois que quelqu'un d'important pour moi se coupe les cheveux, j'ai peur de le perdre et j'assiste à ce petit changement avec tristesse.

À ce rite charismatique auquel je l'avais accompagnée, nous étions entourées d'enfants de chœur ayant largement dépassé l'âge et d'auxiliaires de vie scolaire qui invoquaient Jésus comme s'ils évoquaient le nom d'un partenaire, mais leurs appels sonnaient faux et leurs convulsions semblaient feintes. Je me suis rapidement rendu compte de l'influence que cette formation pouvait avoir sur elle et, même si elle s'était éloignée de notre lycée, j'ai appris qu'elle continuait à fréquenter ces réunions.

Elle était venue dîner chez moi une fois, elle avait préparé un kilo de cuisses de poulet assaisonnées de piment et oignon avec une épice inqualifiable, selon la recette d'un ex-amoureux africain – d'où peut-être son insistance à vouloir nous faire apprendre la nomenclature de ce continent, nommer est un acte d'amour –, mais dès qu'elle tournait le dos nous donnions le poulet à peine entamé au chien. La prof avait demandé à ma mère pourquoi elle ne me demandait jamais à quelle heure j'allais rentrer la nuit ou pourquoi elle n'avait pas peur de me laisser toute seule. « C'est une fille libre, elle doit s'habituer rapidement. Elle a seize ans, elle peut se débrouiller toute seule. Moi, à son âge, j'étais comme ça », avait répondu ma mère sans honte. La prof avait hoché la tête, en me serrant affectueusement : « Les filles, il faut les protéger », avait-elle dit. « Si on n'y fait pas attention, à la fin elles disparaissent. » Moi, pendant ce temps, pour ne pas avoir l'air trop bizarre par rapport à mes amies, je faisais parfois comme si ma mère me donnait une heure limite, même si ce n'était pas vrai.

Mes rapports avec les garçons étaient compliqués même quand je ne voulais pas qu'ils le soient. Une fois, lors d'une de ces fêtes d'anniversaire dans la salle communale que nous allions utiliser à des fins peu civiques pendant nos années d'adolescence, fêtes auxquelles venaient habituellement aussi des garçons de bourgs des environs, je suis allée m'asseoir avec mon gobelet en plastique sur les marches en ciment effrité avec un garçon grand et frisé qui était dans mon lycée mais dans une autre section ; peut-être qu'il me plaisait, en tout cas c'était une décision que j'avais prise ce soir-là : il était disponible.

On était en train de discuter quand un de ses copains de classe est venu s'asseoir à côté de nous, déjà ivre. Et voilà qu'il s'est mis à raconter une des scènes qui l'avaient le plus impressionné pendant son enfance. Il parlait avec difficulté, mais nous avons fini par comprendre que l'un des épisodes les plus traumatisants de *sa* vie avait été la fois où mon père nous avait tenus en otage sur le balcon, mon frère, ma mère et moi, avec un couteau pointé sur la gorge, devant tout le village qui nous regardait. Les voisins étaient accourus, les femmes avec un pull sur les épaules et les mains serrées autour du cou ; peut-être que quelqu'un avait appelé les gendarmes mais tout le monde était comme momifié dans cet état d'excitation passive des gens qui assistent à un suicide. Tout en eux palpitait d'expectative ; ils espéraient qu'il ne se passe rien mais ils avaient hâte d'entendre le choc du corps au sol.

Pour moi cet épisode n'était vrai qu'en certains endroits : mon père s'était arrêté quand il en avait eu assez, ou qu'il nous avait vus, mon frère et moi, hausser les épaules, incapables de croire à cette terreur. Nos sens en alerte pour tenter de le désamorcer ne nous laissaient réellement pas éprouver la peur, seule ma mère tremblait. Je n'y avais pas pensé depuis des années, je ne me souvenais même pas que ce camarade était dans le public. « Ça a été une scène terrible, je ne l'oublierai jamais », dit-il en secouant ses cheveux blonds, et moi j'espérais juste qu'il s'en aille, quant à cette scène, je pouvais l'oublier : je lui plaisais quand j'étais petite, moi il ne m'avait jamais plu, et même si ce béguin qu'il avait pour moi lui avait passé depuis longtemps, il ne voyait pas d'autre solution que de raconter à son camarade de classe à quel point mon enfance avait été violente et agitée et comment, quand mon père arrivait, nous nous barricadions à l'intérieur avec des meubles et ne sortions pas pendant des jours entiers. Je ne me souvenais pas de la pointe de la lame sur mon cou, je ne me souvenais pas tellement du rictus de mon père, de ses mouvements saccadés de clown, ou des gens présents en bas de la maison. Par contre je me souviens de ce moment où j'étais assise sur les marches à l'extérieur de la fête, avec cette robe claire descendant jusqu'au genou, les bras croisés, à côté d'un garçon que je ne connaissais pas beaucoup et qui me plaisait peut-être, essayant de dédramatiser, déchiquetant en lanières le verre que je venais de vider, riant fort d'une voix rauque même après que le garçon frisé, gêné, s'était levé avec une quelconque excuse et était allé appeler ses copains pour rentrer dans leur village à trente kilomètres. Je me vois, là, les yeux rivés sur mes cuisses et mes mains, avec les pétales des roses communales rongés par les insectes et écrasés sous les pieds. L'humiliation de la belle robe et des cheveux bouclés, alors qu'il sortait de la salle une musique de discothèque, et que moi je voulais juste être courtisée, là, au milieu de statues couvertes de lichens où beaucoup d'entre nous avaient donné leur premier baiser. Il était évident que je devais m'en aller.

Il n'y a pas un seul acte de violence dans ma vie dont je puisse me souvenir sans rire.

La fille absente pour raisons personnelles

Je grandissais, et le mot « Basilicate » n'apparaissait jamais à la télévision, ni même dans les mots croisés. Vers la fin du lycée, j'avais commencé à expérimenter une forme hystérique de solitude : j'avais disparu de la vie publique, je me confinais à la maison des jours entiers. Je m'efforçais d'être une chose seule, une de ces choses seules telles qu'il n'y en avait jamais eu.

J'étais devenue une amie violente, une fille insupportable, et si je n'étais pas partie pour aller à l'université, je serais devenue une carte officielle des tarots, un personnage réduit à la littéralité de son existence, exactement comme ma mère.

Elle était la Sorcière, la Folle et l'Ermite, mais c'étaient des tarots déséquilibrés, parce que depuis que le bourg se désertifiait – nombre d'entre nous partaient pour l'université et ne revenaient plus, les villes nous ôtaient les accents –, les Amants, les Papes et les Empereurs s'étaient perdus et il ne restait que les Suicidés et les Adversaires.

Prédire l'avenir était impossible avec ces cartes-là, même ma mère allait cesser de le faire : la bibliothèque municipale avait été inondée des années auparavant et personne n'avait sauvé les livres, si bien qu'on avait laissé la moisissure fleurir sur *Fahrenheit 451* et la lumière de *Lolita*, le feu des reins, s'éteindre sous l'eau. La faible natalité avait obligé mon ancienne école primaire à former des classes à plusieurs sections et à admettre des enfants des villages voisins. Malgré la présence des chasseurs, les sangliers avaient commencé à se reproduire de manière incontrôlée et se montraient la nuit au milieu du bourg, si bien que certaines personnes emportaient leur fusil sur leur lieu de travail. L'hiver, il était possible de parcourir les huit kilomètres de la commune, depuis les maisons détruites par le tremblement de terre *n' ped a terr* jusqu'aux HLM sans jamais rencontrer personne ; le vent était tellement fort qu'il déchirait les fenêtres.

Le travail des jeunes qui restaient au pays dépendait de la construction, de la folie ou du pétrole : certains continuaient de travailler pour les entreprises de construction qui payaient les salaires au bout de douze mois, d'autres étaient employés dans des cliniques de santé mentale qui s'ouvraient dans de belles propriétés inhabitées, tandis que les plus chanceux se faisaient embaucher comme gardiens dans les puits de pétrole.

À l'université, on allait me faire lire *Land and Family in Pisticci* de John Davis, les théories sur le familialisme amoral de Banfield et *Italie du Sud et magie* d'Ernesto De Martino, mais aucune de ces représentations datées n'englobait vraiment le sens de cette région, selon moi : il était vrai que la communauté pouvait décider du destin d'un citoyen du berceau au cercueil, et il était vrai que l'unité d'échange n'était pas l'argent mais la famille – en effet, de la famille, nous n'en avions pas, et cela avait toujours été une difficulté pour nous –, mais la vie que j'avais menée dans la Basilicate avait été bien plus indisciplinée et anarchique, presque moderne.

Il s'était passé beaucoup de choses depuis les années cinquante : les codes avaient changé, mais étant donné qu'ils ressemblaient beaucoup à ceux des adolescents américains, ils ennuyaient tous les anthropologues. Les filles affligées d'une crise de la présence ne foulaient pas des araignées, en proie à la possession, elles se peignaient les ongles et buvaient trop ; les garçons ne soufflaient pas dans un pipeau, ne mettaient pas le feu à des mannequins en forme de Jésus Christ, ils portaient le maillot de Ronaldo et cherchaient à incarner une divinité plus modeste.

Les distractions les plus archaïques étaient les feux de la Saint-Joseph, la nuit du 19 mars, quand on allumait des feux de joie qui sont devenus de plus en plus inconsistants ; certains jeunes tournaient des films d'horreur improvisés avec les Renards assassins, ils inventaient des histoires de messes noires, mais c'était un ésotérisme déjà gâché par Internet et par le modem 56K.

Même quand j'allais en vacances à l'étranger, on me disait « ah, la Basilicate ! *Christ stopped at Eboli !* », comme si on se déplaçait encore à dos de mulet et qu'on distillait le sang menstruel dans le café d'une malheureuse victime pour l'obliger à tomber amoureux. Je ne sais pas qui cela arrangeait, cette réputation et cette idée de civilisation fantôme, mais je sais que cela ne nous concernait pas, même si nous étions entourés de villages abandonnés qui avaient capitulé devant les glissements de terrain et que Matera et ses grottes de tuf s'apprêtaient à devenir une destination du *New York Times*.

Il y a quelques années, je suis allée pour la première fois visiter les *calanchi*, même s'ils se trouvent à un quart d'heure de chez ma mère. Je pouvais voir ces mêmes *badlands* dans un film de Terrence Malick et souhaiter y disparaître, mais ce n'était pas pareil que d'y passer tous les matins et de les regarder par la fenêtre du bus qui m'emmenait au lycée.

Le professeur de géographie astronomique – un échalas lunatique et vierge capable de rester sans parler pendant un quart d'heure entier – avait essayé de nous expliquer que nous venions de géologies immortelles ; dans notre région, on pouvait voir des paysages apocalyptiques et lunaires qui seraient très demandés par le marché quand tout le reste aurait été banalisé, mais à cause de cet entêtement rude et hostile typique de certaines communes de la Lucanie, l'invasion ne réussirait jamais : quelque chose dans l'écosystème se rebellerait, et renierait le moindre spore. C'était vrai, mais d'une certaine façon j'étais restée, ma mère était restée : nous ne nous étions pas enracinées, mais nous n'avions pas non plus été balayées, démonstration que la nature n'est pas faite seulement de perdants ou de gagnants ; une grande partie de ses substances reste, et on l'oublie. Le professeur nous avait expliqué comment s'étaient formés les *calanchi*, ce qu'était le phénomène karstique et pourquoi nous étions particulièrement exposés aux éboulements de terrains, moi je ne l'avais pas écouté et j'avais repensé à tout cela seulement au cours de cette visite tardive : c'est bien des années après être partie que j'ai découvert que j'avais grandi dans le désert.

Quand tous disparaissent, une communauté ne peut pas se fier seulement à ce qu'elle a, mais doit créer de nouvelles plantes capables d'emmagasiner l'eau, elle doit ouvrir des veines dans le sol fissuré par la sécheresse : au cours des dernières années, le village de ma mère a été exposé à de nouvelles oscillations à cause de l'ouverture de puits de pétrole à quelques kilomètres de là et à l'arrivée de réfugiés africains qui sont encore bloqués dans un petit immeuble communal à cause de la bureaucratie italienne. Jusqu'à il y a peu encore, il hébergeait aussi les pensionnaires d'une communauté de réadaptation, ex-toxicomanes, jeunes en rupture de familles à problèmes ou affectés de graves problèmes psychiatriques. C'était de ces oscillations-là que je voulais parler, de leur présence perturbatrice dans un territoire que l'on venait découvrir seulement pour ses couchers de soleil hypnotiques et ses grottes de brigands. Je voulais en parler à un ami écrivain qui avait essayé de guérir de son chagrin durant un voyage de groupe en Basilicate organisé pour des artistes américains. Il était allé visiter les *calanchi* d'Aliano et avait pensé à l'histoire que je lui avais racontée sur la façon dont j'étais arrivée là.

« C'est comme un conte du Far West. Non, c'est une histoire fanta-West », m'avait-il dit pendant que nous nous promenions devant des pompes à essence et des couchers de soleil gris-violet dans une soirée évanescente de Londres, dans ma nouvelle vie.

« Une petite fille débarque un jour d'une navette spatiale sur terre avec sa famille et découvre qu'il n'y a tout autour que de la poussière, alors les hors-la-loi, les prêtres arrivent… » s'était-il exclamé en faisant de grands gestes. Je m'étais mise à rire. C'était amusant, mais ça ne s'était pas passé exactement comme cela. Sa version me libérait des humiliations de mon enfance, mais en même temps elle réduisait ma vie à un conte, une histoire éternelle, impossible à défaire, alors que tout ce que je voulais, c'était prendre le loup que j'avais fait semblant de voir dans la forêt juste pour lui couper la gorge et continuer à mentir encore.

Un jour, mes amies qui sont restées au pays m'ont emmenée voir le complexe d'extraction du pétrole. En réalité nous avions fait un tour en voiture, étant donné que nous n'avions pas l'autorisation d'entrer. Nous étions grimpées sur une colline de manière à pouvoir admirer la structure en entier, et la vision de ces immenses pylônes m'avait remuée, de la même manière que je suis toujours abasourdie quand je regarde une éolienne de près. C'est un vertige pire que celui que provoquent en moi les gratte-ciel.

« Tu parles d'aller dans l'espace, mais ici on vit encore en circuit court », m'avait dit l'une d'elles quand je lui avais expliqué ce que je ressentais en voyant tout ça. Elle était psychologue, quand j'étais petite je l'adorais parce qu'elle se mettait un lait solaire protection cinquante même l'hiver, pour garder la peau blanche, et moi de cette histoire de protection je ne savais rien ; mon frère et moi nous ne voyions pas de médecins. J'ai nourri une obsession particulière pour ces filles de Lucanie comme moi, toutes occupées à couper des toiles d'araignée et à se faufiler par le bord, prêtes à oublier ; des filles sylvestres et solitaires, improbables dans ces lieux. « Toutes les personnes que je connais ressemblent à un éboulement », m'avait-elle avoué un jour, alors que nous promenions son chien.

Les pylônes n'étaient pas là pour extraire directement le pétrole du sol mais pour faire remonter à la surface des couches de pierre qui seraient ultérieurement soumises à un traitement permettant l'extraction du brut. Il n'y aurait pas de brusques incendies, de poteaux métalliques aspirés par la pression du terrain, de coulées de poix noire sur les visages des ouvriers ; toute l'installation semblait assainie, chirurgicale, plus modeste que les désirs qu'elle avait déchaînés. Les désirs : quand nous étions jeunes, nous voulions seulement que le mystère ne soit pas dévoilé, nous nous sommes gonflées comme des sangsues en attendant que quelqu'un ou quelque chose nous fasse exploser, mais quand je revenais au village, je ne trouvais aucune trace de cette humeur invisible que nous avions versée, aucune trace de nos vieilles explosions.

En montant la côte qui mène chez ma mère, je passe devant un immeuble où vivent les gamins africains dont les vies sont gérées par une coopérative, souvent je les trouve assis sur le balcon mais je ne suis même pas capable de leur dire bonjour. Je voudrais leur dire qu'il y a eu une période où c'est nous qui étions les méchants, et que ça allait passer pour eux aussi ; de l'abandon, il ne resterait qu'une odeur qu'ils sentiraient de temps à autre, dans une rue transversale, dans une nouvelle vie.

En ce qui concerne les tarots, mes arcanes personnels sont la Lune et l'Ermite, cette Lune justement que ma mère a dessinée quand elle était enceinte de moi et qui trône maintenant dans son salon où elle pâlit avec le temps. Le site Internet d'une cartomancienne amateur dit que pour ceux qui sont nés sous ces deux arcanes « l'illumination est l'essence, mais l'obscurité est la matrice ».

Angleterre

L'élastique violet

À Calcutta, il y a un cimetière où reposent les fonctionnaires de l'East India Company ; les inscriptions sur les tombes ne le disent pas, mais les personnes enterrées là sont probablement mortes de typhus, de duels ou de naufrages. Le cimetière se trouve à Park Street et il est plein de tombeaux gothiques amollis par la mousse, de carcasses de pierre éparpillées entre des temples indo-islamiques recouverts d'un enchevêtrement de plantes. Au milieu de cette végétation putride et saumâtre se trouve aussi le fils de Charles Dickens, un lieutenant criblé de dettes mort d'une rupture d'anévrisme ; son père l'avait dissuadé d'écrire des livres.

Quand j'ai traversé ce cimetière, au cours d'un voyage fait avec mon amie Francesca à l'âge de vingt ans, j'ai eu l'impression de me trouver dans deux hémisphères au même moment, comme dans les jeux vidéo où l'héroïne marche dans deux mondes parallèles à l'intérieur de la même page d'écran : d'un côté il y avait un pays que je n'avais jamais vu mais auquel un lien me rattachait, je le sentais – l'Angleterre –, et de l'autre il y avait l'Inde où mon sang devenait plus dense de jour en jour. Si je dévoilais le mystère de l'un de ces pays, l'autre me serait livré.

En dehors du cimetière, sur Park Street, il y avait des palais victoriens rongés par les tropiques, c'était plein de bureaux et d'institutions britanniques aux grilles couleur gomme-gutte et aux toits en coupole, mais ils ne m'avaient pas tellement fait penser au passé colonial. Ils ressemblaient plus à des épaves steampunk, à ce que les capitales occidentales pouvaient devenir après des décennies de catastrophes climatiques. Je me promenais dans Calcutta au milieu des employés des entreprises de software, des millions de travailleurs habillés par les grands magasins qui défilaient, compacts, infinis, et il était facile d'imaginer qu'un jour les villes anglaises surchauffées par leurs ambitions et accablées par la pollution leur ressembleraient.

Si j'attendais quelque chose de Calcutta, ce n'étaient pas les églises aux petits toits noircis et l'invasion de corbeaux qui venaient becqueter au bord de la route ; de retour à l'auberge de jeunesse où je logeais, je restais collée aux murs de briques rouges pour me protéger des nuages noirs formés par les oiseaux. Je n'avais jamais vu un endroit aussi gothique, d'un gothique brûlé, où les statues des femmes ailées se désintégraient à cause de la lumière du soleil.

Au début, je me connectais à ma messagerie électronique pour raconter tout ça aux personnes restées à la maison, mais au bout de deux semaines, Francesca et moi nous avons décidé de disparaître. Ça allait être un des derniers voyages sans connexion Internet, c'est la décision la plus spirituelle que j'aie prise ces jours-là.

Pourtant rien de ce qui m'entourait, pas même l'absence de télécommunications, ne me donnait la sensation d'être en dehors de l'histoire, ou d'être dans un cauchemar tropical tel que je l'avais lu dans les romans de Conrad, avec les relais de poste, les heures bactériennes et les attentes.

En arrivant, nous avions pris un taxi à l'aéroport de Delhi, un trajet de quarante minutes jusqu'à l'auberge de jeunesse sur des routes que je croyais plus fatiguées, presque jamais nées, et où pourtant les feux de la circulation étaient dotés d'un chronomètre. La première odeur de l'Inde que j'ai sentie a été, étonnamment, celle du désinfectant. Au milieu des baraques adossées aux hôtels qui se nommaient *Baby Las Vegas*, des illuminations de Noël accrochées aux bords des toits et des publicités de Coca-Cola rosies, les hommes qui passaient dans la rue avaient des chaussures tellement basses qu'ils avaient l'air de glisser sur le sol. Je m'étais arrêtée pour regarder une fille asphyxique portant un jupon et un voile argenté qui essayait de faire redémarrer sa bicyclette électrique. Puis soudain, j'avais vu une pile de gamins sous une passerelle routière entassés l'un sur l'autre au milieu de pneus. Ils étaient presque comme les punks de l'East Village d'il y a longtemps. J'avais pointé un doigt dans leur direction en criant : « Les sauvages ! » C'était une phrase qui m'avait échappé, qui n'avait rien à voir avec mon éducation ou ma sensibilité, et Francesca avait éclaté de rire, abasourdie que j'aie pu dire quelque chose d'aussi puéril et incongru. Ça aurait été pire de dire qu'ils étaient magnifiques, juste parce qu'ils étaient pauvres et abandonnés.

L'année où Francesca m'a proposé d'aller en Inde, je sortais d'un voyage raté en Angleterre.

L'été 2005, une fois les examens terminés, j'avais fait un dîner pour vider le freezer et finir les restes ; avec Francesca et d'autres copines, on était sorties pour se balader autour de la résidence universitaire dans un étrange état d'excitation. On n'arrêtait pas de répéter la phrase d'un terroriste que rapportaient les Évangiles apocryphes du Net : « Nous transformerons Rome en un cimetière » ; l'une de nous avait rêvé des bouches d'incendie qui nettoyaient le sang de la gare Termini. Mais Rome restait là, géopolitiquement ignorante et ignorée, et par contre les terroristes ont fait sauter la gare de King's Cross à Londres. On allait se séparer pour l'été avec cette inquiétude en sourdine.

Mon compagnon et moi avions l'intention de passer une semaine en Angleterre, nous avions déjà réservé nos billets et le logement, mais les attentats nous avaient contraints à changer nos plans et nous avions préféré faire un tour d'Écosse en autobus. Modifier l'itinéraire, c'était normal : le terrorisme avait encore prise sur notre imaginaire, il inspirait encore des envies d'en réchapper qui allaient devenir de moins en moins importantes, ou plausibles.

En Écosse, nous étions heureux, nous dormions avec les chevaux dans des fermes, mais nous pensions à l'autre ville, celle que nous avions manquée. De Londres, nous n'avions vu que la gare Victoria où nous avions pris le bus, remplis de peur et de regret pour notre rendez-vous reporté.

Aujourd'hui, à quelques mètres du lieu du drame, on remarque une phrase écrite au néon par Tracey Emin qui dit : « *I want my time with you* ». Quand je passe dans les parages, je reconnais cette espèce de désir fou qui me poussait à rechercher l'Angleterre il y a des années ; je m'arrête au milieu des filles en train de photographier l'inscription lumineuse couleur fuchsia, et je suis jalouse de l'émerveillement qu'elles ressentent.

Confondre un lieu avec une histoire d'amour, c'est ce que j'ai fait tout de suite une fois arrivée en Inde, dans la colonie parfaite : il me semblait que je découvrais un homme à travers sa maîtresse, avec une idée un peu floue sur leur relation et le ressentiment qu'ils éprouvaient l'un envers l'autre, mais avec la nette impression qu'ils se ressemblaient, exactement comme se ressemblent les personnes qui ont passé ensemble trop de temps.

Notre voyage en Inde s'est terminé par une traversée en train de trente heures à vitesse nulle, depuis Calcutta jusqu'à Delhi. Mon amie et moi nous étions contentes, nous allions enfin nous reposer ; nous allions changer de compagnons de compartiment, jouer aux cartes, acheter des babioles aux vendeurs ambulants.

Un couple était monté dans notre wagon, avec le frère de la femme, un jeune homme grand, très beau, qui avait la tête entourée d'un turban et la peau luisante de fièvre. Il souffrait du foie et avait besoin d'une intervention chirurgicale que l'on ne pouvait faire qu'à Delhi. Quand elle était petite, Francesca avait pendant un temps rêvé d'être médecin, alors elle avait parlé avec la sœur en essayant de se montrer utile et de dire ce qu'elle savait.

Moi, je me baladais tout le temps avec un élastique violet autour du poignet, je n'arrêtais pas de dire que si je le perdais, il se passerait quelque chose de grave. J'avais été dans des temples hindouistes et des monastères bouddhistes sans me laisser effleurer par une pensée religieuse ; ma seule foi, c'était celle que j'avais en cet objet que j'avais apporté de chez moi. Les visages des danseuses aux mille bras derrière le dos ne m'intéressaient pas, j'avais découvert que la révolution spirituelle n'était pas comprise dans le prix du voyage, mais je ne me sentais pas agressée par les attentes des touristes, celles des hippies juifs que je rencontrais, ou des héroïnomanes qui se laissaient pousser des cheveux comme de l'étoupe sur la tête. À qui les charmeurs de serpents, au Maroc, font-ils du mal ?

J'étais plus ridicule, moi qui chaque fois que je dormais sous une moustiquaire me prenais pour une anthropologue, à ce moment-là seulement et en aucune autre circonstance. Moi qui m'attendais à explorer quelque chose de nouveau dans mon cœur : mais les pieds sales, les plaies sur l'échine des vaches, les lignes rouges et violentes de henné sur le front des passants, l'apparition soudaine de villes laides, et même la colle vinylique du brouillard quand je me suis réveillée un matin devant l'Himalaya, rien ne me transportait de la sphère de l'observation à celle de l'émotion. Ma seule pensée fixe portait sur la façon dont la classe se rabattait dans la caste.

Quelques heures avant d'arriver à destination durant ce voyage de Calcutta à Delhi, j'ai été réveillée par des bruits du train et du vent mêlé à une litanie à voix basse, une sorte de berceuse. J'ai tâté mon poignet, comme d'habitude, et n'ai pas senti la présence de l'élastique, ce qui m'a fait descendre de mon lit superposé pour réveiller Francesca, je lui ai secoué l'épaule, très inquiète, pour me rendre compte enfin qu'elle avait déjà les yeux écarquillés, rivés sur la famille devant elle.

La femme berçait son frère étendu sur le siège, il avait le corps mou et les bras pendants. Il était mort durant la nuit. Le chef de train a dit qu'on ne pouvait pas s'arrêter, qu'on devait arriver à destination. J'ai mis une couverture sur les épaules de Francesca, en essayant de ne pas vomir, et nous avons commencé à nous bercer à notre tour en essayant de nous protéger du froid.

Nous pleurions, déchirées, nos sanglots nous coupaient presque le souffle ; nous n'avions jamais vu de cadavre et avec toutes ces heures que nous avions passées ensemble, il nous semblait le connaître, même si nous n'avions parlé que par gestes. Sa famille nous regardait, hallucinée, ils ne comprenaient pas tout ce tapage, et pourquoi cela nous faisait tant d'effet. Avant de descendre, ils nous ont souri en nous faisant comprendre que nous ne devrions pas prendre la vie autant au sérieux.

Ensuite nous sommes arrivées à Delhi, chez des gens de la classe moyenne moderne qui avaient honte des rats et des hommes dans les bouches d'égout, au milieu d'intellectuels de passage qui auraient invoqué la peste rien que pour pouvoir la raconter.

Sans ce voyage en Inde, avant même de la voir et d'en apprendre le reflet dans les cyanographies d'une autre ville, sans avoir assisté à la portée de son classisme et de sa sacrée indifférence, je n'aurais jamais rien compris de l'Angleterre, aussi longtemps que j'aurais pu y habiter.

À la première personne

Je suis arrivée à Londres à l'âge de vingt-sept ans, le 4 septembre 2011, un rare jour de grosse averse. Un mois après les révoltes de Tottenham, six ans avant l'incendie de la Grenfell Tower.

J'étais partie avec mon compagnon, mais l'entreprise pour laquelle il travaillait l'avait immédiatement envoyé à Darmstadt, au Centre européen des opérations spatiales. Dans cette petite ville, il s'était tenu de célèbres cours de musique contemporaine et John Cage lui-même y avait joué. Je lisais ces informations sur Wikipédia pour donner un sens à notre éloignement. Pendant qu'il rédigeait un code, moi je grattais la moisissure des murs de la maison que nous venions de louer et je me promenais. Je ne vivais qu'en fin de semaine, quand il revenait. Le reste du temps, je le passais barricadée dans la maison, les mains croisées sur la poitrine, dans une position imitant soigneusement celle d'un fantôme. J'étais devenue, sans m'en rendre compte, une épouse.

À côté de la maison, il y a une célèbre église unitarienne avec des peintures murales dédiées à Mary Wollstonecraft, il suffit de lever les yeux pour lire, dans un médaillon commémoratif, l'inscription « *The birthplace of feminism* ». Mary Wollstonecraft s'était installée là en 1784 pour y transférer son école de jeunes filles, c'était à l'époque une zone pleine de libertaires favorables à la révolution américaine et aux droits des femmes. Oliver Cromwell et Daniel Defoe étaient passés par là ; Edgar Allan Poe lui aussi a vécu quelque temps dans les parages. À deux pas de là, on trouve le Mildmay Working Club, un des derniers cercles ouvriers de Londres, la bière coûte encore trois livres mais les membres sont en train de mourir et de se déplacer autre part ; en fin de semaine, on loue le lieu pour des mariages ou des tournages de films. Mike Leigh y a tourné quelques scènes de *Vera Drake*, sur une femme qui pratiquait des avortements clandestins dans les années cinquante.

Peu après avoir quitté Newington Green, Wollstonecraft a écrit *Défense des droits de la femme* et c'est pour cela que l'Église unitarienne est considérée comme le lieu de naissance du féminisme. Cela ne change rien au fait que j'avais déménagé dans ce quartier par amour d'une personne, et que je ne faisais rien de ma vie. La fille de Mary Wollstonecraft elle aussi, Mary Shelley, était tombée amoureuse toute jeune, mais elle avait écrit une œuvre géniale et inventé la science-fiction.

Il y a une autre femme qui définit le destin de l'endroit où j'habite : au XVIe siècle, un des habitants de ce quartier, Henry Percy, se fiança secrètement avec la future maîtresse et épouse du roi Henri VIII, sans en avoir l'autorisation. Il essaya d'expliquer qu'ils avaient déjà couché ensemble et qu'il aurait eu sur la conscience de ne pas l'épouser, mais la différence sociale fit que le mariage fut de toute façon empêché. Dix ans plus tard environ, Percy, contraint de témoigner au procès d'Anne Boleyn pour adultère, fut éloigné en raison d'un malaise au moment où elle fut condamnée à mort.

La rue que je vois tous les matins en sortant de chez moi porte le nom d'Anne Boleyn ; je suis coincée entre une suffragette et une reine à qui on avait coupé la tête.

Les premiers endroits que j'ai vraiment aimés à Londres ont été un cimetière, un cinéma et un skate-park. L'Abney Park Cemetery est l'un des sept cimetières privés les plus majestueux de Londres, mais il est plus abandonné que celui de Park Street à Calcutta, et il contient les tombes de tous les anticonformistes radicaux qui sont passés par là. Le *Rio Cinema* a plus de cent ans, il a été ouvert par une femme entrepreneuse du nom de Clara Ludski qui décida de transformer sa maison de vente aux enchères en un ciné-théâtre, rempli de statues et de plafonds à coupole. Quand j'ai commencé à y aller, il était encore fameux pour les films qu'on y projetait, même à deux heures du matin, en général des festivals d'horreur ou des films culte des années quatre-vingt, quatre-vingt-dix qui offraient un asile aux résidents nocturnes des rues. Il n'y avait pas encore de stand commercial dans le hall, on n'achetait pas encore de tee-shirts portant le logo *Rio Cinema*.

Le Stockwell Skatepark se trouve au sud, de l'autre côté du fleuve, à moins d'un kilomètre de Brixton. En 2011, il n'avait pas encore de page Wikipédia, il n'avait pas encore d'histoire, pour moi. Maintenant je sais qu'on l'appelle « Brixton Beach » et qu'il a été financé par la municipalité en 1978. Il y a désormais un magasin qui vend des skates tout près, il n'était pas là auparavant, pas plus que le panneau qui indique le skate-park. On aurait dit un endroit planté là par hasard au milieu de *council houses* basses et marron, sur le point d'être remplacées par de nouvelles constructions. J'aimais bien cet endroit toujours plein de personnes appuyées aux rampes qui regardaient de près les acrobaties sur les skates ou les vélos de cross.

C'était le seul lieu où j'arrivais à me sentir calme. J'y allais l'après-midi et je m'asseyais pour regarder ces jeunes, garçons et filles, qui s'élançaient dans la pente de ciment. Je fermais les yeux et j'entendais le bruissement des roues, l'air fendu, le choc des chutes, durant ces jours en free-lance où je n'avais pas d'amis et rien à faire. Je regardais ces adolescents sans participer, de la même façon qu'enfant, je m'asseyais à côté de mon frère pour le voir jouer à Vampires ou Max Payne : c'était un soulagement, quelqu'un faisait avancer l'histoire sans que j'en aie la responsabilité. Je suis un bon copilote ; pour me donner l'impression d'être utile, parfois il me disait de consulter les cartes et les instructions, même si ce n'était pas nécessaire, mais quand je dois décider quoi faire toute seule, quand je dois de moi-même décharger une mitraillette dans un jeu de tir, je suis morte tout de suite. Je ne sais pas tracer mon chemin dans l'aventure, et ces moments-là ont été les plus intimes que nous ayons vécus, mon frère et moi, quand j'espérais que son avatar ne se blesse pas. Je ne lui ai jamais pris le joystick, je n'ai jamais été une petite fille qui voulait agir. Il me suffisait d'assister au développement de l'histoire, d'être de toutes mes forces contre sa mort sur l'écran, et je faisais exactement la même chose avec les gamins du skate-park, j'étais là à attendre qu'ils se lancent en l'air en des bonds héroïques et dessinent des circonférences parfaites.

J'ai émigré d'Italie en Angleterre à une période historique particulière. Il y avait eu les printemps arabes, les émeutes de Tottenham après la mort de Mark Duggan, tué par la police, la guerre en Syrie, les protestations d'Occupy, et Berlusconi allait bientôt tomber par suite d'une décision européenne ; partout où j'allais, je sentais de la colère et du désir. Un désir lancinant et obsédant de changement en partie alimenté par les radios et les télés et en partie spontané, une fièvre que chacun de nous allait raconter de manière différente, destinée à se disperser en innombrables histoires personnelles. Pour moi, l'année 2011 a été la seule où j'ai eu l'impression que la nostalgie m'accordait une trêve, et la vie de maintenant semble n'être que le reflet de cette conjonction historique, d'une erreur collective que nous n'avons pas résolue. Il y a eu une courte fenêtre de temps où il était possible de réclamer le présent, mais nous ne l'avons pas fait. Il y a sept ans, je me promenais au milieu des tentes des occupants de St Paul, je feuilletais les livres de la bibliothèque collective en remarquant beaucoup de Stephen King – peut-être qu'il aurait pu, lui, nous apprendre comment nous glisser dans ce présent parallèle et inverser les lois du temps – et j'avais la nette impression que quelque chose s'écroulait.

C'était beau de se sentir débarrassée de la nostalgie, mais c'est justement à cause de ce sentiment que j'avais déménagé : j'avais choisi Londres comme l'aurait fait une adolescente, avec une idée un peu romantique du punk et de l'apocalypse urbaine quotidienne. Je ne craignais absolument pas l'obscurité qui, des années après, me ferait rester allongée pendant des heures d'affilée sur le lit, à épier les renards qui se bagarraient dans le jardin.

Une punk, j'en ai tout de même rencontré une pour de bon : ma propriétaire est une des dernières femmes des années soixante-dix ; elle ne vit plus à Londres, elle s'est retirée à la campagne, comme la plupart des gens de son âge.

La première fois que je l'ai vue, elle venait d'ouvrir la porte, avec ses cheveux blancs longs jusqu'à la taille et ses bottines pointues façon petite sorcière ; Tom Waits les appelle chaussures « tue-cafards ». Elle nous avait fait visiter l'intérieur de la maison et menés chez un ami à elle pour signer le bail, la loi exigeant que cela soit fait devant témoin.

Le « témoin » en question était un des fondateurs des Swell Maps, un groupe expérimental anglais qui avait ouvert la voie au post-punk. J'étais restée plantée dans la pièce pleine de cassettes recouvertes de poussière, de hauts-de-forme et de crânes, balbutiant que j'écrivais pour une revue de musique indépendante et il m'avait lancé un sourire sarcastique, comme si je venais de m'inventer cette histoire à l'instant. Son jardin était envahi de caddies de supermarché et de matériel de récupération, de tasses à thé ébréchées depuis qui sait combien de temps, et quand nous étions sortis de là, sous le soleil laiteux et corrosif de trois heures de l'après-midi, celui qui a cette luminosité de ciel post-nucléaire, j'avais pris mon ami par la main en pensant que ma vie adulte allait commencer. En même temps, j'avais peur qu'il ne m'arrive plus jamais quelque chose d'aussi beau que cet après-midi-là : ce n'était plus un truc lu dans des livres de la contre-culture, maintenant j'avais vu ces personnes pour de bon, je leur avais parlé.

Ma propriétaire est une *visual artist* qui nous a laissé en héritage tous ses meubles fabriqués à la main. J'étais en train de décider ce que je gardais ou pas, quand je suis tombée sur une photo en noir et blanc d'une momie enveloppée de chiffons ; elle m'avait demandé si je la voulais, mais c'était une image vraiment trop sombre. « C'est l'autoportrait d'un ami, il vient de se tuer. » Elle avait eu un petit rire, puis elle avait dit « oh well, on peut le jeter si on veut », et moi je l'avais suivie, chamboulée, à travers les pièces de la maison, attendant qu'elle me raconte l'histoire de chaque meuble. Le lit dans lequel j'allais dormir, c'était un ex qui le lui avait fabriqué, c'était un lit à baldaquin doré auquel elle avait voulu mettre le feu pour célébrer la fin de leur relation. Mais ils étaient restés amis. Elle restait toujours amie avec ses ex. Elle n'avait effacé le numéro de téléphone d'aucun des hommes qu'elle avait rencontrés. Chaque fois que quelque chose se cassait dans la maison, elle ne nous envoyait pas un vrai maçon ou un vrai plombier, mais un de ses anciens amants. Pendant des années j'ai préparé des tasses de thé à des hommes toujours semblables qui venaient réparer les dégâts : ils avaient tous un groupe de musique et un divorce derrière eux. Ma propriétaire est la quintessence de ce genre de femme que mon amie Sara et moi définissons comme la vraie *femme à chats* : une femme qui a été courtisée par de nombreux hommes mais qui n'en a vraiment aimé qu'un, et après cela n'a plus ouvert son cœur. Elle continue à coucher avec des hommes et ces relations se terminent par une estime réciproque ; elle reçoit ses ex-fiancés à déjeuner, leur prépare le café en écoutant leurs états d'âme, ensuite elle les renvoie avec sa sagesse expéditive et elle revient donner à manger à ses chats. Pour nous, cette femme est une héroïne ; quelquefois, nous faisons mourir son seul et vrai amour dans un accident de moto.

Les seuls Anglais pour lesquels j'ai développé une sincère affection appartiennent à une génération très différente de la mienne. Le dernier d'entre eux, Bond, m'a dit qu'avant de mourir il veut voir les cimetières anglais en Inde, où étaient enterrés tant de jeunes officiers et colonels, et ensuite s'acheter un bateau pour aider les migrants à arriver en Grèce. Il m'a raconté ça tout en cassant sans masque de protection les carreaux de la salle de bains, avec une bouche souriante qui laisse entrevoir des dents qu'ont seulement certaines personnes, les dents de ma mère, ces dents qu'à un certain moment, même si on a l'argent pour le faire, on ne peut plus arranger. Il transpirait un mélange d'impérialisme et de romantisme de la Méditerranée, typique des Anglais de gauche. Je lui ai demandé de me raconter les tours qu'il faisait en Californie à l'époque des Dead Kennedys, je voulais m'entendre dire comment c'était alors de danser le pogo en bas de la scène, et puis j'ai commencé à me rendre compte que même si ces récits me fascinaient, ils ne m'appartenaient pas. Ce n'était pas mon histoire, c'était la leur.

J'avais déménagé à Londres pour de mauvaises raisons, et il me fallait apprendre à y vivre.

Là où l'ombre sombre descend

En anglais, le mot que je préfère est *marshes*. C'est le pluriel de *marsh*, « marécage ». Il vient du vieil anglais *mersc* et du proto-germanique *mori*, « corps d'eau ». Les autres mots que je préfère lui ressemblent et décrivent tous un paysage. *Moor*, du vieil anglais *mor*, « bruyère ». *Morass*, « marais ». Chacun d'eux doit quelque chose à la racine proto-indo-européenne *mer*. *Mer* signifie « faire mal », « mourir ».

Mor fait penser à Mordor, la lande obscure habitée par le mal dans *Le Seigneur des anneaux*. Au lycée, quand j'ai lu pour la première fois la saga de J. R. R. Tolkien, un camarade de classe m'a écrit que « j'étais en train d'aller à Mordor en passant par un marécage ». À l'époque je n'ai pas très bien compris ce qu'il voulait dire, mais c'est un sentiment qui m'est devenu familier à Londres : celui qui habite dans cette ville sent toujours l'influence d'une tour obscure au loin, d'une inquiétude aériforme qui se propage depuis une source inconnue, peut-être cachée dans les gratte-ciel, peut-être dans les chenaux de la rivière Lea, et qui certains jours vous donne l'impression d'être possédés, accablés par un poids écrasant qui vous ancre à la terre et se communique aux os sans qu'on sache lui donner un nom, quelque chose qui, chez certaines personnes, devient l'émanation fluorescente du désespoir et les transforme en sentinelles à esquiver pour éviter de devenir comme elles, dans un voyage d'aventure à basse intensité.

Je me promène dans Londres sans traverser des portails de fer, sans dépasser des volcans ou des landes pleines d'épines, j'avance sur l'asphalte rendu bourbeux par la pluie avec une joie et une audace qui, le temps passant, se transforme en fatigue mais je continue à avancer et quand j'entrevois la tour au loin, je ne lui résiste même plus : comme toutes les trouées de lumière poussiéreuse et violacée qui me prennent par surprise, dans les couchers de soleil rares et visibles qui descendent sur les immeubles, sa force me possède, sa lumière me possède.

Ville fondée sur l'eau, Londres s'empare aussi de la maison, sous forme d'humidité et de spores, crée sur les murs des toiles d'araignée translucides qui réaffleurent chaque saison. Je n'oublie cela que lorsque je sors, et que je cesse de sentir cette odeur de bois et de maison vivante, quelque chose que je n'arrive pas à contrôler malgré mes efforts. Que j'utilise des substances chimiques ou des méthodes artisanales comme des chiffons imprégnés de vinaigre et de citron pour me libérer de cette odeur d'eaux putrides, elle demeure.

Je vais au Clissold Park, et je parcours ses *desire paths*, ces sentiers qui se créent par un effet d'érosion. Ce sont les voies tracées par des pas humains ou animaux, le parcours le plus fréquenté pour aller d'un point à un autre. En italien on dirait *scorciatoia*, « chemin de traverse », pourtant la première fois que je suis tombée sur l'expression *desire paths*, je me suis arrêtée sur le mot « désir », et j'ai fait une erreur, je me suis trompée moi-même : j'étais persuadée que les *desire paths* étaient des parcours imaginaires construits par les personnes qui se promènent dans la ville à toute heure, les lieux où elles préfèrent se perdre ou se faufiler, des points lumineux sur une carte privée.

Se perdre à Londres aujourd'hui est presque impossible : pas tellement à cause des GPS omniprésents sur les téléphones portables, mais parce que dans le moindre espace interstitiel de la ville, dans n'importe quel lieu de passage d'un quartier à l'autre, il y a toujours une carte visible à un endroit ou un autre de la rue, un petit point pour vous indiquer : « Vous êtes ici. » Utile pour éviter de se perdre, cette indication donne aussi la sensation d'être plus exposé, elle évoque l'angoisse d'être vue qu'éprouvait certains jours Virginia Woolf, cette même anxiété urbaine qu'avaient également Jean Rhys et Sylvia Plath. Qu'en est-il de l'étourdissement de celui qui ne sait rien d'une ville, et qui s'imagine que chacune de ses découvertes est la première fois ? Quel espace a le désir quand tout est aussi transparent ?

Il y a des années, j'ai répondu à une offre d'emploi sur un site Internet. C'était un travail assez proche de mes compétences : un spécialiste d'art contemporain, collaborateur des principales maisons d'édition qui s'occupaient de photographie, était à la recherche d'une assistante qui puisse l'aider à cataloguer ses archives et sélectionner la documentation. Je suis arrivée à Clapham et j'ai sonné à la porte d'une énorme demeure en briques, presque de style Tudor, où j'ai été accueillie par un aimable monsieur anglais entre deux âges. Le salon était plein de tapis, de livres et de disques éparpillés partout ; durant le bref trajet de cette pièce jusqu'au bureau, j'ai remarqué une biographie des Smiths et les coffrets de différentes séries télé que j'avais vues moi aussi. Cela m'a semblé de bon augure. Pendant l'entretien, il m'a demandé de parler de moi et de mes goûts, et a insisté ensuite pour me montrer le manuscrit dans lequel il parlait de notre écrivain italien préféré : il ne pensait pas que j'aimais Cesare Pavese, et moi je ne pensais pas qu'il avait écrit sur Pavese. À un certain moment, j'ai déclaré « je me suis sentie plus proche de John Peel que de mon père », et une fois encore je me suis sentie traversée par une sorte de courant électrique : la musique avait beau être importante pour moi, durant cette période je n'arrêtais pas d'écrire dessus, je n'aurais jamais dit qu'un animateur de radio pouvait être plus proche de moi que quelqu'un que je connaissais. Ce je-m'en-foutisme élégant et contrôlé m'électrisait toujours. Il y avait quelque chose, chez certains Anglais, qui dénotait une profonde désaffection pour les conventions et la famille ; je soupçonnais déjà que je me les étais peut-être aliénés, avec mon infrastructure de nerfs et de sentiments toujours en quête d'un lien, comme si j'étais une plante grimpante. Pas avec ce monsieur-là : j'étais sûre que je lui avais plu et qu'il allait me faire faire un essai, mais il avait une dernière question à me poser. À ce moment-là, il m'a demandé si ce serait un problème pour moi de travailler avec lui nu dans la même pièce. Il avait démissionné de la maison d'édition pour cette raison précise : sa femme et lui étaient naturistes, de même que leur fils et que tous les amis qu'ils fréquentaient. L'été ils allaient dans une villa qu'ils partageaient, dans les Pyrénées – il m'y amènerait aussi si je voulais –, et ils refaisaient le monde en se baladant sans vêtements. C'était une philosophie de vie qui le faisait sentir enfin en paix avec lui-même, la fille que je devais remplacer était elle aussi devenue naturiste. J'ai tenté d'adoucir l'expression de mon visage par une phrase de circonstance, mais il a tout vu : combien j'étais inapte et mal à l'aise. Je ne lui avais pas encore dit ce que j'en pensais, je ne savais pas encore si je serais capable d'affronter une période d'essai, mais c'est lui qui m'a serré la main en me disant qu'il allait y réfléchir et me téléphonerait. Il l'a fait le lendemain, il regrettait parce que je lui convenais vraiment, mais il avait trouvé une autre personne qui n'avait pas de problème avec sa nudité et celle de sa famille.

J'ai raconté cet épisode à ma mère qui m'a sorti tous ses vieux principes hippies ; elle m'a dit que j'étais une bigote et n'arrivait pas à croire que j'étais sa fille, il n'y avait rien de mal à être nu et à l'aise avec soi-même. Il y avait des gens pour penser que c'était une idée sordide, une offre d'emploi à fond sexuel, mais en fait je n'avais pas du tout eu cette impression, au contraire : ce monsieur m'avait semblé presque ascétique, on l'aurait dit accroché à cette idée de vivre sans vêtements toute la journée comme s'il s'agissait d'un antidote contre cette mélancolie que j'avais perçue dans tous ses propos.

Je n'étais pas bigote, j'étais désorientée par ce qu'il y avait de sexuel dans l'air à Londres, dans le métro, dans les bars, au cours des fêtes dans la rue : il n'y avait là rien de charnel ; j'allais dans des boîtes où j'étais entourée d'adolescents qui laissaient filtrer des énergies androïdes et négatives. J'avais de la peine à trouver des personnes qui n'avaient pas l'air dégoûtées par le fait de s'embrasser sur la bouche, mais ils n'arrêtaient pas de se toucher tout le temps, et peut-être que j'étais la seule à ne pas sentir le désir dans ces contacts.

La littérature infeste les rues où j'habite. Il y a une dizaine d'années il y avait un *street gang* qui traînait dans le coin, ses membres s'appelaient les Soldiers of Shakespeare, mais ils n'ont jamais eu beaucoup de succès. Leur nom était un hommage à la Shakespeare Walk, une rue résidentielle des environs. En passant par là, j'ai vu un jour un couple dans les vingt ans : lui, il portait deux sacs en plastique avec des canettes de bière, elle était sur un fauteuil roulant à quelques mètres de lui. Ils n'arrêtaient pas de se crier après, le gars disait qu'il n'en pouvait plus, qu'il était à bout de forces. Ensuite, elle s'était mise à pleurer et elle avait crié : « Tu me baiserais ? Tu me baiserais même si je suis sur un fauteuil roulant ? » Il avait jeté ses deux sacs en plastique par terre, il s'était agenouillé et lui avait embrassé et léché les genoux – elle était en short – en lui disant qu'il allait la baiser, qu'il l'aimait. Je suis passée le plus discrètement possible en résistant à la tentation de me retourner. Ils m'avaient donné l'impression d'être très amoureux, et on sentait entre eux une attraction très forte, une avalanche de désir. Cela ne m'arrivait presque jamais.

Une tenue de bureau

Dans les cafés, dans les galeries, dans les coworking, j'étais morte de timidité ; les seuls endroits où je me sentais vraiment à mon aise étaient ceux où je me faisais couper les cheveux et où je me faisais des copines parmi les coiffeuses roumaines que je voyais tous les trois mois. Elles me racontaient leurs rendez-vous sur Tinder – les pires les emmenaient fumer des joints dans le parking du cinéma multiplexe alors qu'elles s'étaient mis des robes pleines de paillettes achetées sur Internet – et me montraient des photos pour me tenir au courant de leurs mariages et de la salle de bains qu'elles faisaient construire dans leur maison en Europe de l'Est. Après le vote sur le Brexit, me faire couper les cheveux est juste devenu une excuse, je vais dans ces salons de coiffure pour partager mon ressentiment avec quelqu'un qui peut le comprendre, comme si les salons de beauté étaient le siège d'une nouvelle société secrète. Pendant un temps, ces filles ont été mes seules amies, même si je n'avais pas leur numéro de téléphone. Les seules présences que je pouvais considérer comme familières. Chaque fois que je revenais, elles me demandaient comment allait ma mère, si je pensais me marier, et elles voulaient parler de Venise, même si elles en savaient beaucoup plus que moi sur la ville. Avec elles, je me sentais envahie d'une étrange euphorie, la même que je partageais avec mes collègues de l'agence de traduction dans laquelle j'ai travaillé un temps : les bureaux se situaient dans un sous-sol à Islington, un sweatshop de la « classe créative », mal aéré, mal éclairé, étranger à toute réglementation d'hygiène au travail, surveillé par des caméras qui enregistraient les entrées et les disparitions soudaines pour aller fumer de l'autre côté de la porte coupe-feu ; un jour par semaine, on allait manger des frites à côté d'une station d'essence et on parlait de mariages conclus pour obtenir la carte de résidence permanente comme si nous étions la version la plus récente d'une comédie romantique des années quatre-vingt où on se mariait pour avoir la Green Card.

Au plus fort de la guerre du Vietnam, une génération américaine a répondu au massacre de ses membres à la fois par le mouvement psychédélique et par celui du New Age. Le retour des vétérans du Moyen-Orient après les guerres du début des années deux mille et la diffusion du syndrome de stress post-traumatique ont contribué à diffuser la pratique de la « pleine conscience », du yoga et des cours de divination en créant un décor où le salut est omniprésent. La crise financière de 2008 a beaucoup bénéficié aux disciplines et philosophies orientées vers le bien-être individuel : à Londres, on voit fleurir dans tous les quartiers, au mépris des mécanismes élémentaires de la concurrence, des oasis qui favorisent ce genre de retrait pacifique en soi-même, où l'on récite des mantras et l'on se recroqueville en forme d'araignée pour se libérer de l'impureté de la journée. Il y a un centre spécialisé en bien-être spirituel tous les trente mètres, leurs vitrines sont consacrées au soleil, à la lune, aux pierres et cristaux, le mot « *cleansing* » est omniprésent, mais moi j'ai grandi en pensant qu'il était réservé au nettoyage ethnique. Parfois je me glisse parmi les gens inscrits à ces cours et, observant les poses souples des autres, je me reproche de ne pas être aussi flexible, aussi lavable.

De mon quartier et des environs, rien ne m'est plus inconnu maintenant, et pourtant mon manque d'assurance est pareil à celui du premier jour. Chaque fois que je change de zone ou que je pénètre dans les méandres de l'autre côté du fleuve, j'ai l'impression d'être « la nouvelle en classe » ; je suis terrorisée à l'idée que ma façon de m'habiller puisse être mal interprétée, que mon « langage social » soit gênant, et qu'il puisse me manquer les informations essentielles pour rire au bon moment quand le garçon le plus populaire du lycée lancera une blague. Je suis terrorisée à l'idée qu'on puisse se moquer de mon accent et me dire « j'étais là avant toi ». Mes pérégrinations d'un point à un autre dans une ville moderne ne sont que la recherche d'un endroit assez anonyme et confortable où rester tout le temps nécessaire pour arriver à débusquer de sa tanière « la nouvelle en classe » et lui faire sentir qu'elle n'est pas à sa place.

J'en suis arrivée au point où j'ai honte de dire où je vis, parce que cela me donne l'impression de prétendre à une autorité sur cet endroit, alors que je ne l'ai pas ; plus je vis à Londres, plus mon syndrome d'imposture augmente. Je n'ai pas encore appris comment on vit dans une ville, je ne sais pas encore comment la traverser sans tout transformer en testament ou coup au cœur.

Habiter à East London, c'est comme avoir obtenu un rôle dans un film de science-fiction d'il y a quarante ans qui aurait imaginé le futur d'aujourd'hui. Sans les voitures volantes, qui relevaient déjà de la BD à l'époque, ou les hologrammes. Je déambule au milieu d'une série d'androïdes identiques à moi, nous portons tous des vestes de travail bleu vif et des pantalons courts au-dessus de la cheville, nous nous promenons devant de faux souks aux enseignes turques ou antillaises qui disent « Tout à 99 centimes » et « Le Best Jerk Chicken que vous mangerez de votre vie », mais appartiennent en réalité aux multinationales du divertissement pour jeunes : ça a l'air d'être des hammams et des salles de billards, à l'intérieur il y a toujours *Vice* ou quelque autre revue.

Il y a quelques mois, je sortais juste d'un supermarché quand j'ai été arrêtée par une femme d'une cinquantaine d'années qui portait la tenue de bureau classique : pantalon noir légèrement évasé en bas, ballerines en cuir, chemise blanche. Elle m'a demandé une livre et je lui ai dit que je n'avais pas de liquide. J'allais partir quand je me suis brusquement retournée pour lui demander si elle avait besoin de la Oyster Card pour prendre les transports en commun et rentrer chez elle. Je croyais qu'elle s'était fait voler son portefeuille. En fait, la livre lui servait pour réserver une place dans un dortoir payant à King's Cross ; d'habitude elle avait droit à celui qui est gratuit, et énorme, dans les environs de la gare, mais il fallait renouveler la réservation chaque matin et il valait mieux se lever à six heures. Ce jour-là elle n'y était pas arrivée, elle était trop fatiguée, elle avait eu des roulements de travail pénibles. Elle pouvait réserver une place dans un autre dortoir pour quelques livres, toujours derrière la gare, mais il lui en manquait une. Elle s'était aperçue qu'habillée de cette façon, elle arrivait à se faire donner plus vite de l'argent, et elle s'est sentie presque en faute vis-à-vis du jeune qui faisait la manche devant le supermarché. Beaucoup de gens du dortoir font la même chose. « Ils achètent à *Primark* un costume genre employé de bureau et déambulent avec pour demander de l'argent, ils font semblant d'être des employés qui ont perdu leur portefeuille et comme ça ils arrivent à passer la journée. »

Quand je suis arrivée à Londres, j'allais à des fêtes, danser entourée de gens habillés en rescapés de la résistance polonaise : aujourd'hui les rues autour de King's Cross sont pleines de SDF qui font semblant d'appartenir à la classe moyenne pour se procurer quelques pièces de monnaie. « Nous sommes tous de la classe moyenne maintenant », disait Tony Blair. C'était une projection erronée : nous sommes tous d'une classe sociale qui se déguise en quelque chose d'autre, la distribution de la misère et des richesses reste la même.

Il est difficile de marcher dans East London sans penser à quelque chose à acheter, une transaction à faire, que ce soit dans un off licence pour l'alcool, un nail bar ou un vape shop. C'est seulement quand j'erre autour des vieux docks et que je me balade au milieu des entrepôts des anciennes compagnies maritimes que je me rappelle comment ça s'est passé : la contagion était partie d'ici. La contagion est une histoire de l'Est : c'est ici qu'accostaient les bateaux remplis d'épices et de bêtes provenant de pays lointains, et le désir de choses nouvelles est devenu une possession magique.

Je ne me rappelle pas comment j'imaginais le progrès technologique quand j'étais petite. Je sais que vers la fin de mon adolescence, Internet, quand il était arrivé, ne m'avait pas semblé futur et s'était banalisé rapidement, comme s'étaient banalisées rapidement toutes ses conséquences. Peut-être le futur, dans mon enfance, avait-il toujours coïncidé avec la merveille, et en tant que tel il devait être impossible : il ne devait pas obligatoirement générer une amélioration, mais rester un seuil que je ne pouvais pas franchir. Le futur était tout ce qui arrivait avant un départ.

Toutes les personnes que je connais

Londres a perdu la nuit, les boîtes ferment de plus en plus tôt.

Il y a des années, les autobus de nuit étaient pleins de gens timides, fragiles et dégoûtants. C'étaient tous de splendides monstres, ils avaient des pommettes qui leur trouaient les joues, s'embrassaient sur la bouche et avaient une froideur fin de siècle.

Les instants de bonheur éprouvés dans les sous-sols, quand j'allais danser au-dessous du niveau de la rue et pouvais passer trois ou quatre heures sans parler avec personne, protégée par cette enveloppe que j'avais toujours enviée aux figures anguleuses et romantiques dont on parlait dans *Please Kill Me*, que j'avais lu. Quand Ed Sanders disait : « Il y avait quelque chose d'individuellement apocalyptique dans le punk, une apocalypse personnelle, un durcissement. » Pendant quelques heures, dans ces sous-sols sur Kingsland, quand j'étais encore une fille qui venait juste de débarquer, je devenais moi aussi une chrysalide inviolable, ensuite beaucoup de ces boîtes ont fermé, et avec les annonces d'expulsions est partie aussi une couche de peau, le dernier voile de l'adolescence.

Je m'en allais à une rave dans un club qui s'appelait *Printworks*, et je me suis arrêtée en route pour manger dans un centre commercial fréquenté par des familles à Surrey Quays. J'allais jeter mes restes dans une poubelle, quand un garçon qui travaillait là s'est approché de moi pour me dire qu'il allait s'en occuper, il venait d'être embauché. Il m'a serré la main et m'a dit qu'il venait d'un petit village de Calabre, sa copine tenait un magasin de vêtements de sport juste à côté. Quand il s'est présenté, il l'a fait en disant son prénom et son nom. Je me suis trouvée légèrement embarrassée : qu'est-ce que je devais faire ? J'aurais dû chercher à le contacter sur Facebook, demander à être ami, lui transmettre toute la sagesse et la confusion accumulées au cours des années londoniennes ? Je suis partie en lui souriant mais sans lui dire comment je m'appelais, et je n'y ai repensé qu'au retour dans l'overground, quand je me suis souvenue du père d'une ancienne camarade de lycée. Quand il était jeune, il était parti travailler en Allemagne, il s'appelait Mauro. Un jour dans la rue, il avait entendu le mot « *maurer* » – qui, en allemand, signifie « maçon » – et il s'était retourné, tout content, persuadé que quelqu'un l'appelait par son prénom. Il avait raconté ça à ses filles pour leur expliquer à quel point il s'était senti seul pendant cette période, tellement qu'il en avait des hallucinations auditives. Mais il riait de lui-même en racontant, mon amie le jurait.

Quelque temps plus tard, sur un vol Ryanair, j'étais assise à côté d'un couple de sourds avec deux enfants. Ils m'ont demandé comment faire une fois arrivés à l'aéroport de Stansted, comment arriver en ville avec les transports en commun, et je me suis proposé de les aider. Je les attendrais au contrôle des documents ; je le leur ai promis à l'aide du pidgin mi-entendant mi-muet que j'utilisais avec mes parents. Quand l'agent de contrôle des passeports m'a laissée passer, je me suis retournée pour voir où ils étaient dans la file, puis j'ai hâté le pas et je suis partie, pour être saisie de nausée dans le bus l'instant d'après.

C'était comme quand j'avais appelé « sauvages » ces gamins dans le passage souterrain en Inde : depuis que je vis à Londres, ces décisions instinctives se sont aggravées. C'est comme si j'avais désappris comment être avec les autres. Au lieu de prendre le temps d'aider une personne qui a des problèmes, je n'arrête pas de me demander combien les gens de mon entourage paient pour le loyer, ou quel travail ils font pour rester ici, envahie d'une sorte de résistance obstinée qui m'obscurcit l'esprit et me transforme en une créature différente, dont je ne supporte pas la voix, la façon de gesticuler ou de s'habiller.

Je marche vite pour semer les ninjas androgynes obsédés de la santé qui peuplent les rues. Dehors, ils sont tous habillés de tenues sportives guerrières, ils portent des combinaisons collantes et des chaussures de course comme s'ils s'apprêtaient à sauter dans le vide. Ils ont pris la nuit, avec leur optimisme gymnique et iodé, et toutes les personnes monstrueuses et laides ont commencé à disparaître ou à vivre en masse dans les gares ; l'empathie, je l'ai désapprise, et maintenant j'ai une nationalité.

Semblable à un éboulement

Comme beaucoup de personnes de leur génération, ma mère et mes oncles ont une vilaine cicatrice sur le bras, héritée d'un vaccin contre la variole. Lors d'une réunion familiale, ils m'ont dit être persuadés que ce vaccin leur avait été fait pour qu'ils puissent entrer aux États-Unis, et avoir toujours considéré qu'il s'agissait d'un « *immigration stamp* » – la marque de l'immigré – qui les rendait différents des autres.

Bien sûr, cette cicatrice n'a rien à voir avec tout cela, c'est juste une invention à eux, qu'ils ont conservée avec le temps. Régulièrement, je me regarde dans la glace, je me touche le bras et cette cicatrice psychosomatique n'apparaît pas encore. Même si je n'ai pas de signes à montrer, les policiers aux frontières me retiennent au passage pour me soumettre à des questions de plus en plus longues qui me donnent l'impression d'être une espionne, et la vie qui m'avait toujours semblé pleine d'aventures a commencé à me paraître juste compliquée.

Je n'ai pas hérité de pensée politique de ma famille : ce dont j'ai hérité, par contre, c'est un mélange d'aspirations, de victimisme, manigances, indolence et colère qui peut prendre n'importe quelle orientation idéologique disponible selon la convenance du moment. Un bagage génétique inutile et triste qui m'a aidée à prévoir le Brexit et l'élection de Donald Trump : c'est comme si j'avais des capteurs qui me permettent d'anticiper les agitations collectives tout en étant pourtant moins informée que les gens de ma connaissance qui s'occupent activement de politique, une familiarité réticente avec le désastre.

Mes capteurs, cependant, ne m'expliquent pas quel nom donner à cette migration dont je fais partie.

Nous mourons, et sur notre tombe on écrit peut-être le nom de ceux nous avons aimés, le métier que nous avons exercé, la phrase d'un livre que nous avons lu de nombreuses fois.

Mais ce qui n'est pas écrit sur nos tombes, c'est à quelle distance de chez nous.

Nous ne sommes pas des adolescents partis pour chercher de l'or à la frontière, et même si nous tombons malades de solitude comme cela arrivait aux pionniers du Vieux West, personne ne dira quelles distances nous avons mises entre nous et notre point de départ. Personne ne dira de moi ou de mes amis partis en Angleterre que nous sommes morts à deux mille kilomètres de l'endroit où nous avons grandi, et cela parce que ce ne sont pas les vents de frontière qui nous ont poussés, nous n'avons pas conquis de landes désolées ni inventé de puits pour apporter l'eau potable, mais nous nous sommes fixés dans des villes déjà surpeuplées, nous avons travaillé dans des locaux circonscrits par les maisons où nous avons dormi dans l'humidité et l'incompréhension des propriétaires, avant-postes occidentaux indiqués sur la carte à la recherche de nos semblables. Quel consulat d'ailleurs, quel relais de poste aurait pu prendre note de nos distances à la veille d'une espèce de mort, vu que pour tant d'entre nous ce départ n'avait pas été au fond tellement nécessaire et tellement difficile ?

Après le vote sur le Brexit, les expats sont devenus des immigrés comme les autres, certains s'imaginent apatrides, d'autres exilés, pour se sentir plus élégant on se définit d'un mot : étrangers.

Ensuite il y a les autres, les migrants potentiels. Comment se nomment ceux qui ne sont jamais partis mais se sentent ailleurs par rapport à la vie de tous les jours qu'ils mènent ? Le lexique des migrations est fait de vocables qui renvoient à la victoire ou à la faillite. Il y a toujours des héroïsmes à célébrer ou des morts à déplorer, mais ce lexique est aussi composé de ceux qui n'ont jamais eu accès à un départ, ceux qui habitent un pays lointain par le désir et l'illusion seulement, ceux qui mémorisent la carte d'un autre continent comme si c'était un tableau dans lequel se peindre soi-même, jusqu'à se fondre dans la toile et devenir un autre paysage.

Vers la fin des années trente, l'auteure polonaise Maria Kuncewiczowa a écrit un livre intitulé *Cudzoziemka*, publié en France en 1945 sous le titre *L'Étrangère*. En Angleterre, il est sorti en 1944 sous le titre *The Stranger*. C'est la raison pour laquelle *L'Étranger* d'Albert Camus n'a pas pu bénéficier de ce titre et est encore aujourd'hui intitulé *The Outsider*. Pour certains éditeurs, ce titre-là convenait mieux, il collait avec l'idée de « sortir, s'écarter de… ». Dans son livre, Kuncewiczowa raconte l'histoire de Rose, une femme qui, en Pologne, se sent une exilée russe et, en Europe pendant les années de la reconstruction, une exilée polonaise ; aucune de ces deux appartenances ne la satisfait. Elle défoule ses frustrations sentimentales et politiques sur sa famille et finit par mourir en enfouissant sa tête dans son oreiller, « en se cachant du monde difficile ». Son histoire est très différente de celle de Meursault, mais tous les deux vivent dans une situation de refus qui les rend invincibles, et ils ne souffrent pas de la solitude.

L'étranger de Camus avait derrière lui tout un mouvement philosophique : Meursault n'a jamais été seul sur cette plage où il a tiré sur un Arabe ; il avait comme compagnie ses fantasmes en révolte. L'étrangère de Maria Kuncewiczowa est une femme détestable mais royale, toujours supérieure dans ses frustrations.

Les émigrés européens du XXe siècle avaient une bibliothèque dans laquelle se réfugier, leur situation était tourmentée, noble, et surtout partagée, parce que, souvent, elle n'était pas forcée par un choix individuel mais par la guerre. Les héritiers de ces étrangers sont nombreux, mais étant donné qu'ils ne sont pas en exil, en l'absence d'une cause commune permettant de définir leurs départs, tout mot capable de définir leur condition s'avère offensant et leur cosmopolitisme du privilège ressemble à un outrage parce qu'il s'agit d'une migration presque toujours libre, qui ne se transforme jamais en naufrage.

Pourtant, cette migration-là elle aussi est faite de honte, et d'un sentiment d'appartenance insuffisant.

Le petit orgue

Ma grand-mère qui a émigré à Brooklyn dans les années soixante s'est mieux adaptée que je ne l'ai fait à Londres au début des années deux mille dix, et elle ne parlait même pas anglais.

Pendant des années j'en ai eu honte et j'ai envié sa façon de s'être apprivoisée.

Je suis née à la moitié des années quatre-vingt, j'ai été élevée à la fin de la modernité, de l'art, des grandes narrations, ma vie était déjà posthume, déjà définie par une série de préfixes. Peut-être que ma grand-mère lisait dans la Bible des choses concernant la fin, ou qu'elle était effrayée quand les voisins lui montraient les abris anti-atomiques, mais l'apocalypse n'a pas été la campagne publicitaire de sa génération, et c'est seulement pendant mon enfance que les films catastrophe ont explosé.

J'ai grandi, comme beaucoup de gens de mon âge, avec le mythe de 1977 à New York. Des fantaisies répétées à propos du taux très élevé de morts par héroïne à Alphabet City, quand c'était la ville la plus dangereuse du monde, ou encore à propos des incendies dans le Bronx. J'ai fait mes pèlerinages dans la chambre du *Chelsea Hotel* où Sid Vicious a peut-être tué « Nauseating » Nancy et je suis tombée amoureuse au moins une fois des dents pourries et vertes de Johnny Thunders des New

York Dolls. Pourtant, même si j'ai éprouvé un désir passionné, féroce, pour une ville détruite, celui-ci a disparu à l'été 2017 quand la Grenfell Tower est partie en flammes et qu'il y a eu les attentats à London Bridge. Après une énième nuit d'insomnie à cause des hélicoptères volant au-dessus de nos têtes et une nouvelle alarme pour un camion fou déporté sur un trottoir, je me suis réveillée convaincue qu'il ne manquait qu'une épidémie de drogues lourdes pour rendre la ville tout à fait semblable au New York des années soixante-dix : la récession, la procession de la banque alimentaire à la banque de prêt, la marche de l'austérité à laquelle prend part un cinquième de la population.

J'ai l'impression que dans de nombreuses années, quand je ne vivrai plus ici et que la période post-Brexit sera mentionnée dans les annales pour son coût social, il ne me viendra pas la tentation de célébrer ce qui se passe en ce moment. Je ne dirai pas qu'on faisait de l'art magnifique et qu'on écoutait de la musique magnifique, je dirai qu'on avait décrété le ministère de la Solitude et le ministère du Suicide, des organismes d'État visant à la prévention de l'une et de l'autre, parce que ce sont là les choses dont je me souviens déjà aujourd'hui, dans le présent sans cesse posthume d'un article sur le Brexit que, par contre, j'ai déjà oublié.

On peut rater une histoire d'amour, la relation avec une mère. Mais quand une ville nous repousse, quand nous ne parvenons pas à entrer dans ses mécanismes les plus profonds et que nous sommes tout le temps de l'autre côté de la vitre, on en vient à éprouver une sensation de frustration qui peut se transformer en maladie. « Étranger », c'est un mot très beau si personne ne vous oblige à l'être ; le reste du temps c'est seulement le synonyme d'une mutilation, c'est un coup de pistolet que nous nous sommes tiré dessus tout seuls.

Au Victoria & Albert Museum, il y a un objet qui me ramène aux cimetières indiens. C'est le Tipu's Tiger, un petit orgue en forme de soldat broyé dans la gueule d'un tigre. Il fut construit pour le sultan Tipu qui régna sur Mysore entre 1782 et 1799 et résista farouchement aux attaques de la British East India Company.

Si l'on actionne l'orgue, on entend le son d'un soldat européen qui meurt.

Santé

La mutilation est un langage.
Et vice versa.

Lorrie Moore

La chambre infinie

Chaque année, en février, ma mère nous obligeait à regarder le festival de Sanremo.

Pendant cinq jours, assis sur le canapé, nous écoutions ces chansons peu inspirées, étourdis par la profusion de roses, de cheveux crêpés et de problèmes de la Première République.

Disons plutôt que nous écoutions, mon frère et moi, vu que ma mère ne pouvait pas ; elle se contentait de lire les sous-titres qui apparaissaient sur l'écran pour suivre les textes.

Les chanteurs populaires et mélodiques prenaient sur cette scène des poses d'opéra en lançant leurs bras en avant, mais comme ils le faisaient presque tous, ma mère n'arrivait pas à comprendre quelle était la différence entre leurs chansons. Impossible pour elle de dire, d'après la posture, s'il s'agissait d'une chanson triste, d'une chanson d'amour, ou d'une chanson engagée ; elle était obligée de s'en remettre aux sous-titres concis qui surgissaient souvent sans synchronisation.

Ma mère a toujours aimé la musique. Elle a grandi dans une famille où les cassettes, les accordéons et les projections de films musicaux napolitains étaient chose courante, avec leurs refrains mièvres et leurs rythmes répétitifs qui parlaient généralement d'une trahison inattendue ou d'une période de détention injuste.

Je me suis inscrite en anthropologie à l'université comme si je m'inscrivais à un cours d'éducation contre les stéréotypes. Il me tardait d'étudier la classe, le genre et l'appartenance ethnique pour les voir exploser et pour découvrir une nouvelle forme d'humanité hybride, de façon à oublier à quel point toutes ces choses m'avaient conditionnée et fait devenir la personne que j'étais. Un des premiers jours de cours, le professeur a dit : « À la fin de ces études, vous vous rendrez compte qu'il y a quelque chose de vrai dans le fait que les Allemands sont rigides. Et que les Napolitains sont voleurs. Et que les Romains conduisent mal. » Il nous parlait honnêtement et, d'une certaine manière un peu compliquée, il avait raison. Nous allions bientôt lire un livre de Michael Herzfeld intitulé *Cultural Intimacy : Social Politics in the Nation-State* et finirions par être d'accord avec lui. C'est pour cela que je ne culpabilise pas de stéréotyper ma famille italo-américaine à travers des références passionnées à la délinquance ; ce sont les fantaisies de grandeur auxquelles ils aspiraient. C'étaient les films qu'ils avaient vus, les chansons qu'ils avaient entendues.

À l'époque je ne savais pas ce qu'étaient les métaphores et les allégories, et ma mère ne le savait pas non plus : quand je traduisais le contenu d'une chanson pour elle, quand je transcrivais les textes de Nino D'Angelo ou Mario Merola pour qu'elle se sente plus proche de son père qui aimait ces chanteurs néo-mélodiques, tout nous semblait littéral ; les gens étaient vraiment prêts à tuer et à mourir pour un amour non partagé. Ces chansons étaient des déclarations de guerre, et non les transfigurations d'une tristesse, c'étaient des actes transformatifs, pas des consolations passives.

Ma mère et moi, nous étions sans contexte.

Ma mère et moi, nous préférions les textes quand ils étaient vrais, mais nous étions entourées de fictions. Fictions véhiculées par le sang : la mystification était commune dans sa famille, malgré sa surdité, son frère Arturo lui offrait un walkman chaque année.

Un des premiers walkmans jaunes de chez Sony, qu'elle accrochait à un passant de son jean quand elle faisait le ménage à la maison, en jurant qu'elle percevait le rythme. « Tu n'es pas dingue de ce band ? » disait-elle à quelque ami passé nous rendre visite, alors l'ami en question me regardait d'un air interrogateur en se demandant comment c'était possible vu que ma mère n'entendait pas. Ça aurait été à peu près comme dire qu'il avait une lettre préférée en braille. Chose possible, mais s'il n'était pas aveugle, ce n'était pas la même chose.

Pour sa famille, ma mère était surtout une étrangère, une fille incompréhensible : elle vit loin de ses frères aujourd'hui et va leur rendre visite tous les ans ou tous les deux ans, mais ils ne savent toujours pas intégrer le fait qu'elle n'entend pas. Ils échangent une langue qui n'est pas la langue des signes et pas non plus la langue des immigrés, aucun d'eux ne maîtrise l'anglais comme il le devrait et personne ne parle de handicap. Qu'est-ce que le handicap, de toute façon, dans un noyau familial où tout le monde parle de manière différente ?

« Elle est comment, la musique ? » me demandait ma mère quand j'étais petite et que je me trémoussais au son de la tarentelle dans le sous-sol de son père. Lui, il l'invitait à danser, il scandait le rythme en tapant des pieds avec ses chaussures en cuir, dans l'espoir que les vibrations remonteraient le long de ses mollets, ondoieraient dans ses hanches et se briseraient dans ses côtes, pendant que ses vieux amis jouaient de l'accordéon et s'alcoolisaient, alors quelquefois elle dansait, quelquefois non. Puis, à un certain moment, elle a renoncé. Elle a cessé de me demander comment était la musique, elle en avait assez de ce jeu. Moi j'avais beau aimer la voir danser, ça me mettait en colère, j'étais énervée par sa performance, par ce désir qu'elle avait de s'intégrer : ses pas n'étaient jamais assez rapides ou en rythme. De la même façon ses éclats de rire m'inquiétaient quand nous regardions un film ensemble : si elle s'apercevait que je riais, elle riait elle aussi, mais avec un petit décalage. C'était une réaction physique presque involontaire, indépendante du fait qu'elle avait compris ou non et, l'espace de cet instant, tout en moi devenait acide.

Ma mère regardait le festival de Sanremo comme s'il s'agissait du concours du meilleur récit de l'année. Les textes étaient la seule chose qui comptait, des poèmes en prose qui abusaient de la douleur et de l'amour toujours.

Elle aimait les chanteurs-compositeurs-interprètes et avait une collection de livres sur la musique : l'histoire du reggae, une anthologie de chansons écrites en prison, des hymnes communistes, les premiers poèmes de Patti Smith et le recueil complet des chansons de Bob Dylan. Comme elle, je ne me demandais jamais quel son avaient ces chansons quand je lui empruntais ces livres ; nous étions toutes les deux pour l'histoire. Avant que quelqu'un ne m'emmène dans un magasin de disques, je ne savais même pas que Patti Smith et Bob Dylan avaient une voix. Mon expérience de ces musiciens était identique à celle de ma mère : silencieuse. J'avais essayé de les faire jouer dans ma tête, et je trouvais leurs pulsations et leur rythme de la même façon que je le faisais avec n'importe quel autre écrivain ou poète que je lisais. Et leurs voix n'ont pas été une déception quand je les ai entendues pour la première fois, pas vraiment, mais j'ai perdu quelque chose dans cette transaction : ma proximité avec ma mère. J'ai franchi la ligne et je suis entrée dans l'autre monde, celui où les chansons pouvaient être écoutées et répétées de manière obsessionnelle. À ce moment-là, j'ai aussi perdu cette capacité à m'approprier en imaginant, si naturelle pour moi quand je lis de la littérature : je ne pouvais plus remplir les fissures entre les paroles par une musique qui n'aurait été qu'à moi. C'est la raison pour laquelle je n'ai pas compris les polémiques sur le Nobel attribué à Bob Dylan : il avait toujours été, pour moi, plus vivant dans le texte que dans la voix.

Les chansons présentées à Sanremo étaient moins ambitieuses que celles qui étaient décrites dans ces livres. Elles n'étaient pas révolutionnaires, inventives ou prophétiques, et elles ne faisaient rien pour le genre : la préoccupation principale de ces musiciens était de ne pas perdre quelqu'un qu'ils aimaient ou de perdre quelqu'un qu'ils aimaient de façon à pouvoir écrire une chanson dessus.

Mais il y avait des exceptions. Ma mère et moi, on vivait pour les exceptions.

En 1993, un garçon qui s'appelait Nek s'est présenté sur la scène pour chanter « In te », une chanson sur l'avortement. Il était totalement pro-vie, mais il amenait au moins un peu de variété. En 1996, Federico Salvatore a abordé la question de l'homosexualité dans « Sulla porta », le texte se focalisait sur le refus d'une mère face à son fils. En 1999, le chanteur-compositeur-interprète Daniele Silvestri a chanté « Aria », en s'inspirant des chroniques d'un homme condamné à mort à la prison de l'Asinara en Sardaigne.

Telles ont été, dans tous les cas, mes premières rencontres rapprochées avec les débats socio-politiques nationaux : je vivais dans une société où la souffrance n'existait pas à moins qu'elle ne puisse être mesurée à travers la distance physique qui séparait du docteur ou du prêtre.

Ma mère ne supportait pas la fiction, raison pour laquelle lors du concours, elle était toujours pour les chansons qui avaient un volet social, celles qui, en général, remportaient la victoire vu qu'elles se transformaient en sujet de débats dans les journaux. Je crois que c'était sa façon de soutenir la victoire du signifié par rapport au son, pour se venger des rares morceaux essentiellement instrumentaux qui ne donnaient aucun indice aux personnes comme elle. Il est peut-être plus exact de dire que, dans ce concours spécifique, ma mère était à la recherche du meilleur récit de non-fiction de l'année.

« Sa fiancée a avorté, vraiment, et maintenant il souffre, lui », « Que ça fait mal d'être rejeté par une mère ! », « Qui sait si je peux lui écrire en prison ? » disait-elle de ces chansons.

Mon père non plus ne supportait pas la fiction. Pour lui des films comme *Scarface* et *Evil Head* sont des documentaires, des récits de vie vécue. Chaque fois que j'essayais de lui expliquer que « cette chose-là n'est jamais arrivée » et de le faire entrer dans les subtilités de la fiction, il se révoltait et m'envoyait promener, parfois en colère. Si je disais à ma mère que le film qu'on venait de voir n'était pas un biopic, alors pour elle, le film ne valait pas une cacahuète. Elle croit encore que *L'Exorciste* est un chef-d'œuvre de réalisme.

Tous les deux, ils interprètent la vie comme un fait et s'attachent aux mots pour ce qu'ils sont, mais ils sont également soupçonneux, comme tant de sourds, craignant toujours que les gens ne soient en train de tramer des signifiés dans leur dos, pour mes parents une rose est vraiment une rose est une rose, vraiment ?

En tant qu'écrivaine, ma vie dépend de l'ironie et de la métaphore, deux notions dont mes parents sont éloignés et ont horreur. Lorsque nous sommes ensemble, nous entrons dans cette zone inconnue, un marché noir du langage : je leur impose des allégories, eux me repoussent avec le caractère univoque des mots, l'impossibilité de l'ubiquité.

Mon père faisait des cauchemars après le divorce, aussi une fois, pour Noël, je lui ai offert une petite gomme blanche sur laquelle j'avais écrit : « Pour effacer les cauchemars. » Il l'a mal pris. J'essayais juste d'être sa fille, d'entrer en contact avec la propriété curative des matériaux et la littéralité des objets, mais ce combat-là ne m'appartenait pas, c'était le sien.

J'ai toujours pensé que la surdité était un obstacle à leur entière appréciation du langage figuratif. Quand j'étais enfant, je croyais tranquillement qu'il y avait une lacune cognitive chez mes parents que j'allais m'efforcer de combler, en troquant les mots, en les interprétant pour eux. Mais selon certaines études, il n'y a pas de différences de compréhension significatives entre des adolescents sourds et des adolescents entendants quand ils tombent sur une métaphore dans un roman. Pour ce qui est de l'ironie, c'est légèrement différent : il semble que les adolescents sourds sont de plus en plus capables de la comprendre en grandissant, quand ils deviennent conscients d'un ton qui infléchit (infecte) les personnes autour d'eux. Mais l'ironie est une figure qui arrive pour tous avec la perte de l'innocence, que l'on entende ou pas. (La première fois que ma mère a compris une remarque ironique, elle avait cinquante-cinq ans, et mon frère et moi l'avons regardée longuement, ébahis. Cela a été une émotion nouvelle, chargée de gratitude.)

Le cheminement à l'intérieur d'une métaphore peut être plus lent, tortueux ou imprévisible pour un lecteur sourd, mais la chose est vraie pour beaucoup de personnes : même si nous pouvons nous fier à un ensemble commun de symboles quand nous lisons une œuvre d'art, nos traductions intérieures de ces symboles varient. Face aux tests réalisés pour mesurer les compétences textuelles d'une personne, je pense moi aussi qu'il y a une erreur si un enfant sourd perd tout ce qu'il y a de symbolique dans *Le Magicien d'Oz*, mais cette erreur, je n'en ai pas l'expérience. Si une métaphore est un incident, une révélation, un accident de la route, moi je finis par ramasser toujours les mêmes bris de verre. Je ne conquiers, je ne gagne jamais un nouveau fragment, je me contente de participer au recyclage perpétuel de la beauté.

Je ne sais pas si mes parents étaient fiers de désobéir à la grammaire, s'ils étaient seulement trop paresseux pour développer de bonnes aptitudes d'alphabétisation ou si simplement ils se fiaient trop à leurs sens et préféraient démystifier un code auquel ils n'appartenaient pas de toute façon, mais je pense souvent à eux quand je traduis des romans d'une langue à l'autre : le penchant, le goût que j'ai pour les erreurs ne m'effraie plus.

Il y a quelque temps de cela, je me suis mise à penser au Neverland de James M. Barrie dans *Peter Pan*. En italien, Neverland a été traduit par « *L'isola che non c'è* », « l'île qui n'est pas » mais à vrai dire, une traduction littérale de l'anglais aurait été meilleure : alors que « l'île qui n'est pas » évoque un territoire impossible à trouver et qui peut-être n'existe pas, un pays imaginaire, l'expression littérale « *Maiterra* », « Jamais-Terre », contient un refus, un désir de couper tout lien avec le monde traditionnel plus proche des intentions des enfants perdus de *Peter Pan*. Et même, « *Terramai !* », « Terre-Jamais ! », fonctionne encore mieux, comme le cri de guerre d'un enfant.

« *Terramai* » est la traduction littérale de Landnever. Une expression que James M. Barrie n'a jamais utilisée et qui sonne mal en anglais, quelque chose qui n'a jamais été là en premier lieu, mais qui aurait plu à mes parents : je crois que cette erreur est plus fidèle à ce que dirait un enfant, qu'elle a le pouvoir de restituer un sentiment joyeux de fuite, et en récrivant l'histoire dans ma tête avec un mot nouveau, j'imite leurs actes quotidiens de défi linguistique. La traduction est aussi l'histoire d'une poétique négligence. À ce jeu, mes parents me battent toujours.

Même si ma mère aimait regarder le festival de Sanremo, elle méprisait son aspect strictement musical. Pendant les moments instrumentaux, les sous-titres n'apparaissaient pas. Il n'y avait pas la moindre tentative, le moindre effort pour décrire ce qui se passait avec le rythme, s'il était lent, ou rapide, ou mélancolique. Le seul symbole qui apparaissait sur l'écran était : ♫♫♫.

Ces notes ne signifiaient rien, c'est comme écrire a a aa bbb///----cc en supposant que cela représente quelque chose en l'absence d'un code partagé ; ce sont seulement des icônes neutres jetées là par distraction, pour maintenir ma mère devant l'écran sans l'avoir vraiment.

Je n'ai commencé que bien plus tard à penser à ces notes et à ces sons perdus.

Dans les films et dans les séries télé, les sous-titres qui indiquent une propriété du son, les *sound captions*, peuvent être minimalistes mais efficaces [grincement effrayant] [violente tempête] [vieillard qui pleure] : ces formules qualifient les bruits à travers des objets physiques et des adjectifs qu'une personne sourde a appris à décoder au fil du temps.

Le son transcrit par le texte pouvait provoquer une réponse physique chez ma mère : la référence à un fantôme était suffisante pour l'effrayer, l'allusion à une tempête assez pour l'inquiéter. Les sous-titres étaient présentés de manière inoffensive : dans leurs versions occidentales, ils sont généralement peu imaginatifs, des signes blancs sur fond noir, en caractères d'imprimerie anonymes. Ils utilisent rarement des polices de caractères différentes, le mouvement ou la couleur pour faire en sorte que les mots glissent vers une autre dimension esthétique ; et en général ils apparaissent au bas de l'écran, à moins qu'ils ne couvrent un détail visuel crucial. Mais si un personnage à l'écran est en train d'écrire une lettre ou est en face d'une machine à écrire ? Est-ce qu'il n'y aurait pas du sens à synchroniser l'apparition des mots avec le rythme du clavier sur lequel on les tape ? Les sous-titres pourraient aussi être des défilements verticaux sur le côté, apparaître une lettre à la fois ou disparaître sur le fond, défiler et palpiter.

Je voudrais que tous ceux qui travaillent dans le sous-titrage soient des poètes ; je voudrais que la télévision publique engage une armée de surréalistes ou de poètes du langage qui fassent couler le sang d'une parola paurosa dans un film qui fait peur, ou disparaître les mots quand ce sont les fa t mes qui parlent, ou barrent ~~les mots en colère~~, ou bien les balaient et fassent palpiter une phrase comme un battement de cœur, si quelqu'un sur l'écran le mérite.

Mais par-dessus tout, je voudrais qu'ils se libèrent de formatages dénués de sens comme celui-ci :

[femme qui chuchote]

NE DIS PAS QUE JE TE L'AI DIT

Comment peut-on chuchoter en majuscules ? Et comment est-ce que je peux expliquer ça à ma mère ?

Je ne suis jamais allée à un concert avec elle. Je l'ai emmenée voir des comédies musicales, au théâtre, à des spectacles de danse et au cinéma, mais nous ne sommes jamais allées voir un groupe jouant sur scène. À moins que ce ne soit un concert de Beyoncé avec des grands danseurs et des effets spéciaux, nos sorties n'auraient pas eu de sens : les salles de concert en Italie ont rarement un interprète en langue des signes dans la Deaf Zone, il n'y a pas de Deaf Zone.

La dernière fois que je suis allée à un festival de musique aux États-Unis, j'ai voulu voir cet espace sous la scène, prête à me sentir étrangère, décalée, vu que, en raison du choix de mes parents, je ne parle pas la langue des signes.

Tous les CODA (*children of deaf adults)* que je connais savent parler la langue des signes. La fille d'un ami de ma mère qui a à peine dix ans sait le faire en italien aussi bien qu'en serbe ; elle se moque tout le temps de moi quand je n'arrive pas à suivre leurs conversations et que je dessine en l'air des figures totalement inventées. Je ne m'inscris pas à un cours pour apprendre, mais je fais énormément d'efforts pour sortir quelque chose que les adultes autour de moi puissent comprendre. En général les résultats sont insuffisants et ma mère me supplie de cesser de gesticuler quand nous sommes à l'extérieur, elle dit que j'ai l'air d'une danseuse folle qui vient d'être écartée d'une compagnie de ballet.

Danser, voilà ce qu'ils faisaient tous dans la Deaf Zone : la performance de l'interprète était remarquable, mais de toute façon toute langue est une performance. À la différence de moi, cette fille était gracieuse, coordonnée dans ses gestes, et surtout ceux-ci avaient du sens : les philosophes français toujours anxieux de trouver des agents capables d'« incarner le texte » auraient dû prêter plus d'attention aux interprètes en langue des signes dans les festivals de musique. La quantité de musique country, hip hop et folk traduite par les interprètes américains de langue des signes augmente chaque jour, il y a énormément de vidéos sur YouTube qui dévoilent les coulisses de cet art. Les interprètes – en général, ce sont des femmes – aiment travailler surtout sur les morceaux hip hop en raison du défi qu'ils lancent, chaque vers devant être haché et dansé.

Jay-Z peut facilement être traduit par quelqu'un qui connaît la langue des signes américaine et italienne, mais que se passe-t-il pour les morceaux sans paroles ? Quelles chances y a-t-il qu'un sourd italien ou américain se retrouve exposé à de la musique ambient finlandaise ou à un morceau d'acid rock africain ? Qui interprète visuellement ces pièces-là, et pour qui ?

En 1979, John Varley publia un récit de science-fiction intitulé *Persistance de la vision*, dans lequel un voyageur décrit les chroniques d'un monde qui collapse. Un jour il tombe sur une communauté de personnes sourdes, aveugles et muettes qui ont développé un code linguistique particulier, le *bodytalk*, qui consiste à épeler les mots directement sur la peau. Le héros devient ami avec une jeune fille « non handicapée », une des rares personnes capables de voir et d'entendre dans cette communauté. Mais cette absence de handicap est relative : la jeune fille ne sait pas donner un nom aux signes que ses parents lui impriment sur le corps pour communiquer, et elle ne sait pas traduire pour eux les signes du monde extérieur. Les membres de la communauté parlent aussi à travers le « *touch* », une sorte d'acte physique et linguistique dans lequel les personnes établissent un contact par le biais du corps et peu importe le genre, le pays d'appartenance ou l'ethnie, parce qu'ils communiquent tous sans être vus ni entendus, seulement par la somme des années ou des expériences qui ont façonné leur corps de telle manière que la peau est l'histoire, chaque cicatrice un verbe. Les sourds et les aveugles de John Varley sont des créatures empathiques, qui ont un sens élevé de la justice, sont dénués de préjugés et méritent de gouverner le monde en raison de leur handicap ; dans une utopie, nous serions tous imparfaits et orientés vers le bien-être commun.

Ceci parce qu'il nous est facile de penser qu'un manque subi nous éduque à un rapport différent à l'égard du pouvoir, et nous rend plus justes, mais mes parents ne ressemblent pas du tout aux sourds de ce roman de Varley, et je ne nourris guère d'illusions dans ce domaine.

J'aimerais qu'un interprète de musique non occidentale puisse aider ma mère à entrer dans un règne transitoire fait de *bodytalk* et de synesthésie, où la hiérarchie des sens est sans cesse remodelée et niée, où le morceau de musique ambient finlandais peut contenir tout le pouvoir de sa tradition et de son paysage culturel, mais en même temps se fondre dans quelque chose de familier.

La façon la plus sûre de traduire les sons pour les sourds réside dans des dispositifs techniques. Les parents et les frères de ma mère étaient en ce sens visionnaires : ils lui achetaient des instruments inadaptés, des walkmans et des lecteurs de CD ordinaires, mais ils étaient sur la bonne piste. Elle avait besoin d'extensions pour entendre ce qu'ils entendaient ; elle n'était pas obligée de voir la musique pour l'entendre : elle pouvait aussi la toucher.

À la maison, j'ai un piano ; quand mon compagnon joue, ma mère pose ses mains dessus et dit qu'elle arrive à entendre et moi je la crois. Même si nous écoutons deux choses différentes, je me demande si elles convergent quelque part, si ce qui est visible d'un son ne se mélange pas à un certain point, ne se fond pas dans sa part invisible.

Plusieurs entreprises high-tech sont en train d'expérimenter des capteurs spéciaux pour faire voyager le son à travers la peau, transformant ainsi le corps en une oreille stimulée par des séquences de vibrations. Les transducteurs technologiques sont de plus en plus populaires dans les communautés de non-entendants, mais parfois leur littéralité m'ennuie. Mon amour pour le langage figuratif se heurte de nouveau à la soif ardente de mes parents à l'égard de la matérialité.

Un fait est un fait, et un son est un son.

Les sous-titres et les *sound captions* sont des interprétations. Et ils sont essentiellement tournés vers les non-handicapés : c'est nous qui choisissons quel bruit ou rime ou applaudissement est significatif, sur la base de ce que notre corps entendant perçoit. C'est nous qui décidons ce qui, dans cette représentation, doit y être ou non, c'est nous qui créons une discontinuité entre le silence et le non-silence pour ceux qui éprouvent ces choses différemment.

Comment représentons-nous ce silence, notre silence, si ce n'est en écrivant [silence] ?

Le label italien Alga Marghen a publié un disque intitulé *Sounds of silence – The Most Intriguing Silences in Recording History !*, une anthologie vinyle de silences enregistrés par les Crass, John Lennon et Yoko Ono, Afrika Bambaataa et d'autres artistes.

« Ces silences génèrent un vacarme », dit le label. « Ce sont des silences performatifs, politiques, critiques, abstraits, poétiques, cyniques, techniques, absurdes [...] Ce LP les présente de la façon dont ils ont été enregistrés en conservant la moindre imperfection donnée par les instruments d'enregistrement, sans exclure la satisfaction à l'écoute [...] Cet album doit être écouté à très fort volume (ou non), à n'importe quel moment, dans n'importe quel lieu. C'est une vraie expérience d'écoute ! »

Dans le dernier silence que j'ai éprouvé, le silence parfait de la chambre semi-anéchoïque de Dough Wheeler au Guggenheim de New York, j'ai entendu ma déglutition, les sons imparfaits de mon corps imparfait. Avant d'y entrer, je n'arrivais pas à comprendre vraiment la désorientation et les vertiges qu'éprouvent mes parents, ce même vertige qui m'a poussée à chercher les murs pour m'abriter, comme si quelque chose m'arrivait physiquement. Ils ont essayé de me le dire, de l'expliquer, mais j'ai toujours transformé cette information en quelque chose d'autre. En une distance, généralement.

Le langage est une technologie qui révèle le monde : les mots sont des petites flammes que nous approchons de l'indicible pour le faire apparaître, comme si la réalité était écrite à l'encre sympathique, et quand il n'y a pas les mots, ce sont les gestes qui rendent possible cette traduction. Peut-être est-ce pour cela que j'ai essayé d'apprendre à utiliser les mots : au silence, à l'ombre blanche qui avance, j'ai opposé des pages écrites, et mes parents une corde vocale fatiguée. Parfois nous nous sommes fait mal, mais l'effort a été de nous comprendre.

Je ne peux pas construire une pièce semi-anéchoïque pour faire comme si le silence que nous partageons était le même, mais, comme John Cage, je peux raconter à ma mère le son de mon sang, et elle me raconter le sien.

Accident vasculaire cérébral

À l'âge de soixante ans, après des vacances en Grèce – l'été, il va toujours dans des pays où la chaleur est tumorale et rentre noir et méconnaissable –, mon père a eu un anévrisme. Un bizarre anévrisme bactérien d'origine inconnue, qui a provoqué la crise et l'a conduit à l'hôpital. Il fallait lui ouvrir la tête, mais il n'avait pas compris la gravité de l'intervention et avait, avant d'entrer au bloc opératoire, demandé une cigarette et « au moins un verre de vin rouge ».

Mon frère m'avait appelée de l'hôpital pour me dire qu'il y avait de fortes probabilités que notre père ne survive pas à l'opération, et il ne savait pas très bien comment il se sentait lui-même.

Comment pouvons-nous souffrir pour quelqu'un avec qui nous n'avons pratiquement qu'une intimité biologique ?

Mon frère a beau avoir un naturel réparateur, dans ce moment-là ni lui ni moi ne savions ce qu'il fallait espérer. J'ai pris à Londres un vol dont la compagnie aérienne n'arrêtait pas de retarder le départ, ce qui m'a obligée à traîner jusqu'à minuit dans des terminaux à moitié vides, et j'ai dépensé une somme folle pour manger des sushis dans un restaurant aux lumières tamisées. Avant d'embarquer, enfermée dans les toilettes, je me suis fait une série de selfies que j'ai étudiés une fois la ceinture de sécurité bouclée. Je n'avais pas vu mon père depuis qu'il était venu me rendre visite et que nous nous étions retrouvés dans un casino chinois à Leicester Square, nous étions trop bien habillés pour le lieu et il m'avait offert des cocktails au comptoir. Il arrivait toujours à me donner l'impression d'être la petite amie d'un bookmaker.

À l'hôpital, le médecin nous avait expliqué, à mon frère et à moi, que notre père pouvait se réveiller comme quelqu'un de complètement différent et que la pire séquelle pour lui ne serait pas une paralysie motrice mais une atteinte à l'aire cérébrale du cerveau contrôlant le langage. Trouver un orthophoniste capable de rééduquer une personne sourde atteinte d'aphasie, typique dans les cas d'AVC, serait chose difficile, surtout en Ombrie.

Quand mon père s'est réveillé, tous ses membres fonctionnaient, son corps s'en était sorti intact. Ce qu'il avait perdu, c'était justement la capacité de parler. Pendant des jours il s'est exprimé par des gestes furieux, il produisait des sons sourds chargés de rage, tentait de sortir de son lit, même s'il ne pouvait pas ; il reconnaissait mon frère. Moi non. Manquant d'inspiration, je lui ai apporté un numéro de *Focus* sur les voyages et j'ai cherché à lui faire écrire quelque chose, mais il ne formait que des hiéroglyphes qu'il rayait ensuite d'une barre noire.

Il avait l'apparence et les traits d'un animal, et parfois il m'effrayait, il y avait de nouveau en lui cette violence que je n'avais pas ressentie depuis longtemps. Il ne trouvait pas ses mots, mais il ne voulait pas non plus dessiner, et il regardait le dictionnaire, hébété. Parfois il me montrait du doigt, s'adressant d'un geste interrogateur au docteur et à mon frère pour demander qui j'étais. Et puis un jour, alors que j'étais assise à côté de lui, il a parlé. La première chose qu'il a dite quand il m'a regardée dans les yeux a été : « Allons à Paris. »

À partir de ce moment-là, il a commencé péniblement à récupérer une façon de parler, pleine d'erreurs sémantiques comiques.

Pendant sa convalescence, j'échangeais des messages sur WhatsApp avec mon frère en essayant de décrypter son code secret. À force, nous avons fini par comprendre que « fiorentina », son entrecôte préférée, remplaçait « distributeur de billets ». Le mot « travail », qu'il n'avait pas de raison d'utiliser vu qu'il ne travaillait pas depuis des années, devenait « métro », même s'il ne prenait jamais celui-ci.

Aujourd'hui, il a presque totalement récupéré le sens des mots qu'il prononce et la seule inquiétude qui lui reste de cette période-là est son scepticisme devant le fait que Jésus Christ et Hitler sont morts. Juste après son opération, il se baladait avec des articles ou des livres qui parlaient justement de cela : l'absence de témoins en mesure de démontrer la fin de ces deux figures historiques. Je ne sais pas s'il souffrait d'un étrange cas d'identification avec l'une et l'autre.

Ma mère a failli mourir dix ans avant lui, d'un infarctus par cigarette. Je l'avais vue tressauter sous un défibrillateur et j'avais été obligée de sortir en vitesse de la salle d'hôpital pour ne pas vomir. Quand j'avais parlé avec le cardiologue pour comprendre si elle allait survivre, il m'avait dit qu'il ne pouvait pas le savoir. Qu'il s'était marié en juin et qu'il avait neigé ce jour-là, alors depuis il ne donnait plus de réponses fermes sur ses patients. Certains étaient sortis de l'hôpital avec un bon espoir de rétablissement, juste pour mourir ensuite dans leur voiture sur le parking.

Après leur contact rapproché avec la mort, mes parents n'en sont pas revenus entiers, ils sont comme des bombes à retardement dont je perçois les détonations à des kilomètres de distance. Pendant un temps, j'ai été obligée de tout leur pardonner, parce que je voyais toujours le défibrillateur et le masque à oxygène auxquels ils ont été reliés, ensuite le temps a passé, et j'ai oublié.

La langue des rêves

Une amie de ma mère se retrouve enceinte. Le médecin lui dit qu'il faut faire une amniocentèse, son mari et elle craignent qu'il ne s'agisse d'une procédure invasive. Ils appellent ma mère en vidéo, elle ne sait pas grand-chose sur la question, mais d'après ses recherches approximatives sur Internet, elle se fait l'idée que c'est un examen à éviter. Ce n'est pas juste de faire prendre un risque à un fœtus dans le seul but de s'assurer qu'il n'a pas de problèmes. Mon frère et moi, nous intervenons dans l'échange téléphonique ; nous disons à cette amie de faire tout de suite l'examen pour s'assurer que tout aille bien. Ma mère, qui nous a toujours dit de ne pas faire des enfants sourds et de choisir si nous le pouvons, interrompt l'appel vidéo sans même dire au revoir.

« Alors, il faut qu'ils naissent tous normaux comme vous ? » s'exclame-t-elle brusquement.

Quand nous avons suggéré à cette amie de faire l'amniocentèse, nous n'avons pas pensé aux futurs parents, ou à l'enfant : nous pensions à la fille qu'ils ont déjà, et comment ce serait pour elle de grandir entre deux parents sourds avec un éventuel frère ou sœur handicapé. Moi je la voyais déjà à l'université, loin de chez elle. Elle était très bonne élève à l'école, mais connaissant le manque d'assistance économique et administrative à l'égard des familles, je savais à quoi elle allait devoir renoncer. Parmi les enfants des amis de ma mère, mon frère et moi étions les rares à être allés à l'université, presque tous les autres travaillaient déjà depuis la sortie du lycée pour aider leur famille.

Certaines vies sont prévisibles. Comme sont prévisibles les héros et les héroïnes des romans. En général, les handicapés sont les héros de romans gothiques, de romans d'horreur, ou bien des Évangiles. Ce sont les genres littéraires auxquels ils appartiennent historiquement. Dans les romans, ceux qui sont handicapés ne peuvent pas avoir une vie à la Franz Kafka ou à la Emily Dickinson, ne peuvent pas travailler à la poste, ni vivre à l'écart du monde, ils doivent être des génies, ou bien avoir un appétit sexuel insatiable, ou encore, pour ne pas retomber dans le stéréotype de la bonté due à une condition limitée, être extrêmement cruels, d'une cruauté de roi shakespearien. Ceux qui sont muets, eux, jouent toujours le même rôle : celui du prophète.

Il y avait une élégance chez les muets, une capacité visionnaire et un mysticisme que, petite, je me suis tout de suite mise à envier. Au début, quand les mères de mes camarades de classe m'appelaient « la fille de la muette », je me mettais en colère, et j'étais capable de me bagarrer, mais j'ai très vite compris que si ma mère avait été affectée de mutisme, elle aurait été mieux respectée, cela aurait fait d'elle une sorte de sainte.

La première fois que j'ai vu *La Leçon de piano* de Jane Campion, il m'est venu un désir violent que ma mère soit muette. Quand nous avons regardé ce film, en début de soirée, j'ai commencé à souffrir d'une identification imparfaite avec les deux héroïnes du film : nous aussi nous étions une mère et une fille, nous aussi nous avions émigré dans une communauté éloignée et hostile. Ma mère ne jouait pas du piano, mais elle savait peindre, et elle fréquentait des hommes qui n'étaient pas faits pour elle. Mais alors que Holly Hunter était très belle, royale, gracieuse, ma mère par contre était mal élevée et se donnait des airs d'homme. Moi aussi je l'embêtais et je profitais de son état, comme la fille de l'héroïne, sauf que je n'avais pas de forêts tropicales et de mares fumantes où me cacher. La beauté de ce film a été comme un coup de fouet, et a laissé en moi des marques encore visibles. Le handicap doit être érotique, ou spécial, pour avoir droit à une vie, faite de pianos engloutis et de bandes-son grandioses.

Peut-être que dans un autre type de société mes parents auraient d'autres pouvoirs. Même s'il n'y a réellement qu'un pouvoir qui les intéresse : avoir pitié des autres. Les handicapés sont un objectif ou un instrument de compassion, mais ils ne sont presque jamais agents de l'empathie. Pour qui peuvent-ils éprouver de la compassion, eux ? Pour mes parents, le bonheur c'est aussi d'exercer une commisération mesquine. Parfois je les ai mis en situation de le faire, je me suis exhibée dans des exercices acrobatiques juste pour subvertir les rapports entre nous.

À l'âge de quatre ans, mon père a détruit chez moi toute possibilité de devenir bonne nageuse ou cycliste. Il m'a emmenée en pleine mer pour me faire faire la planche, j'y suis allée, confiante, puis à un moment donné il est parti, alors la terreur irrépressible de la natation héritée de ma mère a pris le dessus : j'avais l'impression d'être dans un cercueil d'eau. À la même période il a essayé de m'apprendre à faire du mountain bike sans me faire d'abord passer par le vélo à roulettes, comme tous les autres pères qui dévissaient les roues dans les allées. Je me suis écorché les genoux et j'ai décidé de ne plus jamais essayer.

Le matin de mes trente ans, ma meilleure amie m'a annoncé qu'elle avait une surprise pour moi et m'a emmenée à la Villa Borghèse. Je croyais qu'elle voulait faire un tour en calèche mais elle m'a montré deux vélos loués.

Elle savait que je craignais de ne rien savoir faire dans la vie, toute activité conventionnelle se présentait à moi comme un défi insurmontable, alors elle pensait qu'apprendre à faire du vélo était une bonne démonstration d'indépendance. J'avais totalement confiance en cette amie, et quand elle m'a poussée dans l'allée ombragée en me disant qu'elle ne me lâcherait pas, je l'ai crue. Au bout de quelques minutes j'ai commencé à pédaler vraiment seule, tout de travers, heureuse ; c'était une sensation de légèreté que je ne connaissais pas. Elle continuait à me tenir de temps à autre, craignant que je ne tombe, et je me retournais pour lui dire de me lâcher, que ça allait. Elle était à une dizaine de mètres de moi, les genoux ployés, haletante, rouge et épuisée ; je ne voulais pas qu'elle s'éreinte pour moi, mais je lui étais reconnaissante. J'ai fait quelques tours avant de m'en revenir en continuant à crier tandis qu'elle riait et que les gens s'étonnaient de mon enthousiasme.

Quelques semaines plus tard, je suis allée rendre visite à mon père qui était chez son frère en Ombrie. Ma grand-mère Ruffina était assise à côté de moi sur un petit mur exposé au soleil. J'avais un cahier ouvert sur les jambes et étais en train d'écrire quand un plombier est arrivé avec son ouvrier. C'étaient deux hommes de belle prestance, des travailleurs, et ma grand-mère m'a donné un petit coup de coude complice en me chuchotant : « Lâche ta feuille et ton stylo. » Elle m'a fait redresser le dos, a arrangé mes cheveux en souriant aux deux hommes, espérant qu'ils ne me trouvent pas l'air trop studieux.

À ce moment-là, mon père a fait un geste en direction des vélos que mon oncle mettait à disposition des invités en me disant avec un ricanement : « À trente ans, tu ne sais même pas en faire. » Toute fière et sûre de moi, je me suis levée et j'ai enfourché la bicyclette qu'il me montrait, prête à le faire changer d'avis. Je me suis affalée par terre après deux coups de pédales, me suis redressée, ai fait encore quelques essais, mais j'étais totalement incapable de rouler, comme si ma balade à la Villa Borghèse n'avait jamais eu lieu. Mon père s'est approché pour prendre le vélo et me montrer comment on faisait, avec toute la désinvolture du monde. Il a fait des tours en lâchant les mains, avec une grimace de mépris pour ma maladresse. Je me suis rassise sur le mur pour le regarder en me disant qu'il avait gagné, ça allait, je pouvais le lui accorder. Je pouvais lui accorder ça, au moins.

C'est une variante du jeu que je fais avec ma mère chaque mois. Ponctuellement, quelques semaines avant l'encaissement de la retraite du mois suivant, ma mère me demande vingt ou quarante euros. Je les lui donne sans poser trop de questions maintenant, je sais qu'elle les dépense mal, pour ne pas aggraver son état de frustration : la vie de ma mère ne dure que quelques jours, de l'euphorie de la retraite touchée jusqu'à l'épuisement de la somme, après quoi elle retourne en hibernation.

Ce que je fais ensuite, c'est inventer des urgences pour lesquelles j'ai besoin de cet argent : les clients qui ne m'ont pas payée, une dépense médicale imprévue, la facture de téléphone. Je lui demande cinquante euros qu'elle m'envoie avec l'euphorie étourdie des personnes qui ne savent pas gérer leur argent. « Bien sûr que je te les envoie, ma fille, on s'aide toujours nous deux », et quand on fait un appel vidéo, je la vois toute gaie, heureuse d'avoir fait quelque chose pour sa fille distraite qui manque d'argent, et je sais que ce sont là pour elle les meilleurs moments du mois : quand j'ai trouvé le moyen de lui faire éprouver de la commisération à mon égard et qu'elle pense que c'est moi la plus malheureuse. Je n'utilise jamais l'argent qu'elle m'envoie, je le lui renvoie quand elle m'en demande, et voilà des années que ça dure.

Ce qu'il y a de fatigant dans le fait d'avoir des parents handicapés, c'est d'avoir à affronter le caractère supposément éternel de leur état, l'impossibilité de sortir de cette situation pendant la vie entière. Paul, le frère de ma mère, est en train de devenir sourd et il est encore plus halluciné qu'elle parce qu'il n'est pas habitué à s'orienter sans ce sens qui lui manque, mais comme il n'a pas toujours été sourd, il est vrai aussi qu'il ne le deviendra jamais. La mère d'une de mes amies a une vision réduite de sept dixièmes mais elle n'a jamais porté de lunettes de toute sa vie, et elle n'est pas aveugle. Je ne le suis pas moi non plus, alors que je suis très myope. Le jour où un de mes vieux professeurs, à l'université, nous a dit que pour les myopes « l'état naturel est la cécité », parce que sans prothèse comme les lunettes et les lentilles de contact, ils sont en fait handicapés, j'ai eu mal à l'estomac sur le chemin du retour, éprouvant plus encore cette sensation que j'ai toujours quand je pense à ma vue basse : à savoir qu'au Moyen Âge je n'aurais pas survécu.

En général, les sourds se pensent avant tout comme une communauté linguistique et essaient d'obtenir un statut différent par rapport au reste de la population souffrant d'un déficit sensoriel ou moteur, mais moi je m'intéresse moins à l'identification avec une langue qu'à l'évolution d'un langage au fil du temps. Je me demande s'il est possible que la perception du handicap change, que le vocabulaire à travers lequel on raconte le handicap change, ne serait-ce qu'au cours d'une seule vie et d'une seule personne. Je pense à ceux qui, pour diverses raisons, ont été réduits au silence au cours du temps. Et je me demande pourquoi, dès qu'il est question d'un déficit physique, de la perte d'un membre ou d'un sens, toute la solidarité entre femmes, LGBTQ, personnes pauvres et réfugiés de partout amène à ne plus parler d'identité mais de déficience. Quand il y a des conférences sur les handicapés à l'université, les seuls qui y vont sont des handicapés ou ceux qui ont un handicapé dans leur famille ; l'empathie s'est arrêtée à l'intégrité du corps, même dans les *cultural studies.*

Pourtant le lexique à travers lequel nous racontons d'autres afflictions du corps se prête au changement.

Lors d'un séjour à Milan, j'ai accompagné mon amie Eloisa à l'hôpital où elle travaille. Alors que nous nous dirigions vers le service de chirurgie, nous sommes passées à côté d'une porte vitrée dans un couloir bien éclairé sur laquelle il y avait l'inscription « *Cancer center* ». Elle m'a expliqué que l'anglais servait à évoquer une idée d'efficacité, rassurer les visiteurs et obtenir un score plus élevé dans les évaluations mondiales sur la rentabilité de l'hôpital. Cela m'a fait inévitablement penser au degré de refoulement que la langue peut offrir à une personne dans sa relation à sa propre maladie, surtout lorsqu'elle ne la maîtrise pas. Chez une personne qui n'a pas de familiarité avec l'anglais, l'inscription étrangère ne transmet-elle pas de la tranquillité vis-à-vis de sa propre pathologie, ne l'aide-t-elle pas à penser qu'il ne s'agit pas de quelque chose de réel ? C'est le même refoulement sélectif dans lequel tombent les personnes de ma connaissance qui décident de faire une psychothérapie en anglais, alors que leur première langue est l'italien. Faire une thérapie dans une langue différente de celle dans laquelle on s'est formé et dans laquelle s'est déroulée notre éducation sentimentale permet de profiter du vocabulaire limité que l'on possède dans la nouvelle langue pour couper court à certaines questions, renoncer à utiliser certains verbes pour renoncer à aller dans le passé. Beaucoup sont soulagés de cette concision, elle leur donne l'impression de se concentrer sur l'important tandis qu'ils sentent que leur maîtrise de l'italien peut les pousser à se cacher derrière des baroquismes et des périphrases, et cela devient une expérience narrative. Une thérapie bonne pour écrire des romans, moins bonne pour éviter de se suicider.

Je sollicite souvent Umberto, un ami à moi qui est psychiatre, sur le caractère relatif du mal-être à travers le temps. Je lui pose des questions sur le traitement des personnes borderline au cours des siècles, le type de personnalité constaté chez certaines femmes de ma famille, et pendant une période chez moi aussi. Il me dit qu'il y a quarante ans encore, une personne comme moi aurait été « fichue ». Il dit exactement ça, « fichue », et ça me fait éclater de rire. Parfois je m'adresse à lui comme à un curé et lui confesse que, malgré toute ma compréhension des thèmes antipsychiatriques, j'ai longtemps désiré qu'on interne mon père, quand il débordait de partout.

Ce désir de forcer la vie de ma mère et de la repousser violemment dans les méandres d'une maladie classifiable a été une constante de ma jeunesse. Il y a maintenant des années de cela, la psychiatre chez qui je l'avais emmenée pour parler de son délire de persécution me posa une question précise : « Vous voulez vraiment sevrer votre mère et annuler le moindre soubresaut de sa personnalité au lieu d'intervenir sur sa situation de marginalité psycho-sociale ? » Je n'avais pas répondu, fixant le mur pendant que ma mère me disait qu'elle ne me pardonnerait jamais cette visite chez le médecin des fous, et je pensais : « Oui, je le veux. » Il est plus facile de dire que mes parents sont sourds, plus compliqué de dire qu'ils ont des pathologies psychiatriques. Plus facile de dire que ma mère n'entend rien, plutôt que de dire qu'elle entend des voix. Les « voix », connues dans les pages de biomédecine sous le nom d'« acouphènes », sont un trouble de l'oreille qui fait percevoir des bruissements et des vibrations prolongés. Ces sifflets permanents qui peuvent rendre fous même ceux qui ne sont pas sourds, se transforment chez ma mère – qui ne sait pas les reconnaître – en voix des défunts qui lui parlent du matin au soir, ou bien en ultrasons d'une machine actionnée à distance. Tous les médecins chez qui je l'ai emmenée m'ont dit que son cas fait partie d'une branche très obscure de la médecine, où se croisent surdité, pathologie effective et psychiatrie. On ne sait pas très bien comment intervenir chez les non-entendants qui souffrent d'acouphènes, il faut de la patience pour chercher à détourner l'attention de ce son, mais ma mère vit seule presque toute l'année, et ce son est tout ce qu'elle a.

En général ces rendez-vous avec les médecins se concluaient par une sentence lapidaire : « C'est une chance qu'elle ne se soit pas tuée », et ce n'était pas ce que je voulais m'entendre répondre. Ils auraient pu me dire que ma mère souffre de synesthésie, mais qu'est-ce que la synesthésie dans le handicap ? La contamination sensorielle est un privilège des personnes normales comme nous. La seule chose que je peux penser pour me calmer, c'est qu'il s'agit d'une « branche très obscure de la médecine », comme le font les parents des enfants atteints de maladies héréditaires extrêmement graves ; le fait qu'il n'y ait rien de connu peut parfois agir comme une forme de consolation. Il ne s'agit pas d'une défaillance personnelle. Ce n'est pas moi qui ne peux pas la guérir : c'est qu'il n'existe pas de guérison.

Comment tu vas ? Tu es fatiguée love your papa

La séparation concerne tous les enfants. La mienne se produit par inflexions et figures rhétoriques inaccessibles ; toute ironie nous sépare, toute métaphore nous éloigne.

Je relis les lettres que ma mère m'envoyait quand j'étais à l'université ou les rédactions qu'elle m'aidait à écrire quand j'étais petite et c'est une opération mélancolique, dont je me défends aussi souvent que possible. Parce que lorsque je feuillette ces lettres, je suis obligée de me rendre compte de tous les mots qu'elle a perdus, des adjectifs qui disparaissent, des verbes qu'elle ne sait plus bien conjuguer. C'est comme dans *L'Histoire sans fin* de Michael Ende, où la princesse risque de disparaître si les enfants ne racontent pas son histoire et la magie qui entoure son existence : si ma mère cesse de parler constamment avec quelqu'un, si elle vit toute seule toute la journée, elle perd des territoires entiers du domaine du sens, et c'est ce qui se passe, repliée dans la province de sa maladie, dans le château où même moi je ne parviendrai jamais à entrer.

Cette affection, ce lien qui nous unit ont un prix, la fatigue physique. Parler avec ma mère pendant plusieurs jours d'affilée signifie faire tout le temps la transition entre son univers linguistique et le mien ; le soir venu, je dors pendant dix ou douze heures d'affilée, avec le cerveau qui résonne de syntagmes morcelés. Parler lentement me frustre, répéter sans cesse la même idée me donne envie de m'enfermer dans ma chambre et de n'en sortir que quand elle s'est mise à faire autre chose. Je lui dis que c'est éreintant, elle me dit que c'est normal.

Que je me sente fatiguée. Nous sommes assises l'une en face de l'autre dans un café à l'aéroport, elle déclare nonchalamment : « C'est normal que tu sois épuisée : ça fait une semaine que tu parles chinois sans le savoir. » Voilà à quoi nous sommes réduites : à ma mère qui, pour me défendre de la douleur que j'éprouve de ne plus pouvoir la comprendre, se transforme en un autre continent.

Il y a tellement de fautes de grammaire, tellement d'erreurs de sa langue que j'ai conservées ; je continue à dire le « repasse au fer » comme je le faisais à l'école, en me faisant souligner en rouge par les institutrices, et ma syntaxe est souvent compliquée, c'est le seul tribut qui me reste.

Les lettres de ma mère ne sont plus que des messages sur WhatsApp formés d'acronymes : jtm – demain au téléphone me diras – luv – c'est quelque chose d'abstrait.

Quand elle veut parler de quelque chose de très beau, elle dit que c'est une chose abstraite. À cause de cette phrase, nous nous moquons tout le temps d'elle, mon frère et moi. « C'est une chose abstraite » signifie à peu près tout : le final d'un film, un tableau, la naissance de sa petite-fille ou un vêtement dans une vitrine.

En italien, le verbe « *sentire* » coïncide avec la capacité d'éprouver un sentiment et avec un sens précis, l'ouïe. Ce n'est pas la même chose en anglais, « *to hear* » et « *to feel* » sont deux actions bien distinctes, comme en français « entendre » et « sentir ». Je ne sais pas comment ça fonctionne dans d'autres langues. Et je ne sais pas comment je pourrai traduire les fois où ma mère, allongée sur le lit les yeux fermés, murmure « *Io non sento niente* », sans perdre tout ce qu'elle veut me dire. « Je n'entends rien » ? ou « Je ne sens rien » ?

OK te love you

J'ai toujours pensé que mes parents étaient différents des autres, et puis Internet est arrivé.

Apprendre à ma mère comment s'en servir a entraîné une augmentation du désordre. Dans ses journées sont arrivés l'État islamique, les recettes pour faire des gâteaux, les régimes et les tortures sur les animaux. Sur sa page Facebook triomphe l'anti-philosophie des Lumières, ce qui fait d'elle une force majoritaire dans cette phase historique : elle n'est pas la seule à voter pour des personnes peu recommandables. Cela génère en moi un sentiment complexe, d'inquiétude pour les canulars qu'elle partage et d'horreur pour certaines xénophobies vite corrigées par son marianisme, elle qui a été une migrante pendant toute sa vie ; mais de soulagement aussi parce que, pour la première fois, ma mère me paraît parfaitement intégrée dans le monde.

La société de l'information n'a fait que renforcer ses perceptions secrètes ; Internet est devenu le lieu de Nostradamus, d'un futur émietté dans l'obscurantisme technologique. Personne ne sait qui lui montre comment utiliser les émojis, les acronymes ou l'argot, nous ne savons pas comment elle fait pour les apprendre et cela nous préoccupe. Mon compagnon essaie de parler de politique pour la décourager de croire ce qu'elle lit en ligne. Je vois l'effort émouvant qu'il fait pour synthétiser les informations qu'elle a à sa disposition et la convaincre de revenir à la raison, puis j'observe la façon dont elle acquiesce, le regarde avec un sourire gentil, lui fait comprendre qu'il a raison – elle ne savait pas, elle ne fera plus l'erreur – et à peine a-t-il tourné le dos qu'elle se remet devant l'ordinateur pour poster des informations sur des tremblements de terre voulus par un chaman sud-américain.

Pendant quelque temps, elle s'est connectée à Facebook pour poster seulement une lettre laconique, un Q, un X, un M ou un Z. Sans aucune explication, sans aucun commentaire, ses statuts étaient faits d'une lettre quelconque de l'alphabet. Les jours passant, ces lettres ont commencé à me faire peur et craindre qu'elle ne soit victime d'une chaîne s'apprêtant à invoquer une messe noire. Je lui ai demandé des explications, elle a dit que les lettres de l'alphabet ne signifiaient rien. « De toute façon, qu'est-ce qu'on peut dire sur Facebook ? » a-t-elle déclaré, énervée, et je n'avais pas grand-chose à lui expliquer : ce média m'ennuie moi aussi.

De la même façon que la musique trap s'est réduite à des basses chloroformées et répétitives, des séquences amniotiques et dadaïstes de rien, peut-être l'écriture sur les réseaux sociaux va-t-elle s'atomiser dans les lettres utilisées par ma mère.

J'aurais dû lui donner raison, à sa façon, elle a été visionnaire : elle a été en avance sur tout le monde avec ses croyances fausses, et tout le monde est devenu ma mère. Le littéralisme, le fait de tout prendre au pied de la lettre, la confusion entre signifiant et signifié, c'est quelque chose qu'elle a toujours fait, et je commence à trouver de plus en plus séduisante l'hypothèse de la dimension dans laquelle elle vit, où on ne lit que les titres des journaux. Je peux éprouver un plaisir à vivre dans le même sac amniotique que ma mère, où tout ce qui est méchant est seulement méchant et irresponsable. J'ai mis des années à me défendre du Sud et de la magie juste pour assister aux façons dont ils débordent de moi, comme l'eau de la bouche, dans toutes les situations politiques où je ne sais pas me défendre. J'ai choisi un autre métier, mais il y a des jours où le complotisme de ma mère, toute sa vie qui tourne autour des régimes et des petits jeux de plate-forme me transmettent une infinie consolation.

Ma mère est toujours la même, mais moi j'ai été la fille de femmes différentes. Au début elle était une infirme. Ensuite elle est devenue une handicapée. Par périodes, elle a été une personne atteinte de déficience sensorielle. Mais nous sommes tous atteints de déficience. À un moment donné, ce n'était qu'une folle. Aujourd'hui, c'est quelqu'un qui est sur Internet.

Éclats de folie

Je ne me rappelle pas la première fois où j'ai vu une fille interrompue[1]. Peut-être que je jouais devant chez mes grands-parents à Brooklyn, dans une rue imperméable à la circulation, et qu'elle était là, assise sur les marches, quelques maisons plus loin, avec les poignets bandés. Ou peut-être que c'est la femme au caddie, celle qui avait perdu son fils au Vietnam et venait tous les dimanches récupérer les bouteilles vides à rapporter au magasin. Peut-être que ça a été ma prof de lycée qui aimait le monde du théâtre. Ou peut-être que ça a été la faute de Winona Ryder dans le film *Fatal Games*, ou de ma mère qui, au cours d'une projection de *Liaison fatale* inadaptée pour mes six ans, pendant que Glenn Close faisait bouillir des lapins aux yeux rouges, a dit : « Il y a des femmes qui deviennent folles, on ne peut pas les blâmer. »

Ma réaction devant ces visions était toujours la même : « Fais en sorte de ne pas devenir comme ça. » Ce que je ne savais pas encore, c'est que pendant un certain nombre d'années, j'allais faire tout ce que je pouvais pour réussir le contraire.

---

1. En références au film *Girl, Interrupted* (1999) dont le titre français est *Une vie volée*, et au film *Fatal Games* (1999) et son titre italien, *Schegge di follia*.

Au cours de ma troisième année de lycée, j'ai reçu la visite d'une créature rampante et noirâtre qui s'est collée à mon corps, glissant des pieds du lit jusqu'à mon cou, mais juste une fois, ensuite je l'ai écrasée, et mon mal-être a pris d'autres formes. Je ne me fie pas aux livres à la première personne qui ne parlent pas de ces rencontres rapprochées avec les monstres et l'outre-tombe. Mais cet entraînement à l'obscurité ne m'a pas rendue particulièrement sensible à la peur des autres, et il y a des abîmes entiers que j'ai perdus.

Pendant très longtemps je ne me suis pas aperçue que ma cousine Malinda, la fille aux cheveux roux et à l'ossature de chardonneret avec laquelle je passais mes vacances dans le New Jersey, était vraiment accro aux stupéfiants. Je montais en voiture avec elle sans m'inquiéter de sa conduite anesthésiée et j'enviais son autonomie, la Ford Mustang blanche qu'elle s'était achetée à l'âge de seize ans avec son travail de coiffeuse. Elle saisissait une mèche de mes cheveux et la fixait à contrejour en décrétant « trop de cheveux fourchus, couleur terne, tu dois boire plus », mais au lieu de me les arranger, elle disparaissait avec ses copains.

Elle allait fêter ses vingt-six ans quand elle s'est retrouvée sans dealers. Ils étaient tous en prison ou chez eux pour les vacances, et sa dépendance, due à un antidouleur à base d'opium, l'Oxy-Contin, prescrit par des médecins pour soigner un mal de dos, était désormais complètement désespérée. Elle a compris alors qu'elle n'avait plus que deux options : se prostituer pour une dose ou entrer dans une clinique. La tendance des médecins américains à prescrire de l'OxyContin est une espèce de recrutement pour l'héroïne, au moins trente pour cent des lycéens américains en ont déjà essayé un dérivé. Les médias appellent ça une « *opioid crisis* » comme s'il s'agissait d'une épidémie venue du Sud-Est asiatique, ce qui donne à cette définition quelque chose d'inoffensif et lointain. Dans dix ans, ce sera fini, m'a expliqué

Malinda, l'oxycodone ne peut plus être vendu à la légère comme avant, mais la peine à purger, ce sont des corps, une génération qui a été sacrifiée et doit se débarrasser de sa dépendance.

Les chiffres donnent raison à la photographe Nan Goldin : l'oxycodone est pour la génération actuelle ce que le VIH a été pour ses amis des années quatre-vingt.

Un de ses derniers travaux photographiques concerne justement sa dépendance à l'oxy, qui a duré trois ans. La drogue lui avait été prescrite pour une tendinite alors qu'elle vivait à Berlin, et quand on avait cessé de la lui administrer légalement, elle se l'était fait envoyer par un dealer de New York à travers Fedex. Comme ma cousine, à un moment donné elle était passée à l'héroïne parce que le rapport qualité-prix était meilleur. « Tout mon travail, toutes mes amitiés, toutes les nouvelles se passaient sur mon lit » : ce qui la faisait avancer, ce n'était pas l'envie de se piquer mais la peur de *ne pas* se piquer, l'angoisse que son corps se révolte sans qu'elle puisse le contenir. J'ai confronté ces photos avec celles de *The Ballad of Sexual Dependency*, une collection de photos où elle traversait les vies de ses amis dans les années soixante-dix et quatre-vingt, dans des chambres rouges aux lavabos pourris, sur des lits où étaient étendues des silhouettes renversées comme celle de Marat assassiné dans sa baignoire, sauf qu'à l'époque il s'agissait de danseuses et prestidigitateurs de la vie nocturne. Dans les autoportraits de Goldin de ces jours-là, ceux où on la voyait les yeux battus, il était toujours possible de dire qu'il se passait quelque chose : le traumatisme était absolument évident, sans une blessure cette photo-là n'aurait même pas existé. Même chose pour les instantanés sur l'addiction à la drogue, il y avait tellement d'indices de défaite, les corps étaient déjà tragiques et révélés. Ces nouvelles photos par contre révèlent l'oxy pour ce qu'il est. On dirait qu'il ne se passe rien, la vie ritualisée et bureaucratique des toxicomanes comporte une désaturation imperceptible de la personne, au début du moins. Si je n'avais pas lu la légende sous la photo « Autoportrait la première fois que j'ai pris de l'OxyContin », je ne m'en serais jamais aperçue. Goldin a juste l'air plus floue que d'habitude et ressemble vaguement à Tom Waits. Ce qui compte, ce n'est pas que ces portraits soient moins beaux, c'est qu'en étant moins évidents, ils sont une représentation fidèle des drogues dont ils dépendent ; les couleurs font penser à l'hôpital, les lumières à quelque chose de bureaucratique, parce que la drogue est bureaucratique, elle est étatique.

Quand elle s'est retrouvée sans drogue, Malinda a appelé sa meilleure amie pour se faire accompagner dans un centre de désintoxication. Cela a duré quelques jours puis elle a demandé à son père de la sortir de là, mais il a été retardé par la neige. Si mon oncle était arrivé à destination comme prévu, elle aurait continué à mener la même vie qu'avant, mais un toxicomane vétéran s'était montré sur le seuil de sa chambre pendant qu'elle faisait ses valises et lui avait dit « si tu passes cette porte, tu ne reviendras plus en arrière », alors elle était restée.

La première chose qu'elle a faite après s'être inscrite au programme des Narcotiques anonymes a été de venir me rendre visite à Rome. Je suis allée la chercher à Fiumicino une nuit, et quand elle a franchi la porte vitrée, j'ai eu un haut-le-cœur en la voyant aussi squelettique, le visage dévoré, les poignets inexistants. « C'est maintenant que j'ai l'air d'une vraie toxico », m'a-t-elle dit en riant alors qu'elle s'installait sur le siège arrière. Dans la voiture, elle m'a expliqué sa théorie : c'est quand on arrête de se piquer qu'on se retrouve plein de croûtes et de boutons, qu'on a les mains qui pèlent et le nez qui coule. C'est quand le corps oublie sa dépendance qu'on se retrouve face à cette horreur-là, juste comme lorsque la personne qu'on aime cesse de répondre à vos lettres et à vos appels téléphoniques. Le regard s'éteint, les cheveux se fragilisent, le dialogue se grippe et la voix elle-même se réduit à une litanie. « Quand tu te drogues, tu es extrêmement lumineux et vivant », décréta-t-elle en se grattant les ongles.

Elle voulait voyager, elle avait perdu trop de temps, alors c'est ce que nous avons fait. À Rome, à Paris, nous nous sommes amusées à trouver les rencontres des Narcotiques anonymes où on pouvait parler anglais. Nous consultions les sites pour voir à quelle heure ils recevaient, s'ils acceptaient ou non les personnes de la famille. Certaines de ses amies avaient déniché une application qui permettait de découvrir les rencontres auxquelles participaient des gens célèbres ; elles n'hésitaient pas à faire une heure de voiture pour débusquer le chanteur de Depeche Mode dans une salle paroissiale de Manhattan, persuadées d'avoir le même problème que lui. Et d'une certaine façon, c'était vrai : elles avaient le même problème que lui.

Quand j'étais à l'université, un ami que j'aimais beaucoup m'a emmenée chez lui pour me montrer où il avait grandi. Il vivait dans une énorme pépinière brumeuse des Marches, dans une ferme aux murs décrépis entourée d'oies blanches. Je savais que son père était devenu toxico quand il était jeune et que presque toutes ses veines étaient bouchées ; il ne lui restait que quelques accès possibles qu'il entretenait avec soin. « Il les garde pour la retraite », disait mon ami pour plaisanter. J'étais entrée timidement dans ce salon sépulcral aux rideaux à peine entrouverts avec la sensation d'être reçue par un roi. Son père s'était levé du divan et était venu vers moi, maigre, les cheveux blancs comme la neige et touffus comme s'il n'avait jamais changé de coiffure depuis les années quatre-vingt. Après m'avoir serré la main, il s'était mis à parler de la trilogie berlinoise de David Bowie, et je m'étais baladée dans le salon, bercée par sa voix basse.

Quand nous parlions de nos parents, cet ami et moi, nous découvrions une série de ressemblances entre eux. Même si la toxicomanie n'est pas classée dans les handicaps mais traitée comme une forme d'amnésie généralisée, nos pères avaient une façon très semblable de nous dire : « Je ne suis pas là. »

Le sien est mort il y a quelques étés de cela, un événement que j'ai découvert en ligne ; mon ami avait posté une photo où il le portait dans ses bras et divers sentiments s'étaient abattus l'un après l'autre sur moi. Il était resté au lit, paralysé, et avait décidé d'affronter tous les livres qu'il n'avait pas réussi à finir. Je lui avais envoyé un petit message et nous avions convenu que c'était une belle façon de s'en aller de l'autre côté, en disparaissant derrière une série de portes imaginaires.

Pour certains, la fin de l'addiction coïncidait avec la fin de l'amour, mais la définition la plus triste, c'est celle que j'avais entendu exprimer par une femme au cours d'une rencontre à South London. Elle avait dit que sa vie avait été un long cortège d'un accident de la route à un autre. Un jour elle s'était retrouvée incarcérée entre les tôles d'une voiture, elle avait fait des efforts pour se sortir de là et avait essayé de retrouver ses esprits au milieu des autres blessés qui gémissaient dans le noir. Elle voulait se rapprocher d'un lieu habité, elle s'était glissée dans une autre voiture, avait encore heurté une autre voiture et avait continué comme ça tout le long de la route ; à la fin de la rencontre, elle avait dit : « Vous pouvez garder le contrôle sur les effets, mais vous ne vous libérerez jamais des symptômes », démentant ainsi tout ce que je savais de la guérison, c'est-à-dire qu'on pouvait devenir une personne nouvelle.

Il y avait quelque chose de pervers dans les mantras que récitaient les participants à ces réunions, une perversion que je ne comprenais pas : « Dépendant un jour, dépendant toujours. » C'était pour ne pas oublier qui ils étaient, comment ils étaient faits : si l'addiction était une forme d'amnésie, la sobriété était un excès de mémoire. C'était comme s'injecter une substance qui les gardait dans du formol, une sorte de taxidermie d'animaux traqués, mais dans une forêt sans prédateurs.

Leur corps devenait celui des saints et des martyrs, ils étaient exposés en place publique pour témoigner de leur souffrance et faire un exemple, sans jamais pouvoir ressusciter.

Parfois Malinda m'emmenait, parce que c'étaient des rencontres plus animées, aux réunions dans les petites villes de la côte fréquentées surtout par des Afro-Américains et par des gens qui avaient perdu leur maison lors de l'ouragan Sandy. « Ici, il n'y a pas que les gamins camés qui ont lâché le collège et se droguent par ennui, non, ce sont de vraies tragédies, des braquages, des familles éclatées, la banqueroute. Et puis ils sont plus ironiques, plus inspirés. » Un des jeunes camés auxquels elle faisait allusion s'était assis à côté de moi à une réunion, il était à peine sorti d'un centre de désintoxication et tapait obstinément du pied contre le sol. Il m'avait demandé à cause de quoi j'étais arrivée là et quand je lui avais expliqué que j'étais juste une parente, il avait souri méchamment : « Tu peux pas savoir. »

Ma cousine avait raison, quand ils prenaient la parole, ces gens-là avaient une façon moins matérielle de raconter leurs victoires et leurs rechutes.

Un monsieur avait achevé de raconter son expérience et quelqu'un avait crié *amen* plusieurs fois. Il s'était désintoxiqué après s'être cassé la jambe, on l'avait gardé longtemps à l'hôpital. En fait c'était exactement pour la même raison qu'il était devenu accro au début, parce qu'à lui aussi les médecins avaient prescrit des médicaments à base d'opiacés et avaient cessé de les lui prescrire au moment où il était déjà devenu dépendant. Aux États-Unis, l'héroïne est une émanation du système sanitaire : une dose pour en sortir, une dose pour y rentrer, et au milieu un long et fébrile oubli. La désintoxication forcée lui avait fait du bien et quand il était sorti de l'hôpital il s'était même mis à faire du jogging. Il mangeait de l'avocat et des germes de blé, évitait les fritures. Il voulait faire tout ce qui était en son pouvoir pour avoir de nouveau un corps sain. Mais il ne faisait tout cela que dans un seul but : « La seule chose à laquelle j'arrivais à penser quand je m'entraînais, c'est que je devais retrouver mes forces pour pouvoir me piquer de nouveau. Il fallait que j'aie un corps indestructible, pour pouvoir m'adonner de nouveau aux drogues. »

Je n'ai jamais oublié la façon dont il a dit qu'il voulait se livrer aux opiacés, je n'ai jamais oublié cette espèce de lucide confiance.

Là-bas, j'ai aussi compris quelque chose en plus sur l'amour, et sur moi également, sur le pouvoir qu'ont sur moi non pas les drogues mais les personnes. À la fin de la réunion, le modérateur avait demandé : « Il y a quelqu'un parmi vous qui éprouve un *burning desire* ? », et en entendant ces mots je m'étais mise à inhaler plus fort. Malinda et les veufs autour de moi riaient, se préparant à quitter leur chaise, moi je voulais lever la main pour dire que je le sentais, que le *burning desire* était ma maladie, même s'il m'avait laissé les veines intactes.

Yearning est un concept que je déteste traduire en italien, parce qu'on perd l'idée du fil, le *yarn*, qui se défait, tout ce désir qui se déroule comme un écheveau de laine, ou comme les viscères qui se dévident quand on tombe amoureux. Dans *yearning*, il y a aussi un peu de *burning*, quelque chose qui brûle, et ma mère avait tort quand elle disait que la drogue avait été semblable à un orgasme, parce que l'orgasme finit, alors que quand on tombe dans la dépendance on ne sait jamais quelle fin elle aura, et on n'espère jamais qu'elle finira ; une fois qu'on s'est entièrement dépelotonné, il n'y a plus moyen de se rembobiner comme avant.

Malinda et moi, nous avions en commun un faible pour un garçon plus jeune que nous qui avait signé le contrat discographique de sa vie le jour même où la banque avait saisi la maison de ses parents qui se retrouvaient obligés de s'installer dans une caravane. Chris avait réussi à survivre au lycée, même s'il n'avait pas une belle voiture et vivait dans la partie déglinguée de la ville. D'une certaine façon, il s'en était sorti, même s'il ne se droguait pas et n'avait pas de tatouages chargés de roses.

« Je n'ai pas changé. Je suis le même que quand j'avais douze ans », m'avait-il raconté en me montrant sa garde-robe composée de cinq tee-shirts blancs et de cinq tee-shirts noirs qu'il conservait dans le coffre de sa voiture, avant que nous ne nous mettions à regarder son père qui, dans le jardin, tirait en l'air sur des disques en carton.

Ensuite, nous nous étions baladés au milieu des épaves laissées par l'ouragan Sandy, je m'étais assise sur le cheval à bascule dans un parc de jeux pour enfants sans enfants, et Chris s'était hissé sur le toit de la voiture pour pointer du doigt tout ce qui nous entourait, dans un rare geste d'exaltation, tandis que ma cousine le regardait sans rien dire. « C'était normal que l'ouragan emporte tout », a-t-il lancé contre le ciel prêt à lâcher son eau sur nous, « regarde ce que c'est, cette espèce d'endroit ! » Il aurait été plus simple de se laisser emporter par l'eau, c'était vrai. Avant que nous ne partions, commentant toutes les morts auxquelles il avait assisté rien que pendant ses années d'école, il avait dit sur un ton pontifiant : « Un corps propre, aujourd'hui, on dirait que c'est une honte. »

En treize ans de thérapie, j'ai toujours été dans la zone ambiguë entre une mort possible et une vie jamais tout à fait pleine, comme beaucoup de gens, comme tout le monde peut-être. Il y a eu une période où, sur dix caractéristiques du syndrome de personnalité borderline, j'en ai eu huit. La frontière en moi était déjà tracée, et on m'a toujours demandé de la traverser : chaque fois que je sortais de chez ma mère, j'entrais dans un monde différent, dont je devais apprendre les ruses et les codes, la beauté et les systèmes, pour les troquer ensuite contre quelque chose de confus et approximatif chaque fois que je rentrais, alors, à un moment donné je me suis perdue. Une part de ma vie était invisible, non dite, et pendant longtemps je n'ai pas su lui donner un nom.

La vie adulte comporte une série de passages, et nombreux sont ceux au cours desquels notre corps ou background psychologique sera examiné avec soin. Par exemple : si j'entamais une procédure pour l'adoption d'un enfant, combien d'assistantes sociales regarderaient mes bras ou contrôleraient mes poignets ? Lors d'un entretien d'embauche, combien de chances d'être engagé peut avoir un ex-détenu qui s'est automutilé ? Les experts en charge de ces évaluations voient des personnes qui se sont fait du mal, moi je vois des personnes qui sont restées.

Essayez de prendre des décisions malavisées et distraites sur votre corps quand vous êtes adolescents ou encore intacts. Des soutiens-gorge inadaptés qui vous feront tomber les seins, des régimes intempestifs qui vous laisseront un réseau de vergetures semblables aux craquelures d'un tableau à l'huile, des trous, des tatouages, des dilatations, essayez de faire des choix qui vous paraîtront des erreurs, d'obtenir un corps qui n'est pas une conquête mais la somme de toutes ses incisions, une inscription braille d'erreurs. Essayez de penser que ce sera toujours comme ça.

Je croyais pendant un temps que parler d'êtres humains, cela signifiait parler d'immeubles qui s'écroulent, de filles qui croient être des gratte-ciel destinés à exploser à cause d'une attaque terroriste intérieure. Mais quand je pense à certaines existences, il me vient seulement à l'esprit des géopolitiques qui n'ont pas été mises à jour, de vieilles versions du jeu Risk abandonnées à la poussière, dans lesquelles il y a eu des nations dévastées par la douleur, mais aussi des bastions inexpugnables, condamnés à résister, persuadés que l'assaut passerait, jusqu'au moment où il n'est resté qu'eux et où le corps tout autour est devenu un État dont ils étaient les seuls dictateurs.

Il est difficile de raconter ces corps qui sont restés, la mémoire va toujours vers le pays en guerre et non à celui en paix, au Vietnam qui ne se transforme jamais en Californie.

Une fois, j'écrivais à une amie : « J'espère que l'apocalypse qui te tuera, quelle qu'elle soit, sera merveilleuse », mais l'apocalypse exige une cohérence que les êtres humains n'ont pas : par la force des choses, le désastre est incrémentiel, une accumulation quotidienne, pour la plupart de nous, et avant d'en voir les résultats nous mourrons, heureux peut-être.

Travail et argent

Quel peut être l'effet de la pauvreté sur le roman ?

Virginia Woolf

Un roman sans aucune valeur

C'est en 1990 qu'est sorti *Le Journal secret de Laura Palmer*, écrit par Jennifer Lynch, la fille du réalisateur de *Twin Peaks*. Je ne sais pas comment il est arrivé chez moi, mais je sais qu'à l'école primaire, après avoir lu les aventures de Laura qui avait de mauvaises fréquentations, se faisait hypnotiser et se baignait nue la nuit, je me suis mise à tenir un journal, une habitude qui a duré au moins jusqu'à mes vingt ans.

Ce journal n'était pas la chronique de mes aventures et de mes déplaisirs quotidiens, mais une œuvre aboutie de falsification : je parlais des cigarettes que je n'avais jamais fumées, de mes coups de foudre pour des garçons reconnaissables par la seule initiale de leur prénom rigoureusement suivie d'un point, et j'étais tellement acharnée dans la rédaction de ma vie parallèle que ma mère a fini par être persuadée que j'étais intoxiquée au tabac dès l'âge de dix ans, tellement je décrivais avec passion ces moments passés à fumer dans la salle de bains.

De même qu'à l'école primaire j'avais dessiné une maison fausse dans laquelle je n'habitais pas et parlais dans mes rédactions d'une vie de famille comme une mythomane, quand je vais chez ma mère, à Noël, je rouvre ces journaux intimes et je feuillette la vie fantastique d'une gamine qui n'a jamais existé, mais donne de nombreux indices sur la personne que j'étais.

Ma mère travaille depuis qu'elle est née à une sorte d'autobiographie, déversée dans les journaux intimes, épanchée dans les lettres, multipliée et gâchée par les messages téléphoniques : c'est une œuvre totale qui l'absorbe plus que toute autre chose. Je n'ai pleinement accès qu'à un seul de ces journaux, celui qu'elle a confié à ses amis avant de partir aux États-Unis, sauf qu'ensuite elle a changé d'idée et a fait la connaissance de mon père. C'est un journal d'adieux, dédié à une fille qui va changer de vie mais finalement ne le fera pas. Je connais les lettres de ses amis par cœur, et il y en a une qui me transperce toujours : celle d'un garçon amoureux d'elle qui lui écrit : « Tu voulais venir à Rome, tu es arrivée, et maintenant tu t'en vas. Tu voulais un travail, tu l'as trouvé, et tu le quittes. Tu voulais tant parler avec tes amis, et quand tu les as rencontrés, tu n'as presque jamais parlé avec eux. Je ne sais pas ce que tu cherches en Amérique, mais tu ne le trouveras pas. Je ne sais pas si je serai ici et t'attendrai, mais essaie, toi, de me chercher, si tu veux. »

Je la sais par cœur parce que c'est une lettre que quelqu'un pourrait m'écrire à moi aussi ; de ma mère, en plus des couleurs, je tiens les obsessions et l'inconstance.

Ma mère n'a pas déménagé en Amérique cette année-là, elle a sauvé mon père d'un pont et ils ont eu un enfant.

Un jour, en se promenant sur le bord du Tibre avec le landau et mon père, elle a rencontré de nouveau ce garçon, il se baladait avec sa fiancée. Il a blêmi sur le trottoir, elle s'est figée, mais ils ne se sont pas dit bonjour. Cette lettre qui est dans le journal intime de ma mère est la chose la plus proche d'une déclaration d'amour qu'elle ait jamais reçue.

L'autobiographie, et celle de ma mère ne fait pas exception, est la bâtarde des genres littéraires, parce qu'elle abaisse le seuil :

elle est entre les mains de réfugiés, de femmes, de handicapés, de survivants de l'Holocauste, de survivants de tout.

Il y a des années de cela, nous parlions de nous à la troisième personne sur Facebook et cela nous semblait légitime, un expédient narratif, nous devenions des personnages sans que cela offense personne, puis nous sommes revenus au je, aux posts à la première personne, mais l'idée de nous donner de l'importance dans une autobiographie nous paraît sale et nous recommençons à avoir des soupçons à l'égard de ce genre, même si nous contribuons tous les jours à le renforcer et à le rendre collectif.

Plusieurs journaux intimes peuvent faire dévier le cours d'une existence. Ceux qui ont fait dévier la mienne ont été le journal intime de ma mère, celui de Laura Palmer, et le journal de Bronisław Malinowski, le père de l'anthropologie moderne.

Le premier jour de cours à l'université, nous avons vu arriver dans l'amphithéâtre le professeur qui devait nous faire la leçon d'introduction sur la discipline que nous allions étudier, il avait des cheveux blancs et en bataille, des paperasses sous le bras, et il s'est mis à parler du rapport entre anthropologie et littérature. Il nous a parlé de Bronisław Malinowski et de la façon dont celui-ci avait fondé la méthode de l'observation participante dans sa monographie *Les Argonautes du Pacifique occidental*, qui allait devenir une référence pour ses collègues et pour les générations d'anthropologues à venir.

Mais en 1960, il s'est passé quelque chose : la femme de Malinowski, dix-huit ans après sa mort et malgré l'opposition de ses enfants et de ses collègues qui craignaient une catastrophe pour la discipline si l'on venait à apprendre ce qui y était écrit, a décidé de publier les journaux intimes de son mari, ceux qu'il avait écrits lors de son voyage aux îles Trobriand. Dans ce journal, Malinowski évoquait le désir de « les sauter toutes » (en parlant des femmes des îles Trobriand), décrivait les indigènes avec mépris, se plaignait du voyage et révélait les tourments de la masturbation.

Pour moi, ça a été comme si le professeur nous donnait mandat pour nous saouler pendant le cours, ignorer les examens et écrire de mauvais poèmes.

Ces pages commençaient et finissaient par une pensée pour l'écrivain et peintre Stanisław Witkiewicz, dit Stas, le meilleur ami de Malinowski depuis qu'ils étaient enfants, perdu par la suite. À un moment donné, Stas et lui avaient voyagé ensemble, puis la Première Guerre mondiale avait éclaté et Witkiewicz était rentré en Pologne ; leurs routes s'étaient séparées. Stas voulait faire quelque chose pour sa patrie, tandis que Malinowski voulait poursuivre son ambition dans la solitude.

Dans une page très touchante consacrée à son ami, il écrit : « Parfois j'essaie d'oublier Stas. Lui échapper. Si je n'entre pas dans la profondeur de sa condition, c'est uniquement par un instinct de survie égoïste… J'essaie de le convaincre par des arguments que je perçois moi-même comme triviaux et faibles. Rien n'est vrai, sauf la mort. Mais je ne peux pas, je n'ai pas l'obligation d'aller plus loin, de suivre un ami jusqu'aux dernières portes de l'Hadès, à moins que ce ne soit pour le persuader de revenir en arrière. »

J'étais arrivée en anthropologie avec Conrad dans le cœur, juste pour découvrir que son écriture était infestée de zones d'ombre et tomber sur d'autres Polonais comme lui : Bronisław Malinowski et Stanisław Witkiewicz, et ce qui serait l'histoire de tant d'amitiés. Pendant le cours, le professeur nous a dit que le vrai suicide, ce n'était pas de mourir mais de brûler ses journaux intimes. À un moment donné, il a utilisé un mot précis, « *finction* », pour définir non pas quelque chose de faux, mais quelque chose de construit, comme un corail qui se développait aussi sur mes cahiers autobiographiques dans le grenier. Je n'ai jamais retrouvé ce mot, ni dans ses écrits, ni dans ceux des autres.

J'allais par contre avoir des démonstrations directes de la relation qui s'était mal terminée entre Bronio et Stas : pendant les années universitaires, l'ambition allait souvent se présenter comme un abandon, une trahison des sentiments.

À cette époque, je m'intéressais de manière obsessionnelle aux personnes dont il fallait absolument que je devienne amie. Le jour où je m'étais inscrite, j'avais remarqué une fille diaphane, rousse, et il m'avait semblé n'avoir jamais vu pareille créature. Dans le Sud, il y avait d'autres visages ; même quand ils étaient riches et raffinés, ils exprimaient une certaine dureté. Quand, quelques semaines plus tard, le premier jour de cours, je l'ai retrouvée assise toute seule sur un banc, je me suis mise à côté d'elle et j'ai fait tout mon possible pour avoir l'air intéressante. Elle a changé de cours, s'est réorientée vers les sciences politiques, mais voilà, je l'avais choisie au milieu des autres. Pendant un cours d'histoire contemporaine qui mettait à l'épreuve mon profond sentiment patriotique américain, il y avait une fille fluette devant moi, elle avait les couleurs de Blanche-Neige. Elle portait une salopette d'ouvrier et s'est retournée pour me dire « non, mais tu sais, c'est Kennedy qui a commencé la guerre du Vietnam » quand elle m'a entendue parler de son engagement pour les droits civiques.

Toutes ces personnes semblaient plus articulées, affirmées, structurées que moi ; il y avait une anarchiste très belle qui avait attrapé une cystite dans une prison suisse après une manifestation pour défendre les loups contre les grands travaux.

Je me demandais tout le temps comment on faisait pour être jeune tout en le sachant, comment il se faisait que, pour certaines personnes, le temps n'était jamais derrière, un regret, une nostalgie, et n'était pas non plus une envie agressive de futur, mais juste *ce moment-là* exactement.

Je m'étais inscrite à l'université pour trouver un père, un maître qui me formerait, m'humilierait, je me présentais à tous les examens avec un désir de mauvaise note, de « tu pourrais faire mieux ». Je cherchais une punition, mais personne ne prenait la responsabilité de m'améliorer, à part mes amis, à part les gens qui partageaient les études avec moi : c'est leur sévérité, leur arrogance qui m'ont lancée dans le monde, plus que n'ont pu le faire des douzaines de monographies. Je voulais que le savoir soit vertical, qu'il descende de l'autorité ou d'une figure sacrale – après tout, j'avais eu une enfance catholique –, mais ce savoir, je l'ai trouvé au contraire chez mes semblables, des étudiants qui étaient comme moi dans une situation de découverte et qui, à la longue, sont devenus une famille.

L'histoire de Bronisław Malinowski et Stanisław Witkiewicz nous a terrifiés, mes camarades et moi, parce qu'elle contenait le germe de toutes les peurs : à savoir que, pour être génial, il fallait être raté et rejeté, tandis que la carrière universitaire et le succès – en supposant qu'on arrive à les obtenir – seraient la démonstration de notre médiocrité. Alors que nous prenions des voies différentes, l'écho de ces premiers cours nous contaminait et agissait en nous, à l'intérieur, comme un fantôme.

Il y avait un autre aspect de Malinowski qui m'ennuyait : son habitude de lire de mauvais, d'affreux romans. « Comme d'habitude, mon narcotique est un roman sans aucune valeur. » Dans ses journaux, il parlait des romans faciles comme on parle de l'héroïne, d'une dépendance à éviter qui vient sans cesse rogner la volonté d'être meilleur. Nous aussi, nous lisions des romans nuls pendant nos loisirs, mais il aurait fallu pas mal de temps avant que nous ne consentions à l'avouer. Nous n'aurions jamais dit que nous lisions des mémoires de gens célèbres. Avant de se suicider pour de bon en 1939, Witkiewicz avait menacé à plusieurs reprises de le faire et cela avait fait peser sur Malinowski un poids insupportable. Il n'était pas difficile de le reconnaître, ce poids, parce que j'avais vu plusieurs personnes qui tentaient le saut et qui finalement étaient encore là, devant moi.

Pendant ces années d'études, on voyait émerger les récits de tant de liens et d'amours intellectuels, comme celui entre Margaret Mead et Ruth Benedict, qui avait inventé l'anthropologie visuelle parce qu'elle ne pouvait rien enregistrer et était obligée de prendre des notes filmées ou de faire des photos. Ruth Benedict était à moitié sourde, et le génie qu'elle apportait à la discipline anthropologique naissait d'une limite physique. Personne ne nous l'a jamais dit pendant les cours.

Bourgeois de la zone

Que j'appartenais à une classe sociale, je l'ai découvert réellement à l'université. Quand je vivais en Basilicate, la conscience de faire partie du sous-prolétariat existait, mais elle était floue.

Le groupe du Secours catholique nous convoquait une fois par mois pour récupérer les aliments que donnait l'Union européenne, des paquets de riz sous vide pourvus des étiquettes noires de l'aide alimentaire, des boîtes de haricots ou autres légumes en grains, sans étiquette. C'était de la nourriture d'astronaute, les réserves duraient une éternité. Mais ces aliments arrivaient en très grand nombre tandis que les gens qui les réclamaient étaient rares, si bien que les bénévoles les distribuaient un peu n'importe comment et il m'arrivait de voir des biscuits de pauvres chez mes camarades de classe, et au bout du compte, la pauvreté n'avait pas trop d'importance.

Habiter dans une petite ville de l'Italie du Sud ne m'aidait pas à définir la classe sociale à laquelle j'appartenais, car même notre façon d'être pauvre était bizarre, comme tout le reste. Les autres enfants chez qui il n'y avait pas beaucoup d'argent ne portaient pas des Nike comme mon frère, ils n'avaient pas soixante-dix Barbie originales et ne prenaient pas l'avion une fois par an pour aller à New York. En même temps, par contre, ils avaient toujours à manger et ne se retrouvaient jamais obligés de se nourrir d'eau et de céréales, ou d'avoir des crampes à l'estomac à cause d'un frigo à moitié vide les jours où la pension d'invalidité était encore à l'horizon. Tout ceci parce que leur pauvreté était encore paysanne, liée à la terre et amortie par la famille. Notre pauvreté elle aussi était amortie par la famille qui, de fait, nous offrait des chaussures et des voyages, mais nous ne pouvions pas toujours compter dessus, et surtout nous étions dépourvus de la première condition requise pour une bonne pauvreté : l'humilité et l'absence de prétentions.

Des prétentions, nous en avions, et ce qui nous angoissait plus que tout, c'était de ne pas pouvoir vivre dans le monde moderne. Dans le moment le plus sombre de sa vie, économiquement parlant, alors que ses enfants étaient à l'université et apprenaient les canons de la consommation, ma mère s'est abonnée à la chaîne Sky. C'était sa façon à elle de ne pas se rendre.

Sur un conseil de mon frère, j'ai vu une fois un épisode de *Shameless*, une série télé qui racontait les mésaventures d'une famille déglinguée de Chicago. Dans la scène où l'héroïne mettait une chaise devant la machine à laver pour bloquer le hublot qui fermait mal, j'avais revu un geste qu'avec ma mère et mon frère nous avions fait pendant des années : nous vivions dans une maison où les choses avaient été neuves autrefois, et quand elles ne l'avaient plus été, il n'y avait pas eu moyen de les remplacer.

En ce qui me concernait, la pauvreté consistait dans l'impossibilité de mener une existence semblable à celle de la plupart des personnes que je connaissais, surtout mes camarades de classe. Plus pauvre qu'eux, mais sans doute moins pauvre que des gens que je ne connaissais pas. Toute notre existence se déroulait sous le signe des dettes : auprès des grands-parents, des amis, et plus tard des petits amis. Voilà ce qui définissait le degré d'indigence dans lequel nous nous trouvions : pauvres au point d'être tout le temps obligé de téléphoner à quelqu'un, mais pas assez pour n'avoir personne à appeler. Comment s'appelait cette classe sociale, exactement ? Mon frère aurait dit « parasites », histoire de plaisanter, mais il y avait sans doute beaucoup de gens pour le penser.

Après la découverte, à la Sapienza, des « vrais riches », ceux qui pouvaient se vanter de l'inscription dans une université publique comme d'un mérite personnel, je croyais qu'en entrant dans le monde du travail les différences de classe s'atténueraient au lieu de se reproduire de manière sournoise, violente même.

C'est avec appréhension que j'ai commencé à participer aux rencontres dans le monde de l'édition, dans la crainte que quelqu'un me reconnaisse pour ce que j'étais : une infiltrée. J'avais les vêtements qu'il fallait, le téléphone semblable à celui des autres, mais j'avais travaillé pour me les procurer et l'ADN bancaire de ma famille était inexistant. Ce que je craignais le plus, c'était que quelqu'un apprenne ce qu'il en était de mon enfance à la Dickens et ne vienne me dire, en me tapant sur l'épaule : « Nous t'admirons énormément pour ce que tu as fait pour toi-même. » J'étais condamnée à découvrir que cela intéressait beaucoup la bourgeoisie éclairée de savoir d'où je venais, et pourquoi. Ce qui moi, m'ennuyait mortellement était pour eux source de distraction.

Entre 2009 et 2011, il m'est arrivé d'organiser des séminaires de philosophie et d'études culturelles à Istanbul pour le compte de mes employeurs. Concrètement, je réservais les billets d'avion et assurais le service de presse. Le soir, il m'arrivait de dîner avec les personnes participant au séminaire, de vrais riches mais aussi de vrais intellectuels, et une fois je me suis mise à exprimer mes doutes concernant la classe sociale face à un enseignant de Yale d'origine indienne, un expert de droits humains et de philosophie morale. Dans ma naïveté néocoloniale, j'étais persuadée que le professeur en question était un de ces nombreux « cerveaux en fuite » qui avaient fait fortune en Amérique, certes, mais parce qu'ils y avaient été contraints, pour échapper à la pauvreté. Ce n'était pas le cas de ce monsieur : il était d'origine noble, d'une certaine caste millénaire qui détenait depuis toujours le pouvoir. Quoi qu'il en soit, il m'a regardée avec sympathie en me disant que mon *syndrome de petite marchande aux allumettes* était hors de propos, parce que, au point où j'en étais, où j'allais arriver, la classe cessait de compter. « Est-ce que tu ne vois pas où tu es ? Tu es de la classe moyenne, comme nous tous. »

Les voisins de table ont ri amicalement en me poussant du coude, et pour finir j'ai cédé moi aussi à ce nouveau Tony Blair ; la comparaison ne lui aurait pas tellement plu.

Mais quand allait-il arriver, ce moment ?

Je l'attends chaque fois que je réserve dans un motel et suis tout enthousiaste s'il y a une piscine : je mets un maillot de bain dans la valise, puis à peine arrivée à destination, je pose les bagages dans la chambre et je descends vers la piscine, mais c'est pour découvrir qu'il n'y a personne, alors qu'elle est remplie et l'eau bien propre. Ainsi j'attends le soir, si elle est ouverte vingt-quatre heures sur vingt-quatre, et je descends me baigner et m'asseoir au bord du bassin. Même quand mon compagnon est là – pour lui ce n'est qu'une piscine américaine, désolée et romantique –, je ne peux m'empêcher d'éprouver un sentiment de solitude : cette piscine, pour moi, est encore un luxe. Un rêve de petite fille : ce qui le confirme, c'est que personne ne vient s'y baigner parce qu'en réalité elle est moche, et les gens restent dans leurs chambres. Ainsi toute cette envie de plonger, de m'étendre sur ma serviette et de fermer les yeux sous les enseignes au néon qui m'éclairent en rouge et violet me paraît d'un coup naïve, comme mon éternelle aspiration.

Quand je suis dans les allées du supermarché, j'attends le moment où j'entrevois les rouleaux de ruban adhésif pour faire les paquets, ceux en plastique translucide marron, qui font un bruit bien reconnaissable lorsqu'on les déroule ; c'est ceux que ma mère utilisait pour boucher les fentes des vitres ou coller la poignée cassée du frigo. Nous en avions une provision entière dans une malle et, à la fin, l'appartement tout entier avait pris cette couleur. Chaque fois que je prépare des cartons pour un déménagement, je repense aux moments où ma mère réparait les meubles avec du scotch, en pleine nuit, avant de s'endormir sur le canapé devant la télévision allumée tandis que les titres non synchronisés défilaient en bas de l'écran.

Assise à côté de ce professeur éclairé, je ne savais pas ce que j'étais devenue, mais je savais ce que je ne voulais pas : je ne voulais pas devenir une fille qui se vante de venir d'en bas, ni mener une vie de luxe en oubliant la maison où j'avais grandi, mais explorer toutes les possibilités qu'il y avait entre les deux. Et j'y suis arrivée grâce aux aides de l'État providence. En six ans, l'État italien m'a versé entre trente-cinq et quarante mille euros entre la bourse pour le logement, la bourse d'études et les collaborations avec l'université. L'État m'a permis de m'émanciper, de voyager et de devenir une fille qui s'exprimait comme les gens de son âge. Et qui pourtant mangeait comme une pauvre.

De grandes espérances

« Tu manges comme une pauvre », m'a dit un jour mon premier employeur, celui pour qui j'ai eu le plus d'affection.

C'était le directeur d'une revue de philosophie et de culture qui avait bien marché dans les années quatre-vingt-dix mais avait fini par se réduire à un public, noble et en voie d'extinction, de fans de Norberto Bobbio. Il avait un beau bureau lumineux dans le centre de Rome, avec un sol en terre cuite et des murs remplis de livres. Notre premier rendez-vous avait été plutôt orageux. Il avait eu lieu à l'occasion d'un examen de journalisme politique – je n'avais pas suivi ses cours mais on avait la possibilité de se présenter à l'examen en apportant un livre en anglais et de contourner ainsi le reste du programme, et je m'étais donc présentée avec ce texte.

Il avait été frappé par ma double nationalité ; comme beaucoup de directeurs de revues italiennes, il était américanophile. « Tout le monde me demande de travailler avec moi. Et toi non. Pourquoi est-ce que tu ne me le demandes pas ? » m'a-t-il dit en me tendant une carte de visite, et je suis sortie de la salle d'examen abasourdie, sans savoir que cet échange de répliques allait engager nos rapports sur des chemins cahoteux.

Pour l'entrevue d'embauche, je me suis habillée comme je croyais que s'habillaient les correspondantes de guerre et les femmes qui font de la voile, et j'ai été engagée tout de suite. J'ai passé mes premiers jours de travail à dissimuler mon existence et à faire semblant d'avoir beaucoup lu. Nous allions souvent déjeuner ensemble, et plutôt que de choisir des huîtres et des fromages français, je prenais de l'avocat et du saumon, croyant que ça me donnait l'air distingué, ce qui l'a incité un jour à me faire cette remarque : « Tu commandes toujours ce qu'il y a de pire dans le menu. » Une autre fois, il m'a lancé « tu n'as jamais eu le temps de devenir anorexique, n'est-ce pas ? », à quoi j'ai répondu « non, j'étais trop occupée à lire » : il a ri et continué à manger. Il faisait exprès, pour juger de mon sens de la repartie ; c'était le genre de réactions qui faisaient que je lui plaisais, pour lesquelles il allait apprendre à avoir besoin de moi.

J'étais allée à l'université dans l'espoir de trouver un maître qui me transforme, et puis je l'avais rencontré, lui, qui me convoquait chaque jour dans son bureau pour m'expliquer ce qu'était la gauche italienne, pourquoi elle était en train de disparaître, et il avait monté tout un numéro de la revue sur les droits des femmes. Mais parfois il me parlait de sa jeunesse, de son ami philosophe, titulaire d'une chaire prestigieuse à l'université, qui était plus beau et plus maudit que lui, lui piquait toujours les filles et avait sombré dans l'alcool ; il évoquait l'époque où ils faisaient les Vitelloni sur les plages estivales de la Romagne.

Il reconnaissait qu'il avait de l'intuition, mais pas de talent, ce qui était vrai. Il savait comment les époques se transformaient, il était très fort pour analyser les conjonctures, mais ce n'était pas un écrivain, et le fait que j'aspirais à le devenir l'inquiétait. Au début parce qu'il croyait que j'allais en mourir de déception, ensuite parce que j'allais l'abandonner.

Un soir, un homme âgé s'est présenté à la rédaction, un auteur qui, quelques années auparavant, avait publié un roman engagé, après quoi tout le monde avait oublié son existence. Il était venu proposer un nouveau texte, refusé par de nombreuses maisons d'édition italiennes. Le monsieur qui m'employait lui a accordé un entretien d'une demi-heure et l'a salué aimablement à la fin. Ensuite il est venu me trouver dans l'autre pièce, il n'y avait plus personne et j'aimais m'attarder là toute seule jusqu'au crépuscule. Nous sommes restés à bavarder tandis que la nuit tombait. « Tu as vu ce qui arrive quand ça ne marche pas avec l'écriture, fais attention, l'échec ne convient pas à tout le monde. Il faut que tu protèges ton cœur. »

À l'époque où je travaillais pour cet homme sur la soixantaine, extraordinairement beau et vêtu avec un goût très sûr, nous avons pendant une période fait une tournée de présentation de la revue dans différents cercles du nord de l'Italie ; chaque fois que je préparais ma valise, j'éprouvais un sentiment immense de gratitude à son égard parce qu'il me faisait voyager et s'intéressait sincèrement à mon opinion sur le monde. Son numéro était celui qui apparaissait le plus fréquemment sur mon téléphone portable. Pendant trois ans, je n'ai pas parlé d'autre chose : ce qui comptait, c'était ses déceptions, ses humeurs, son état dépressif naissant du fait qu'il était marginalisé par les journaux, la mission folle qu'il s'était donnée de faire de la culture dans les lieux improbables, déjà oubliés.

Mon compagnon et mes amies n'en pouvaient plus ; mon frère me disait que ça allait mal finir, parce que partout où j'allais, je cherchais à créer une famille.

À cet homme, je ne lui avais pas tout de suite parlé de moi et de mes parents, parce que je craignais qu'il ne s'éloigne de moi – il était persuadé d'avoir engagé une fille à moitié américaine qui avait un appartement à Brooklyn et n'avait pas deviné que mon éducation s'était déroulée en Lucanie –, mais aussi parce que je savais que tôt ou tard il s'en servirait contre moi.

Pour fêter mon diplôme, lui et sa femme, une princesse d'Europe centrale qui était notre mécène et venait du monde de l'art, m'ont emmenée dans un restaurant fréquenté par les hommes politiques, avec d'autres personnes de la rédaction. Ça coûtait une fortune, comme la valise qu'ils m'ont offerte, et c'était curieux de les voir aussi fiers, aussi proches de moi en cet instant-là, presque trahis par leur désir de jouer un rôle de protecteurs. Je les avais surpris faibles, prêts à s'abandonner à une affection que, peut-être, je ne méritais pas. Cela a été pour moi une découverte effrayante, car des liens familiaux se créaient là où il n'y en avait pas ; le repas pour fêter mon diplôme avec ma mère, c'est moi qui avais dû le payer, et des cadeaux, il n'y en avait pas eu.

Ils m'ont appris à me comporter en société, me disant que j'avais des dispositions. Lui en particulier avait pris conscience de la forme de manipulation que j'étais capable d'exercer sur certains interlocuteurs. J'essayais de découvrir ce qui leur plaisait et je continuais à parler jusqu'à ce qu'ils s'abattent comme des insectes sur le papier tue-mouches. C'était lui qui m'avait appris ça, et moi ça m'anesthésiait. Il n'arrêtait pas de me dire que je partirais et que je le trahirais, mais c'est lui qui l'a fait le premier.

Nous étions en Sicile pour une présentation. Je l'avais rejoint dans le salon d'une baronne sicilienne dont le hobby était de faire des livres. En me voyant entrer, celle-ci s'est levée brusquement de son canapé pour s'avancer vers moi les bras ouverts, alors que je ne l'avais jamais vue. « Il nous a tout raconté, il nous a raconté ton histoire », m'a-t-elle dit en me serrant les mains et les portant à son cœur.

C'était comme être dans un livre de Dickens, encore une fois. « Qui t'a appris à parler ? » m'a demandé la baronne, comme si j'avais grandi dans la forêt jusqu'à ce que quelqu'un m'adopte ; j'ai compris alors ce que j'étais devenue : non pas la créature sauvage et funeste que je rêvais d'être, une jeune femme ambitieuse, au même niveau qu'eux, mais un animal domestique.

Quand je suis entrée dans le bureau de mon employeur pour lui donner ma démission, cela faisait des mois que je me réveillais avec la nausée et m'endormais avec la fièvre, tout en moi aspirait à la rupture de ce lien. Assise sur la chaise, les yeux baissés, je pleurais et laissais parler la secrétaire de rédaction qui était une amie et avait compris ma volonté de sortir de cette situation. Il a hoché la tête, s'est mis à gribouiller avec des stylos, et a dit « c'est bon, personne ne te retient, ça ne sert à rien de pleurer », rien de plus. Au moment où j'allais quitter la pièce, sans me regarder, les yeux rivés sur son écran, il a dit ça aussi, à voix basse : « Si tu t'en vas, qui va faire vivre ta mère ? »

Et il a ajouté qu'une fille comme moi ne pouvait pas se permettre la liberté. J'ai compris alors que j'avais fait ce qui était juste, même si j'étais en train de perdre un travail bien payé pour revenir dans le monde des dettes, et mener une vie qui n'était pas plus libre.

Parfois je raconte cette histoire à mes amies qui sont horrifiées par l'ascendant que cet homme plus âgé et expérimenté a eu sur moi. Elles se mettent à parler de patriarcat, de conflit d'intérêts, de pouvoir de classe. La vérité, c'est que de temps à autre, cet homme me manque et que si je pouvais retrouver, ne serait-ce qu'un moment, le sentiment de protection que j'ai éprouvé durant cette période, je le ferais. Plus jamais personne n'a pris la responsabilité de m'apprendre un métier.

Quand j'ai été écartée d'une autre revue à cause d'une divergence d'opinions avec son directeur, il m'a tout de suite envoyé un mail pour me dire qu'il avait lu ma réponse publique à cet épisode-là et qu'il était fier de moi, mais qu'il était également légèrement inquiet du fait que j'apprenais trop bien le métier et que j'en rajoutais un peu pour faire monter ma cote. Il me connaissait à fond. Était-il possible qu'il ait raison, même si je n'avais pas publié ma réponse dans cette intention ?

Ce message a suffi à instiller un doute en moi et à me donner envie de disparaître. Je ne lui ai jamais répondu, et le mail palpite encore comme un fantôme dans ma messagerie, suscitant en moi une rancune profonde.

Moi, je voulais être pure, lui, il disait que je cherchais le plus offrant.

La dernière fois que je l'ai vu, c'était au nouveau siège de la rédaction, loin du centre. Ce jour-là il m'a montré son bureau aux ambitions revues à la baisse, on se serait cru dans un service du cadastre. Il m'a complimentée sur mes cheveux, c'était la première fois que je les avais aussi clairs. « Tu as été chez le coiffeur récemment ? » m'a-t-il demandé ; gênée par ce commentaire, j'ai baissé les yeux, il y avait là une étrange timidité, et puis j'ai compris où était le problème : il était vieux.

Chaque fois que sa femme m'avait dit « il faut qu'on l'arrête sinon il va faire un infarctus », je m'étais mise à rire, car il avait plus d'énergie vitale que quiconque. Je l'avais vu se jeter à l'eau alors qu'il faisait cinq degrés et que, avec des amis et collègues, nous le regardions depuis le bord, séduits et effrayés par cette vitalité.

J'éprouve encore pour cet homme une affection rare et trouble que je n'éprouve pas pour un père. Ce pouvoir, jamais plus je ne l'ai eu par la suite : donner à un homme la sensation d'être vieux et mélancolique.

Après lui, pendant des années, je n'ai fait que me jeter dans le travail, cherchant toujours à démontrer que j'étais capable.

Temps libre

La découverte de la bourgeoisie a eu sur moi un impact électrique, stressant, et à partir de ce moment-là j'ai eu l'impression que tout était trahison. De mon corps, avant tout : j'allais mieux, je me nourrissais bien, pourquoi alors mon employeur m'avait-il dit que je mangeais comme une pauvre ?

Dans un long article publié par la revue *Nautilus* intitulé « Why Poverty Is Like a Disease », Christian H. Cooper, un homme de la haute finance qui gagne aujourd'hui sept cent mille dollars par an mais est né dans une famille très pauvre à Rockwood, dans le Tennessee et dit n'avoir pu s'émanciper que grâce à ses professeurs et à ses bourses d'études, raconte pourquoi le mythe de la méritocratie américaine est en réalité une supercherie, démystifiée par la science.

La pauvreté n'est pas seulement une condition sociale, c'est une maladie qui frappe sur le plan biologique. Elle se transmet de génération en génération à travers des gènes et des formes impensées, et conditionne le corps d'une façon telle que même une richesse future ne peut y remédier. Mettre tout le monde dans les mêmes conditions sur la ligne de départ ne suffit pas toujours, parce qu'il existe une différence, dissimulée à l'intérieur même de celui qui participe à la course, et souvent ignorée.

En fait c'est la métaphore même de la course qui constitue un problème, c'est un cliché difficile à abandonner : avoir grandi dans la pauvreté ne signifie pas avoir forcément envie d'arriver quelque part ou à l'endroit où tout le monde pense que tu veux arriver. Être pauvre, cela peut aussi signifier rester immobile sur place, si c'est un endroit accueillant, souhaité, garantissant toutes les ressources nécessaires. Cela peut signifier avoir faim, mais pas faim de succès, de la façon où celui-ci est compris par la plupart des gens. L'idée même de mettre ensemble dans une phrase les termes « faim » et « succès » a quelque chose d'une farce, typique du siècle dernier. Là, sur la ligne de départ, une fille peut aussi décider d'aller se promener dans les bois. Sa vie peut être un gâchis magnifique ; l'égalité, cela signifie mettre cette fille en situation de devenir astronaute, si elle veut, mais aussi lui donner la possibilité de pratiquer l'oisiveté propre à la personne qui, encore indécise sur ce qu'elle veut faire, écrit des articles en attendant, sans avoir en héritage la maison de ses grands-parents. L'égalité, cela signifie que les fils des ouvriers puissent devenir médecins et avocats, mais puissent aussi devenir des écrivains en sous-emploi et des peintres attendant de découvrir s'ils ont du talent.

Il y a souvent, chez le pauvre qui s'émancipe de sa condition sociale, une tendance à l'auto-sabotage qui se manifeste sous forme de nostalgie.

Ma mère était fière de l'amélioration de ma situation économique, mais il y avait aussi de la rancune chez elle : quand je travaillais dans un bureau, elle soupirait tout le temps « tu as de la chance, toi qui peux », et me désespérait avec sa résignation et ses souvenirs de l'époque bénie où elle était employée à l'Agip Petroli. Après ma démission, ignorant mon malaise, elle m'a dit que j'étais une déception pour elle, une insulte à l'émancipation de la femme : « Et maintenant ? Tu vas te faire entretenir ? »

Par réaction, je me mettais à développer un rapport catastrophique avec l'argent : à peine arrivait-il, que je faisais mon possible pour ne pas le voir, le gérer, l'accumuler. Je me refusais à éprouver la nostalgie de ne plus être comme elle, ruinée et tout aussi geignarde. Mais cette nostalgie, je l'avais.

La pauvreté est une tache dans les cellules, une bavure dans l'ADN. Rien ne se remet en bon ordre, après une adolescence vécue dans le besoin. On n'apprend pas à manger de manière différente, comme quelqu'un qui n'a pas faim. Chaque fois que je suis obligée de laisser quelque chose dans mon assiette parce que les autres le font ou parce que je suis rassasiée, un dégoût s'empare de moi ; je me fais violence à moi-même et il me faut compter jusqu'à dix, sinon je n'y arrive pas.

L'autre trahison, ça a été la disparition de l'argent concret.

La première partie de ma vie a été basée sur une absence générale d'argent liquide. Ce qui devait être acheté était négocié et obtenu sur la base d'une série de promesses, de rituels verbaux et négociations destinés à dématérialiser l'argent dès qu'il arrivait, faisant de lui une substance quasiment fantastique. Voilà pourquoi, quand j'ai commencé à travailler, au lieu de devenir une chose nécessaire à traiter avec soin, l'argent a pris à mes yeux une valeur un peu ridicule, irréelle, et il m'a fallu un certain temps avant de m'y habituer. Ensuite j'ai déménagé à Londres et cette habitude n'a plus servi à rien, parce que l'argent liquide a disparu à nouveau : progressivement, ces dernières années, le retrait d'argent aux distributeurs et les échanges de billets ont disparu. De la crainte de ne pas avoir d'argent liquide au supermarché à la honte de n'avoir que du liquide : c'est presque la même vie qu'avant, sauf que maintenant l'invisibilité de l'argent est une valeur et moi, je me sens antidatée par rapport à une conquête.

Quand j'étais petite, ma mère m'envoyait faire les commissions et acheter les revues chez le marchand de journaux ; je marquais tout sur son compte en croyant que c'était normal, jusqu'au jour où mon camarade de classe qui était le fils du propriétaire – celui qui à l'école primaire avait fait Joseph tandis que moi je faisais la Vierge Marie – m'a annoncé à voix basse : « Mon père a dit que c'est plus possible de faire ça. » Nous étions intimidés tous les deux, nous nous aimions bien, et nous n'en avons jamais parlé à l'école.

Mon frère ne donne pas à cette question le même poids que moi, preuve qu'appartenir à une classe subalterne ne signifie pas faire partie d'une masse gélatineuse et indistincte dans laquelle tous les sujets revendiquent les mêmes droits, ou les mêmes souvenirs. Il distingue la pauvreté objective de l'incapacité d'administrer son argent, et selon lui c'est cette dernière qui aurait été la situation de notre enfance. Mais qu'est-ce que la pauvreté sinon l'impossibilité de faire des erreurs avec l'argent et de donner à son désordre le nom d'« excentricité » ?

Il existe une narration précise de la pauvreté liée à l'humilité du sacrifice, de la dignité, de la modération dans les exigences. C'est une version que j'ai soutenue moi aussi pendant des années, énervée par les dépenses de ma mère, par ses achats de choses qu'elle ne pouvait pas se permettre. On fait beaucoup d'études ethnographiques sur les tranches les moins aisées de la population, mais on en fait beaucoup moins sur le système de la dette et sur le fait de vivre au-dessus de ses moyens, ce que Matthew Desmond appelle « manger de la langouste avec des bons de réduction ».

On écrit beaucoup moins sur la vie bureaucratisée de certains pauvres, semblable à celle des toxicomanes, toute une angoisse pour trouver l'argent nécessaire à l'achat de choses qu'ils n'ont pas le droit d'acheter ; la brutalité de cette vie nous opprime. Ceci parce qu'on attend du pauvre qu'il soit bien élevé et se comporte correctement, mais de plus qu'il fasse la révolution, comme s'il avait du temps libre au lieu de consacrer toute son énergie nerveuse à comprendre comment obtenir quelque chose en plus, par tous les moyens possibles.

Une très bonne amie à moi travaille dans une coopérative de recyclage des choses usagées, où le prix de la plupart des objets va de un à quatre euros. Beaucoup d'étudiants viennent y acheter, des membres de familles nombreuses et migrantes, mais aussi quelques personnes qui revendent ces objets sur les marchés dominicaux. Il y a peu, elle m'a dit qu'elle avait un sentiment d'échec quand les gens volaient là-dedans. La modicité du prix est pour la coopérative un moyen de créer un réseau d'accueil, de sensibiliser au réemploi des objets et faire en sorte que la filière survive. Lors d'une longue conversation sur le sujet, j'ai compris la déception de mon amie, et en même temps je me suis posé des questions sur les attentes pédagogiques que nous avons parfois à l'égard des voleurs, notre tentation de mettre en doute leurs besoins et de tout confondre par dépit.

Ma mère a toujours été une pauvre mal élevée qui a vécu au-dessus de ses moyens. Le pauvre sans dettes est moralement supérieur au pauvre avec dettes. C'est la Bible qui m'a enseigné cela, c'est la télévision aussi ; aujourd'hui, je ne peux que nourrir de terribles doutes à l'égard de cet enseignement.

Je travaille et je me rends compte que je n'ai jamais vu mes parents le faire vraiment.

Je ne souffrais pas tant du fait de leur paresse, de leur absence de travail que de la tristesse que faisait naître en eux l'inactivité.

Je n'aurais pas tant de problèmes avec la façon dont ma mère gère son argent, ou j'en aurais moins, si cela ne la rendait pas dépressive par moments ; si elle avait eu au moins un peu de cette euphorie pauvre et débrouillarde de ses parents quand ils ont émigré en Amérique. Chaque fois que mes parents ont fait quelque chose, vendu un tableau ou un petit travail de menuiserie, le bien-être qu'ils en ont tiré, ils l'ont immédiatement négligé, sacrifié pour quelque chose de bien plus important : la sensation d'être tragiques et vaincus, rejetés par le monde.

Ils ont tous les deux une habitude qui m'énerve : la manie d'accumuler des objets au hasard pour des projets artistiques qu'ils ne termineront jamais. Ma mère ramène à la maison des branches, des pierres, des coquillages et des fleurs sèches ; mon père remplit son garage de planches, d'outils, de fil de fer, de tout un bric-à-brac. Chacun d'eux a un dépôt potentiel de beauté dont il ne se servira jamais, et qui moisit à la longue. Mes parents n'avaient pas de travail, ils avaient seulement du temps libre, et ils n'ont pas su en faire usage.

Amour

Tous les sept ans les cellules se renouvellent :
nous sommes maintenant ceux que nous n'étions pas.
Même quand nous vivons – nous l'oublions –,
la durée de notre charge est courte.

Antonella Anedda

L'écho d'une mythologie

« Quelquefois je pense que si je n'avais pas fait ceci ou cela, je n'aurais jamais rencontré Bobby. Mais le point, ce n'est pas ça, n'est-ce pas ? Je veux dire, de toute façon je devais rencontrer Bobby. Un Bobby ou un autre. Je le cherchais. Je ne sais pas si vous comprenez ce que je veux dire. Mais Bobby me donnait l'impression d'être nécessaire, sauve », dit Helen Reeves dans *Panique à Needle Park*, un film de 1971 réalisé par Joan Didion et son mari John Gregory Dunne qui s'inspire d'un travail photographique sur les héroïnomanes de New York publié par le magazine *Life*.

Mon compagnon m'a offert le DVD de *Panique à Needle Park* à l'occasion d'un long voyage en bus pour descendre voir nos parents en Basilicate, en me disant d'ouvrir le paquet avant le jour prévu. Nous avons regardé le film pendant les vacances de Noël, blottis dans le lit où j'avais passé toutes les nuits de mon adolescence, comme des conspirateurs.

En entendant Helen dire cette phrase à propos de son petit ami Bobby, quelque chose a cédé en moi, une capitulation complète : comme mon père qui traversait l'espace entre le cinéma et la rue sans vraiment s'en rendre compte, sans cesser de se comporter de manière farcesque et hallucinée, moi non plus je ne parvenais pas à distinguer l'attachement avoué par l'héroïne du film de celui que j'éprouvais moi, à ce moment-là, dans les limites de ma chambre, à moitié allongée sur le corps d'un autre.

La distance ne pouvait pas être plus grande entre moi et Helen qui se prostituait pour permettre à Bobby de se droguer, entre moi et la fièvre froide de Joan Didion qui lui avait mis ces paroles dans la bouche, mais je les avais reconnues. L'amour avait toujours été pour moi une question de reconnaissance : cette nuit-là je me suis endormie en désirant que les paroles d'Helen Reeves deviennent mon destin. C'était le contraire d'une formule qu'on utilise pour les exorcismes, je ne voulais pas m'en servir pour me libérer d'un sentiment, je voulais au contraire les répéter jusqu'à épuisement, faire d'elles un écho de répétitions et d'abus, jusqu'à ce qu'elles soient vraies pour toujours, la seule chose que l'on puisse dire de moi, de mon caractère, de ce que j'attendais de la vie : pendant toutes ces années où j'étais restée inerte en pensant que j'allais disparaître, je n'avais en réalité fait qu'attendre quelqu'un. Je le cherchais.

Le garçon étendu dans mon lit ressemblait à Bobby dans le film. Il avait les yeux enfoncés, les traits des acteurs de genre dans les films italo-américains auxquels j'avais été habituée, une intelligence futée à la limite de la sociopathie. C'était un corps, une voix qui me ramenait à l'enfance, mais c'était aussi un corps que j'avais vénéré dans mon adolescence, celui des musiciens anglais dégoûtés de l'existence qui n'avaient jamais bien su jouer d'un instrument, si gracile, si mortel aussi, animé de brusques mouvements de sociabilité, des éclairs électriques non synchronisés, une timidité qui le poussait à la limite d'aveux incongrus, des éclats de rire euphoriques dont j'étais seule à comprendre vraiment le décalage, le décollement du monde.

Une question de reconnaissance, ça n'avait jamais été autre chose. Et ça le serait toujours : comme disait Helen, de toute façon je devais rencontrer Bobby. Je l'attendais.

* * *

Cet ami était assis dans un jardin plein de plantes grimpantes, tout voûté, sur une chaise en plastique orange tressée, comme celles qu'on trouve dans les bars de village avec les vieilles cabines téléphoniques.

Nikolai voulait faire des photos d'un quartier fasciste et je l'avais accompagné. Avant d'arriver au bar, il avait fait une photo d'une inscription sur un mur qui disait : « Godot est arrivé ». Je n'avais pas trouvé ça tellement original, mais je sais qu'ensuite il l'avait utilisée pour donner un titre à un album de photos. C'était un bel album, plein d'hommes habillés comme Tony Manero dans *La Fièvre du samedi soir* avec un costume blanc en tissu synthétique, en train de se promener au milieu des embouteillages nocturnes avec l'air de pleurer.

C'était un ami que je n'allais plus voir, ou pas tellement souvent. Il venait d'avoir trente ans et il me disait qu'il avait le cœur brisé. Il faisait tomber la cendre de sa cigarette dans son verre encore plein en déclarant qu'avec la femme qu'il aimait, c'était fini.

La première fois que j'avais vu sa petite amie, nous buvions un thé assis dans l'entrée d'une mosquée et il n'avait pas arrêté de me montrer les pieds de cette fille et de me demander si je ne trouvais pas qu'elle portait des sandales magnifiques. Je trouvais en effet que c'étaient des chaussures très belles, comme elle l'était elle-même, mais j'éprouvais en mon for intérieur beaucoup de peine pour eux deux. Elle n'avait pratiquement pas parlé pendant qu'on était ensemble, et cela avait été pareil la deuxième fois qu'on s'était rencontrées.

Nous étions dans un bar, assis au comptoir. Mon compagnon avait bu plus que tout le monde sans changer d'expression, il continuait à étudier le gars du bar qui mettait une demi-heure à préparer un cocktail comme s'il s'agissait d'un service religieux, tandis que la clientèle s'endormait, à trois heures du matin. C'était un bar dont les murs étaient rouge sang de dragon et les miroirs pleins de poussière, et quand nous sommes sortis pour rentrer dans nos maisons et nos auberges, il avait disparu.

Pendant toute la soirée, Nikolai et moi n'avions pas arrêté de discuter vivement en nous saoulant, et quand je les avais embrassés sur le trottoir, lui et son amie, l'idée m'avait traversée que je ne les rencontrerais plus, plus ensemble. J'avais un peu envié leur aspect crépusculaire et malheureux, mais ce n'était pas le genre de personnes qui peuvent vous manquer.

La nuit, je l'avais passée dans les toilettes à vomir pendant que mon compagnon me tenait la tête et essuyait ma sueur, et puis je m'étais endormie d'un seul coup, heureuse d'avoir quelqu'un qui m'aimait et pour qui ça comptait que je me réveille le matin.

Des mois plus tard, dans un autre bar, dans une autre ville, mon ami Nikolai s'était penché encore plus en avant, avec des yeux rougis de fouine, et avait dit qu'il l'avait aimée à en devenir fou. Les psychiatres lui avaient dit de laisser tomber, de cesser de la persécuter ; elle avait menacé de porter plainte.

Nikolai m'avait fixée longuement avant de déclarer : « Il n'y a pas de médicament pour l'amour. » Lui et son hystérie maladroite. Je lui avais répondu : « Allez, s'il te plaît, arrête avec tes conneries ! »

Et moi, est-ce que j'avais déjà aimé à en mourir, moi ?

L'amour qui allait durer dix-huit ans, mais peut-être plus encore, commença

Un jour j'ai dix-sept ans et je tombe amoureuse. Je me balade dans les couloirs du lycée, un établissement sans nom construit au milieu d'un énorme parking, je vois un garçon et je sais qu'il sera important pour moi. C'est une décision implacable, fatale, qui va changer ma vie et faire de moi – dans un monde où les relations se renouvellent souvent et où chaque amour mérite une espèce différente de solitude – une personne légèrement inadaptée pour bien des choses. Mais je ne pouvais pas le savoir à ce moment-là ; j'étais juste une adolescente bruyante et solitaire, j'avais besoin de quelqu'un de différent de mes parents mais avec qui je n'aurais pas honte d'eux, et c'était immensément difficile de trouver quelqu'un à aimer.

Ce que je ne savais pas, en regardant en cachette ce garçon aux cheveux noirs et au corps squelettique, c'est qu'avec lui j'allais confondre le fait d'être ensemble avec l'affiliation à une société secrète, que le sexe serait pour nous un de ces pactes de sang que font les gamins, comme dans les histoires qu'on lit l'été. Il y avait ce sentiment de prédestination : une histoire d'amour est une prophétie qui s'auto-vérifie, et si les signes ne sont pas là, il faut les inventer, afin que tout devienne important.

Entre le lycée et l'université, je suis tombée amoureuse comme le faisaient des couples qui se mariaient jeunes juste après la dernière guerre mondiale, et à la longue j'ai commencé à développer la nostalgie qu'éprouvent les derniers exemplaires d'une espèce, quand leurs semblables ont définitivement disparu ou vont s'éteindre, et je me suis demandé si ce que je faisais à cette autre personne, ce qu'il me faisait à moi, était seulement une variante moins dramatique de ce qui était arrivé à mes parents : eux aussi, à la gare du Trastevere ou au Ponte Sisto ou là où ça s'était passé réellement, peu importe, ils avaient seulement cherché quelqu'un qui les sauve.

Au lycée, on nous trouvait du charisme, à ce garçon et à moi, mais nous n'étions pas populaires. J'avais trouvé une combine pour me procurer son numéro de téléphone par l'intermédiaire d'un ami commun et nous avions passé les après-midi du mois de mai à parler au téléphone. Et puis le jour de mes dix-sept ans, il était venu me voir en m'apportant un bouquet de fleurs qu'il m'avait tendu sans même me regarder. Je ne crois pas que je lui aie plu, pas plus qu'il ne me plaisait. Mais il y avait un instinct, que je n'ai jamais ressenti pour d'autres choses, un désir de conversion. Nous ne nous plaisions pas, mais ça nous plaisait de parler.

En septembre, alors qu'il était déjà parti pour commencer sa première année d'université, je lui avais téléphoné devant les tours qui s'écroulaient à New York et, durant une pause dans notre conversation, j'avais compris que l'amour c'était ça aussi, un éclair dans l'obscurité, une personne à appeler pendant une catastrophe ou un coup d'État.

Mes os n'étaient pas complètement formés quand j'ai connu ce garçon : à dix-sept ans, on n'a pas encore fini de grandir. Sur le plan technique, la biologie dit qu'on s'allonge encore. Et se lier aussi tôt, n'était-ce pas une façon de bloquer un processus de croissance, comme d'emmailloter les jambes des enfants pour créer des déformations ? Ma mère elle-même avait été plus normale que moi de ce point de vue, elle avait eu des soupirants et il lui était arrivé de faire l'amour juste une nuit avec un inconnu. Chaque fois que j'entendais mes amies se vanter de leurs amants ou des bizarres rencontres qu'elles faisaient la nuit ou, plus tard, se moquer des mariages, je me disais que j'étais une fille comme ça : une épouse des banlieues, pas une héroïne de notre temps.

Il y avait un film encore à la mode à cette époque-là, *Beverly Hills 90210*. Le héros ressemblait à Chris Chambers dans *Stand by Me*, mais avec quelques années de plus. Il s'appelait Dylan McKay et souvent, quand il arrivait, quelqu'un s'adressait à lui avec cette expression : « *Hey, stranger.* » Dylan allait et venait de l'école, disparaissait pour faire de longs voyages, et chaque fois qu'il revenait, quelqu'un l'accueillait toujours avec ces mots-là. Par suite d'un mauvais doublage, au lieu de « Hé, toi, l'étranger », « *Hey, stranger* » devenait « Salut, l'étranger ». Mais lui aussi, il utilisait cette expression, avec les filles qu'il aimait. Le samedi soir d'abord, puis l'après-midi, après les cours, quand la série fut déclassée dans la programmation télé, il me vint cette conviction que l'amour naissait avec ce principe d'extranéité, de non-dits cristallisés entre gens qui s'aiment.

« Salut, l'étrangère », disait Dylan McKay à Brenda Walsh, et j'ai apporté ce message comme dot, avec sa traduction paresseuse ; la façon dont je suis tombée amoureuse était faite d'éloignement et j'ai fait tout ce que je pouvais, rien que pour m'entendre dire ça, un jour, par la vitre abaissée d'une voiture, avec une expression particulièrement heureuse, avant de monter les marches quatre à quatre et de plonger sur mon lit pour enfouir mon visage dans un coussin.

En fait ce n'était pas un mauvais doublage, c'est qu'aucun adolescent ne parlait de cette façon-là. Mais les livres, les films, servaient à ça, et quand ça arrivait, on se sentait important.

Les amoureux ont foi, mais ils tremblent

Quand Ethan Hawke et Julie Delpy se sont retrouvés sur le tournage de *Before Sunrise*, le film de Richard Linklater sorti en 1995, une année lointaine désormais, ils étaient inquiets de la quantité de dialogues que le metteur en scène texan voulait leur faire dire. Dans le film, de fait, il ne se passait pas grand-chose, à part la rencontre des deux jeunes dans un train, avec toutes les implications qui précèdent l'apparition des sentiments. Il est américain, elle est française, ils n'avaient que cette nuit-là, et ils n'allaient se revoir que neuf ans plus tard, dans *Before Sunset*. Linklater expliqua aux acteurs qu'il n'avait jamais vécu un accident d'avion, n'avait jamais fait d'espionnage et n'avait jamais voyagé dans une nacelle spatiale, et pourtant, de drames, sa vie en était pleine. Et ce qui lui était arrivé de plus dramatique avait été d'entrer en intimité avec quelqu'un. Un jour il avait rencontré une fille et ils avaient parlé pendant toute la nuit, ils étaient tombés amoureux, et ils ne s'étaient plus revus. C'est de cette idée-là qu'il a tiré une trilogie sur la connexion qui s'établit entre deux êtres humains. Tous les bavardages de Hawke et Delpy sur la politique, le sexe, les rêves et la religion dans le film servaient seulement à dévoiler « l'espace entre deux personnes ».

Des années plus tard, Linklater a découvert que la jeune fille pour laquelle il avait écrit le film, une certaine Amy, était morte dans un accident de moto en 1994, et n'avait jamais eu la possibilité de le voir. Mais que se serait-il passé s'ils s'étaient revus, s'ils avaient continué à parler pendant toutes les années suivantes ? Qu'aurait-il fallu pour que le temps arrive à les désintégrer, que la biologie les venge et fasse d'eux des personnes à nouveau étrangères, extrêmement éloignées de cette nuit-là ?

Après l'université et le diplôme, est venue la vie en commun. Parfois mon compagnon se réveillait avec de longues égratignures que je ne lui avais pas faites ; nous comparions notre peau mâchée dans le contre-jour du matin, et nous riions ; pendant un temps, nous avons été jumeaux, nous ne savions ni l'un ni l'autre d'où venaient ces taches.

La nuit, avant d'aller dormir, je fixais sa nuque et je trouvais qu'il avait l'air d'une très belle guerrière japonaise, pâle et pleine de grains de beauté, avec ses hanches étroites et ses drôles de griffures qu'il se faisait tout seul. Je me levais brusquement du canapé, ou bien je courais dans une autre pièce où il travaillait et je répétais « ce n'est pas merveilleux, de pouvoir serrer quelqu'un dans ses bras ? », en me cramponnant à lui comme une orpheline. Mais il y avait des fois où nous vivions à l'horizontale, étendus par terre ou fourrés dans la baignoire tout habillés, après les disputes chorégraphiques dans les parkings, quand l'envie et le désir de l'autre étaient proportionnels à l'envie et au désir de disparaître.

La plus belle découverte de ma vie adulte a été la tendre violence qui entoure les maladies : mon ami est tombé malade trois fois depuis que je le connais, et chaque fois que cela arrive mon sang brille, je me vivifie, je deviens pleine d'énergie et prends le contrôle de la vie quotidienne ; j'éprouve un plaisir infini à le voir sans défense. Pour ma part, je pensais que tomber malade était une chose très provinciale, et que si ça arrivait, c'est des nerfs que je mourrais, mais j'ai passé mes années anglaises allongée sur un lit en revendiquant certains troubles et en lui demandant de laisser les rideaux fermés.

Dans les moments les plus forts de notre relation, nous avons fait de longues promenades, en général dans les villes portuaires sous la lumière rouge et paludéenne de l'été. Je me méfie d'une personne avec qui on n'arrive pas à marcher un grand moment, jusqu'à en avoir les poumons brisés et des lancées dans les mollets ; ça me rappelle mes marches avec ma mère à travers les villages de la Lucanie.

Il y a eu un moment, pendant des vacances à Los Angeles, où j'ai senti que nous allions vivre là pour toujours. La première fois que nous sommes entrés dans la ville en voiture et nous sommes perdus entre ces îles séparées par des autoroutes – Los Angeles n'est pas un campement, c'est un archipel où l'eau devient asphalte – pour finir par déboucher au milieu des magasins de musique de Little Armenia à la recherche de l'appartement que nous avions loué, nous nous sommes pris par la main sans lever les yeux de la rue.

Je ne sais pas ce qu'il y avait de particulier dans ces matinées passées à nous promener entre les maisons inhabitées sur les collines ou ces soirées dans le patio à lire des livres, vaincus par la lumière polluée du crépuscule, mais pour une fois nous étions silencieux, synchronisés, primordiaux. Je n'ai jamais autant eu l'impression de comprendre ses sentiments ou d'anticiper ses gestes que durant ces jours-là, et quand est venu le moment de partir, je suis restée sur le seuil de cet appartement en pensant que nous serions encore heureux mais jamais de cette façon, jamais avec cette intimité parfaite de rires retenus dans l'obscurité et de nourriture chinoise mangée dans le lit, ou de balades somnambules entre les vallées de la ville infestées de plantes que nous n'avions jamais vues auparavant. C'était une ville sous-évaluée et grimpante, dépourvue d'un centre repérable, et toute son hostilité nous enchantait.

Après avoir vu *Le Docteur Jivago* au cinéma des années plus tard, nous avons découvert que la neige, dans le palais de glace à Varykino, n'était pas de la neige, mais des écailles de savon et d'aspirine effritées, des substances qui produisaient un contact semblable à celui de la glace et faisaient glisser les personnages. De même, les acteurs qui incarnaient Lara et Jivago n'étaient pas en Russie à ce moment-là mais en Espagne, où tous les figurants avaient peur de chanter « L'Internationale » communiste dans les rues d'un pays qui vivait sous le régime de Franco. Nous avons découvert ça un hiver avec le même trouble, la même complicité, quand, marchant main dans la main en sortant du British Film Institute, il était facile de se demander : à combien de séparations peuvent survivre Lara et Jivago ?

Assis dans un snack de Peckham pour fêter le Nouvel An, comme si nous n'avions ni parents ni religion, il était facile de penser que nous sortirions indemnes de tous les changements. Nous aurions pu voir ce film dix fois, jamais nous n'aurions cru que ce qu'il y avait dans le palais de Varykino était des comprimés d'aspirine écrasés, et pas de la neige.

Bobby ou un autre

Ça devient avec le temps une histoire dogmatique comme celles des mormons, les fanatiques religieux, les familles avec sept enfants et des crucifix jusque dans le couloir, les ménagères des années cinquante qui ont honte de leurs orgasmes. Après tant d'années, une histoire, n'importe quelle histoire, devient contre nature, l'idéologie en prend possession, et l'amour n'est pas un sentiment mais une discipline. C'est quelque chose d'innommable, et nous ne voulons le lire que si quelqu'un nous promet qu'il va finir et que, une fois la page tournée, cet amour ne sera qu'une douleur du passé.

Nous sommes une espèce condamnée à évoluer, pourtant nous croyons qu'une relation nous arrête à un moment donné, qu'il y a une téléologie dans la rencontre avec une personne, avec une certaine personne. Comme si le fait d'être en couple nous transportait dans une autre dimension, dans laquelle nous ne pourrions devenir plus parfaits ou lumineux que nous ne le sommes déjà, un espace protégé dans lequel nous n'aurons pas envie de trahir la personne que nous connaissons et de coucher avec une personne qui ne nous sera jamais familière. Nouer un lien de ce type quand on est jeune ne signifie pas anticiper le temps, mais le perturber ; il arrive que l'on démystifie avant les autres l'idée de la maturité comme stade définitif de notre existence. C'est une révolte intime contre la loi selon laquelle nous grandirons et deviendrons des personnes satisfaites et immuables, alors que nous n'avons toujours été que départs et re-départs ; accrocs, sutures et coupures.

Que signifie réellement une relation aussi longue ? Que le corps se congèle, qu'on devient une femme dans une boule de verre, espérant que quelque chose, tôt ou tard, la renverse. J'ai voulu me mettre en cryogénie et découvrir si je pouvais demeurer dans cet amour pour toujours. Quand j'ai failli, quand il a failli – *to fail someone* –, ce n'est pas lui seulement qui m'a manqué, mais la sensation d'être immortelle.

Dînant dans un restaurant, assis à côté d'un monsieur qui ne cessait de m'adresser et abusait de ma patience avec une feinte familiarité ; ou bien dans un marché aux puces, où le vendeur me retenait avec ses bavardages tandis que lui m'attendait dehors pendant vingt minutes, dans les deux cas, devant la stupéfaction et le chagrin que me causait son manque de jalousie, ce manque d'intérêt, il m'a déclaré : « J'attendais que tu te rendes compte que tu étais ridicule. » Dans une autre circonstance où j'avais décidé de vivre d'art et de désespoir, de la proximité d'un homme : « Vous vous êtes raconté votre passé plein de tragédies, vous vous êtes sentis meilleurs pour cela ? Tellement spéciaux, tellement semblables », et ceci dit d'une voix terrible, alors moi immanquablement, dans ces situations, je me sentais mortifiée, timide, honteuse, mais dans ces commentaires cruels, souvent vrais, je devinais aussi une très forte pulsation de désir, comme s'il me connaissait mieux que personne et anticipait la moindre de mes erreurs, avec un savoir intime du moindre de mes défauts, et le contrôle, le pouvoir infinis de les dominer ; alors je revenais conquise, dans une lande russe où il ne se donnait même pas la peine de sortir son pistolet pour un duel mais laissait tomber son gant, quittait la salle de bal, après quoi je ne le voyais plus.

Il m'a dit que me prendre en charge moi et mon monde, c'était comme quand Stavroguine décidait d'épouser une boiteuse dans *Les Possédés* de Dostoïevski, un long passage où il expliquait le besoin de se dégrader pour affirmer quelque chose de lui-même.

Dans un de ses livres préférés, *Ma vie d'homme*, de Philip Roth, cet élément de soumission revient et je lui demande de m'en parler. J'éteins la lumière et je lui dis « raconte-les-moi », toutes ces raisons pour lesquelles il n'arrive pas à partir.

Je pensais chaque jour que j'étais définie par ma famille, par ma situation économique et géographique, et puis je me suis rendu compte que l'impact le plus profond et déterminant sur moi, c'est une autre personne qui l'a eu, une personne à laquelle aucune fraternité, aucun lien du sang ne me rattachait. Je n'ai jamais été sur la Lune, je n'ai pas appris à nager, je n'ai pas blessé une amie en duel, mais j'ai rencontré quelqu'un.

Un jour j'ai commencé une conversation et je n'ai plus cessé. Je pouvais venir de n'importe quel endroit de la terre, être un alien condamné à l'incompréhensibilité, j'ai commencé à parler et quelqu'un m'a écoutée, et cela a défini la forme que je suis devenue, cela a créé au fil du temps l'expression que j'ai sur les photos et la façon dont je prononce les mots. Nous pouvons contenir une racine étymologique, mais qui la révèle ?

La nuit, quand nous ne dormons pas, nous disons que s'aimer c'est comme communiquer dans ce code intime qu'on ne quitte pas même les yeux fermés, alors comment peut-on perdre une personne si on n'oublie pas sa syntaxe même dans nos rêves les plus fatigués ?

Les désirs se sont aplatis et uniformisés, les absences de certitude restent différentes. Sa plus grande et mystérieuse peur est de finir en prison, ou mutilé. La perte de la liberté personnelle est beaucoup plus angoissante que la perte de l'amour. Il a un noyau froid et bleuté au centre du cœur, et cela a fait que j'ai parfois eu l'impression de le vouloir comme une martyre.

« Si tu me retrouvais par terre, morte, si je parvenais à réussir mon suicide, ta peur ce serait d'appeler la police, pas de m'avoir perdue. » D'une certaine façon nous savons que c'est vrai. Nous savons que la douleur arrivera, dans des années peut-être, quand il sera en train de voyager, ou de suivre à la télévision un dialogue particulièrement beau entre des amoureux, et alors il se souviendra du lien qu'il a fait et défait.

Salut l'étrangère

Nous vivons de textes narratifs qui nous sauvent, que nous soyons heureux ou que nous ne le soyons pas. Les thérapeutes, les amis, les proches, tous ceux que nous avons rencontrés ces dernières années nous ont longuement confirmé ce qui était sain et ce qui ne l'était pas. Influencés, nous avons cherché dans le dictionnaire ce qu'est la codépendance, ce qu'est la symbiose, comment on affronte la nécessaire recherche de l'autonomie, nous avons étudié toute la taxonomie de l'amour selon le DSM, et la conclusion que nous avons tirée du DSM, c'est que personne ne devrait jamais s'aimer, parce qu'il n'y a pas de bonne façon de le faire.

C'est comme les lichens qu'on prend pour un organisme seul, alors qu'il y en a deux en réalité : une algue et un champignon. La symbiose végétale est interprétée comme un miracle de la nature, celle entre les êtres humains comme une faute, ou quelque chose dont il faut avoir honte, qui révèle un état arriéré de l'être. Nous avons essayé de nous séparer et nous envisageons toujours la fin, nous le faisons depuis le premier jour ; depuis toujours, l'idée de la fin nous aide à nous tenir ensemble, nous lui consacrons des conversations passionnées, de science-fiction, dans laquelle nous imaginons la vie de l'un sans l'autre.

« On était mieux quand moi j'étais folle et toi fasciste », voilà ce que je lui écris un matin dans une période profondément moche. Il me répond sur le portable « nostalgie de nos années de plomb », et pendant quelques minutes je me suis sentie vulgaire de me servir d'une analogie comme celle-ci, ensuite ce goût de la profanation qui a toujours fait partie de notre façon de parler a été plus fort.

Quand j'étais plus jeune, je lui écrivais des lettres. Je lui disais que je voulais me glisser dans une baignoire de révélateur pour photo juste pour m'imprimer sur son corps, lui me disait qu'il pensait avoir une goutte de mon sang dans le sien, comme une bulle d'encre dissoute dans l'eau. À l'époque, si je me couchais par terre parce que je n'arrivais plus à marcher et que je ne savais pas du tout où aller, il s'allongeait à côté de moi, et m'attendait. Si je commençais à trembler, il posait sa main sur mon estomac, et alors juste comme ça, le dos collé à l'asphalte, reconstituée par le contact, je sentais que peut-être j'allais pouvoir recommencer, et avoir une vie. Nous n'avons jamais été surpris brusquement par les phares d'une voiture, mais je pense que même si cela était arrivé, nous aurions continué à exister de toute façon, nous nous serions relevés et aurions marché, parfois tout proches, parfois éloignés, toujours ou presque conscients de la présence de l'autre.

Dans mes moments d'inactivité, je vais sur Wikipédia voir quelle est la durée des grands mariages, je m'amuse à découvrir un arbre généalogique de douleurs et de trahisons, ça devient un mausolée qui se ramifie en moi et inaugure chaque fois de nouvelles pièces. Je consulte les biographies des écrivaines que j'admire et je m'aperçois que je ne veux pas écrire comme elles l'ont fait, ça ne m'intéresse pas d'écrire de la même façon qu'elles : je veux aimer comme elles ont aimé, je veux échouer comme elles ont échoué.

J'ai grandi en croyant malgré moi que si je m'en remettais à un autre être humain, je serais sauvée pour toujours. C'est une idée rétrograde, démentie par la société occidentale, par la psychothérapie - qui dépend aujourd'hui de son partenaire ? Et si c'est le cas, c'est qu'on est ignorant, peu scolarisé, malsain – mais une part de moi continue à croire qu'il y a quelque chose d'important dans cet abandon, dans cette lucide confiance déposée en l'autre.

Parfois ma mère nous observe derrière les portes et les fenêtres, et elle nous demande ce que ça signifie, se tenir par la main ; elle soutient que nous sommes trop intimes, alors que nous nous touchons seulement. Elle ne sait pas ce que sont ces gestes parce qu'elle n'en a jamais fait l'expérience avec mon père et n'a plus eu d'hommes avec qui le faire. Elle nous regarde étonnée, et nous nous sentons gênés et émus en même temps. Ma mère dit toujours que chaque femme a eu deux grands amours, même si elle n'en a même pas eu un, maintenant elle parle la langue des *telenovelas*. « Maintenant, tu as un secret toi aussi, tu es une femme. Tu crois que ton petit ami n'en a pas ? N'oublie pas que tu es une *personne*. »

Il pourrait lui raconter qu'il a tué quelqu'un, qu'il a pris part à une orgie ou volé la moitié de l'argent d'une banque, elle ne sourcillerait pas. Elle ne sait pas nous dire comment nous devrions vivre, et parfois nous profitons de son indulgence et l'accablons de scénarios que nous ne nous avouons même pas, faisant d'elle un autre témoin de notre confusion. Nous tentons de tirer de la force de son expérience parce que, dans la ruine de son corps et de sa solitude, elle nous enseigne que même tout seul on survit et c'est cela que nous redoutons le plus, la peur qui nous intimide plus que toute autre : découvrir que vraiment, seuls et éloignés, nous pourrions tout de même survivre.

J'ai passé l'été dernier à rendre visite à des amies qui tiraient le lait pour leurs enfants à quatre heures du matin ou au bord de la piscine, j'ai regardé leurs vergetures, les veines bleues sur les jambes ; elles disent qu'elles ne se reconnaissent pas, mais malgré tout ce sont des amies pour lesquelles une vie a commencé et j'ai eu la sensation que la mienne faisait le chemin inverse.

Au moment où tout le monde prend des décisions sur les mariages et les prêts immobiliers, moi je fonctionne à contre-temps, j'avance pour revenir en arrière, chaque jour j'ai l'impression de passer un entretien pour m'assurer de mon existence sans le corps d'une autre personne à mes côtés.

Je ne sais pas comment il se transporte dans le monde, mon corps.

Je ne sais pas comment on dit « je suis seule ». Je ne sais pas comment le raconter à la personne avec qui j'ai partagé ça, au cœur de la nuit quand je me réveille et que je pense que je suis une carcasse à laquelle on a oublié d'ôter le souffle et la voix, et je me demande si le sien aussi, son corps, est inservable, une excroissance dont il a peur et honte.

Après une séparation, il me dit que c'est comme faire l'amour avec une inconnue. Exaltés par cette découverte, nous recommençons à discuter du problème de la fin. Savons-nous comment finissent les romans, comment finissent les vies ? Lentement s'insinue l'idée que l'écriture, comme l'amour, est une chose que l'on peut abandonner. On peut raconter une histoire, et arrêter ensuite.

Parfois nous pensons que seule la tragédie pourra nous émonder de ce que nous sommes, mais ce n'est pas vrai. Quand mon grand-père Vincenzo est mort, la première chose qu'a faite ma mère a été de prendre une douche. Mon frère a dit : « Peut-être que maintenant elle va apprendre à s'occuper d'elle-même, le traumatisme va lui faire faire des progrès. » Mais ça n'a pas été le cas, ma mère a continué à décliner, à se laver de manière sporadique et à déprimer. Je ne crois pas qu'il y ait une douleur capable de nous rassembler, mais je crois exactement le contraire.

Pour l'anniversaire de mon compagnon, nous sommes allés tous les deux à Dantzig, la ville où a officiellement éclaté la Seconde Guerre mondiale. Pendant trois jours nous avons visité des musées, des galeries pleines d'explications sur le totalitarisme et l'idéologie du XXe siècle et le camp de concentration du Stutthof. À peine sortis de là, malgré le caractère grave de l'expérience historique dont nous venions d'être les témoins, nous avons commencé à nous disputer. J'ai commencé à me plaindre des choses les plus banales : de la tapisserie chez nous, et autres petites choses sans intérêt ; je mettais un pied devant l'autre dans un fossé plein d'herbe et de boue en me demandant comment il était possible que même devant l'atrocité de l'être humain, je n'arrive pas à me contenir et à me montrer comme une personne meilleure au lieu de crier comme une folle au milieu de la campagne polonaise tandis que des inconnus me regardaient, assis à l'arrêt de l'autobus, et que nous marchions sans parler dans le froid, moi devant, délibérément, les mains dans les poches, sans me retourner.

Dans le taxi qui nous ramenait à l'aéroport, le lendemain, soudain il y avait eu la chanson « Dance Me to the End of Love » de Leonard Cohen, et ça m'avait semblé être une mauvaise plaisanterie. Je lui avais pris la main et je lui avais dit que ça ne pouvait pas être vrai, c'était une plaisanterie.

Mais c'est là qu'est la différence entre nous : moi je crois que Leonard Cohen parle de la relation passionnée de deux personnes, et lui il me rappelle que c'est une chanson sur l'Holocauste. Le regard ailleurs, il dit : « Tout ne parle pas d'amour. » Son visage, comme le reste de son corps, ne me ramène plus à l'enfance, ni même à l'adolescence : il n'est plus creux, il n'a plus rien de gracile, il a l'ossature d'un autre, d'un homme.

Cette fois où, il y a longtemps, dans le bar aux chaises en plastique orange, mon ami Nikolai s'était écrié « il n'y a pas de remède à l'amour », je lui avais dit de laisser tomber. C'était le titre d'une autre chanson de Leonard Cohen, « Ain't No Cure for Love ». Je ne m'en étais pas aperçue tout de suite. Des années plus tard, dans un taxi, j'ai dit la même chose à la personne que j'aimais, et lui il n'a pas répondu.

La prochaine fois

Une fois, j'ai rêvé que j'étais un monstre. Comme les créatures effrayantes de mon enfance, j'avais des yeux rouges, un corps abrupt et sensuel, mais au lieu de m'attaquer à ma victime et de la dépecer ou de lui mordre le cou, la seule chose que j'ai faite a été de m'appuyer contre elle, de m'étaler sur son dos de manière à annuler la distance entre nous. Quand ma peau inhumaine et triste est devenue la peau de cette autre personne et que nous avons respiré ensemble, quand il nous a été impossible de dire quelle était la différence entre l'une et l'autre, dans quelle veine naissait le sang, dans quelle veine il s'écoulait, je me suis réveillée.

J'étais encore un monstre, mais je n'étais plus seule : la plus grande violence que j'aie faite à une personne, ça n'a pas été de l'abandonner ou de lui briser le cœur, mais de la rendre semblable à moi.

C'est un grand malentendu de penser que les vampires et les loups-garous vont juste à la recherche de victimes : si c'était le cas, ils tortureraient les personnes qu'ils ont en face d'eux sans en assimiler le moindre petit morceau, abandonnant leur carcasse par terre, indifférents à la personne qu'ils ont d'abord choisie et abandonnée ensuite. Mais quiconque a rencontré un vampire ou un lycanthrope sait que ça ne se passe pas comme ça. On ne meurt presque jamais après ces rencontres. On reste vivant, on coexiste avec ce qui manque : une goutte de sang, un lambeau de chair, un nerf du cerveau, quelque chose de soi qui s'en ira former la mémoire d'un autre, le corps d'un autre. Devenir un autre malgré : je ne suis pas capable de dire si c'est un acte sublime ou un acte dégradant. Je sais seulement que la lumière qu'émet cet acte, son intensité particulière, est importante jusqu'à un certain point, pour moi. À la fin, ce qui reste, c'est moins la magnitude de l'événement, la portée de la transformation ou le dommage causé que son caractère irréversible, l'impossibilité de revenir en arrière. Dans mon rêve, je n'étais pas un monstre seulement parce que j'avais obligé quelqu'un à me ressembler, mais aussi parce que j'avais effacé tout souvenir de sa vie d'avant moi. S'il avait essayé de dire le contraire, qu'il avait été quelqu'un avant de me connaître, personne ne l'aurait cru : mon histoire était plus forte que la sienne. Si vous vous réveillez et que vous dites que vous avez perdu un morceau de vous-même dans la gueule d'une créature infernale, personne ne vous écoutera. Si vous dites que vous portez les conséquences de cette infection dans la vie de tous les jours, peut-être que quelqu'un éprouvera de la pitié pour vous, mais il ne saura jamais de quoi vous parlez. Essayez de dire que vous êtes un monstre ou que vous avez rêvé l'avoir toujours été : tout le monde sera là pour vous donner raison.

En 1989, une femme du nom d'Ada Joanne Taylor a avoué qu'elle avait étouffé une dame dans une petite ville du Nebraska. Son aveu est arrivé après divers entretiens avec les psychiatres qui voulaient l'obliger à se rappeler. Ils lui avaient dit qu'il suffisait de se relaxer, le souvenir de ce qu'elle avait fait allait revenir, peut-être juste au moment où elle dormait. Ainsi Ada Joanne Taylor a imaginé puis avoué qu'elle était une meurtrière. En 2008, après dix-neuf ans de prison, elle a été disculpée par les preuves ADN. Elle n'a jamais commis ce délit, en dépit de tous les détails avec lesquels elle l'a raconté, en dépit du fait qu'elle dit encore sentir ses mains sur le coussin tandis qu'elle étouffe la victime. Quand on lui a dit qu'elle était innocente, elle est presque devenue folle. « Si je ne peux même pas me fier à mes propres souvenirs, à quoi puis-je me fier, alors ? » a-t-elle demandé à une journaliste après sa sortie de prison. Le monde extérieur n'avait pas changé, c'était le même qui lui avait d'abord donné raison, et ensuite lui avait donné tort. Mais pour le monde extérieur, de deux choses l'une : vous ne pouvez pas être à la fois le bourreau et la victime, le docteur Frankenstein et Frankenstein lui-même. Cela ne sert à rien qu'Ada Joanne Taylor dise aux gens : « Vous ne pouvez pas me dire que *je ne suis pas* une meurtrière. » Mais quelqu'un peut me le dire, à moi. Quelqu'un peut me dire que je n'ai détruit personne, que même si je m'en souviens, même si j'ai senti la peau d'une personne que j'ai aimée s'écraser sous la mienne et devenir monstrueuse comme la mienne, pire que la mienne, il n'y a aucune vérité là-dedans, aucun ordre divin prêt à établir qui a créé qui. Prêt à nous séparer, pour cela.

Personne ne nous absout dans les rêves, personne ne nous condamne. À quel point sommes-nous responsables de la vie de quelqu'un que nous avons blessé dans nos rêveries seulement ? Mon monstre ne parle pas, voilà longtemps qu'il ne parle plus. Mais je continue à lui demander si c'est moi qui l'ai créé, si je lui ai fait du mal, s'il y a quelque chose que je pourrai réparer un jour. Je voudrais lui dire qu'il n'a pas été lâche, que s'il a cédé à ma vie, moi aussi j'ai cédé à la sienne.

De quel signe es-tu ?

Tu marches le long de la route, contente.
Tu trébuches. Tu tombes dans l'obscurité.
Cela, c'est le passé. Ou peut-être est-ce le futur.

Jean Rhys

Jumeaux

Je me promène avec ma mère dans cette ville ou dans l'autre.

Je lui dis que j'ai arrêté de lire l'horoscope à cause d'elle. Cela me rappelle les nuits incubées dans sa cuisine, quand nous vivions à la lueur des bougies et qu'elle disposait les runes magiques sur la table. Je grimpais sur ses genoux, elle m'enveloppait d'une serviette de bain, et je sentais son haleine chaude tandis qu'elle consultait le destin ; c'était ma façon préférée de m'endormir.

Elle lit quelques pages du livre et dit que je me suis complètement trompée. Elle sort l'histoire de son arrière-grand-mère qui, partie de San Martino d'Agri, est allée en bateau en Argentine, et puis a remonté l'Amérique en travaillant presque dans chaque pays, s'arrêtant un long moment au Mexique, avant de finir par arriver en Ohio. Là elle a rencontré une famille de constructeurs italiens, elle est tombée amoureuse de l'aîné, l'a épousé, et quand ils sont devenus riches tous les deux, et fatigués, ils sont rentrés ensemble en Basilicate où ils ont donné naissance à une migration qui se répète depuis toujours.

Ma grand-mère Rufina a commencé à souffrir de démence sénile, tous les jours elle se couvre de bijoux comme une reine byzantine, elle dit qu'elle doit profiter de tous. Quand je vais la voir, elle me parle des Picasso qu'elle a commandés, qui sont en fait des tableaux pris au marché de Porta Portese à Rome.

Mon frère a une petite fille. Je la regarde jouer avec ses grands-parents ; mon père la terrorise avec ses volumes sonores, ma mère, en interagissant avec elle, régresse dans une enfance parfaite, et me fait éprouver une certaine jalousie, parce que je me demande s'il lui est arrivé d'être comme ça avec moi. J'observe mon frère, le naturel avec lequel il entre en relation avec la petite, le soin spontané dont il est capable. Nous venons de mythologies de pères et de mères, mais personne ne dit quelle est dans notre corps la quantité du lien avec un frère ; c'est lui le premier miroir.

Il y a un vieil épisode du téléfilm *Bienvenue en Alaska* centré sur une banque du sang. Les peuples autochtones d'Amérique croient qu'il est possible de reconnaître une personne d'après la couleur de son plasma et regardent tous ces sachets de plastique empilés les uns sur les autres. S'ils mettaient le sachet de mon frère sur le mien, est-ce que je le reconnaîtrais ?

Il y avait un vieux graffiti à New York, on le voyait quand on prenait la ligne N à Brooklyn. En passant à côté d'un immeuble de downtown, on lisait l'inscription laissée par un writer maladroit NEVERLAND. À un moment donné elle avait été recouverte par un panneau publicitaire, mais elle avait duré encore un peu, afin que je ne l'oublie pas et que je continue à vivre là au milieu, comme certains migrants continuent à vivre dans le pays qu'ils ont quitté et envoient un hologramme d'eux-mêmes se balader dans le futur.

Je n'ai jamais été vraiment à Neverland (Neverland mon amour[1]), mais je suis passée à côté.

Quand j'étais jeune, dans la bibliothèque de la petite ville où j'ai grandi, qui allait être inondée par la suite, j'ai pris un

---

1. En français dans le texte. *(NdT)*

exemplaire de la biographie de Marx. Dans sa jeunesse, il avait écrit une phrase dans la *Gazette rhénane* : « Quand tout tombe, indompté le courage reste. » Un jour, j'ai dix-sept ans et je crois tout savoir sur la façon de combler l'espace entre deux personnes.

Je parle de mes parents avec la nièce de la femme qui s'est jetée dans le vide du haut de l'Arc de Triomphe. Je lui explique qu'ils n'ont jamais voulu accepter le fait d'être sourds et se conformer à cette limitation. Elle demande : « Mais pourquoi auraient-ils dû ? » Non parce qu'ils étaient sourds, mais parce qu'ils étaient jeunes : aucune personne ne devrait limiter son propre désir d'être autre.

Sur Oxford Street à Noël avec ma mère, pour acheter des vêtements qu'elle allait regretter d'avoir pris, dans une ville dont je ne peux mesurer la distance par rapport à chez moi.

Je lui ai demandé comment aurait été sa vie si elle n'avait pas été sourde.

« Je pense que j'aurais été insignifiante. »

Après tant d'années passées à se décrire comme une victime, elle m'a dit aussi que tout ce qui lui était arrivé dans la vie, elle l'avait choisi, et à travers cette déclaration, j'ai senti qu'elle était libre.

Je sais que je n'ai pas disparu parce que quelqu'un m'a trouvée avant que je puisse le faire.

J'ai écouté ma mère, et je n'ai pas oublié que j'étais une *personne*. Je suis la fille d'un homme qui ne s'est jamais jeté du haut du pont : chaque fois que j'entends le choc contre l'eau, je reviens. Quand tout tombe, indompté l'amour reste. Mais est-ce une histoire vraie ?

COMPOSITION ET MISE EN PAGES
NORD COMPO À VILLENEUVE-D'ASCQ

ACHEVÉ D'IMPRIMER PAR CPI
EN MAI 2021

N° d'impression : 2057059
Dépôt légal : septembre 2021
Imprimé en France